乡野之神

林森 著

江苏凤凰文艺出版社
JIANGSU PHOENIX LITERATURE AND ART PUBLISHING, LTD

目　录

第三辑

第一辑

乡野之神

遗弃的神

这是不需要神的时代。一段时间内，单位边上的一块荒地，乱草中藏着一座无人理会的土地公庙。几年以前，这里还是菜地、坟墓与牛羊吃草的好去处，是村落边上一块安静的所在，不远处就是即将流入出海口的一条大江，水面宽阔。有土地，便有村人修建的矮矮小小的土地公庙。后来，高楼建在这里，农民们慌慌乱乱搬迁，一个高档小区立起来，只有那一块地因暂时无用，长满了草。在草的竭力生长之中，小小的庙地基都歪了，往一边斜倒，随时要发生侧翻。这种小小的庙， 我在宫崎骏的动画片《千与千寻》里也看到过，虽被遗弃在荒野之地，荒芜之中却有一股难言的破败美。所谓荒芜，往往是指人烟罕至，可天生万物，万物有灵，人来得少了，万物仍旧是繁盛的。人的退却，伴随着荒草与苔藓的进攻，伴随着蚯蚓和蚂蚁的繁衍，也伴随着夏日里蝉的鸣唱和月色下蚊虫的夜舞。假使真有神灵，人消退之后，万物向前，神是兴奋，还是叹息？

小时候看电视剧《西游记》，孙大圣时不时对土地公呼来唤去，土地公也是唯唯诺诺、胆战心惊。当时我纳闷的是，土地公不是大地之神吗，怎么地位那么卑下？不但孙大圣，连一个小妖精都可以欺负他？后来略微给自己一个解释，或许土地公更像是民间所供拜的境主——一小块地方的看护者。海南乡间，祠堂的边上，或者村头的某个交叉口，往往建有这种高不过一米五、占地不超过三平方米的小房子，村人都说里头供奉着土地公，可到底祂是哪位，是哪块地的土地公？村人张口结舌，摇头不止。伴随着城市的扩大，泥土不再适宜植物生长。土地被水泥、地砖封死，在这个时候，一个数百年、上千年的村子，往往就溃散了。多年前，这些村民的先人迁移至此，子孙繁盛，族谱上的“辈分诗”，给一个个人刻上烙印——他们出现在此，都源自那么多年前一对年轻男女眼睛里的电光石火，源自电光石火之后两人在野地里浓郁如植物气息的情欲。一个个打圈的“拆”字，让当初那对男女的姻缘开始散开，村民们都忙着上楼，或者忙着搬往更远的地方。一个光鲜闪亮的小区，即将诞生，旧房子都保不住了，每年旧历节日，族人的祭拜，也将不复存在。有些村人心里空落落的，领头的人有些不甘，喊了一句：“留下我们的宗祠，否则我们死也不搬。”

房地产商让步了，于是我们看到，新建起来的小区旁边，矮矮地蹲着一座漆色脱落的祠堂。我想象得到，当村民们住进安置房，在十九层高的阳台上俯视祠堂的屋顶，他们的内心有些不踏实——逢年过节，他们还是会下楼来，集中到祠堂里祭拜。可是，他们往往觉得，刚刚好像过了一个假的节日，烧了假的蜡烛、纸钱和线香，也念了假得让人不安的祷告。无论如何，祠堂算是保住了，土地公庙却没这福气。村民们说不上土地公姓甚名谁，当然也就没必要为了祂，说出某句恶狠狠的话。可是，实在没到给小区打地基的时刻，没人愿意去碰那间矮小的瓦房。据说，有某些房地产商，曾无所顾忌，拆掉不少祠堂和村庙，终于在某天，他被撞了、被砍了、得绝症了、老婆跑了、破产了、被某位贪官牵连了、入狱了……这些后来的事情，源头都会追溯到他早些年毫不留情地拆掉一座有神明居住过的老房子。

土地公庙因此还能苟延残喘一些时日。很多次从单位边上的那片荒地上经过，我常常驻足，恨自己不是一个画家，不然可以画下在这高楼耸立的旁边，神的居所在荒草间被淹没。我甚至没有想到掏出每到吃饭就拍照的手机，来给这间尴尬的小房子留下一个背影。若是土地公就是电视剧《西游记》中那拄着拐杖的老头，在某个月色洒满的深夜，周边寂静下来了，远远近近的高楼上灯光闪烁，祂摇摆着身子，从茅草中走到水泥路上，祂要面对的，是一个已经变得如此陌生的世界。中国的神，好像都是出现于深山老林之中，钢筋水泥的城市，怎么想也不适合祂们的到来——就像我无法想象我一边裤脚高一边裤脚低、趾甲缝夹杂泥土的祖父，进入一间震耳欲聋的酒吧。即使万物仍在，可神会不会对人类更偏爱一些，土地公会不会觉得，被人类遗弃荒野，是祂难以接受的挫折？

这样的遗弃，注定不会很久，很快迎来的，是消灭。房地产商毕竟内心焦急，要把所有的缝隙塞满水泥、钢筋和砖块，并把这些东西兑换成纸张印刷的钱、兑换成银行卡上的阿拉伯数字。不知哪一天开始，挖掘机开进来了，所有的荒草被挖，那间土地公庙也瞬间消失。一栋栋高楼，已经从荒地上立起，填补了这地段的最后一片“空白”——这块地终于有用了，这块地的庙与神，就终于没用了。从此以后，这里有小区的保安，有水电的维护工，但不会再有一个拄着拐杖无所事事只是蹲守的土地公了。失业的土地公那么多，百无聊赖的祂们，会不会也打打麻将，跳跳广场舞？也许，人间的热火朝天，让玉皇大帝不得不思考一个严重的问题：天上的神仙们也得面临老龄化的境地，如何让这些百无聊赖的退休神仙们有事干呢，总是闲着，天宫也要乱的呀！后来，是太白金星提了个建议，要把这些老干部们组织起来，开开会、贯彻贯彻思想，不能精神懈怠，信仰缺失啊。

每次从土地庙上面修建起来的房子旁走过，我都在想，真是我们遗弃了神吗？也许，这么多年了，祂们不想陪我们玩了。毕竟，总有审美疲劳；毕竟，祂们，也需要一点私“神”空间的。想明白这些的时候，眼前的红灯变成绿色，我快步走过十字路口。

追神记

我们是凡人，都没有见过神的真身——幸好，化身我们还是可以见一见的。被雕刻好的神的雕像，被摆放在庙宇和祠堂里，被香火围绕，被祭品和鞭炮声喂养。有人说，神像长得怎么样，受限于那个民间手艺人的审美与技艺，即使真有神，这神像和神本身哪有一点关系呢？这样的说法，被虔诚者轻轻地化解——你怎么知道那个雕刻的木工师傅，不是受到了神的指示才那样雕的？神既然无所不能，祂当然也会影响、指导着一个雕刻祂模样的手工艺者。不管像与不像，那个样子，其实就是神想让我们以为的祂的样子。我们所有的祷告与心愿，都可以通过那尊木头刻成的神像，抵达神那里。神像就是沟通三界的快递，借着烟气，瞬间把我们所有的祈愿送达。

在尽可能的情况下，用以雕刻神像的，都是好的木头。神永在、神天长地久、神在时光的尽头，烂木头怎么配得上？当然得是不易变形的、木质坚硬的、活得长久的老木头，若是名贵之木，当然就更好了——名贵木头，或许也能增加某些神力呢！最好的木头，当然是海南黄花梨。尊贵的海南黄花梨被雕刻成形，涂上各种油彩，最后时刻点上眼睛，神像就活了。当然，还得经过某种隆重的仪式，神像才能成为神像，而不仅仅是木头雕成的工艺品。这种仪式，给神像注入神力——就像是一台装配完成的电脑，需要安装一套操作系统，才能真正运行。海南黄花梨雕成的神像，当然就像是顶配的苹果电脑，不仅仅有使用的功能，更多的作用在其他地方，在身份的彰显、在内心的满足感。村人跟外人说起村里的神像是好木头，眼睛和眉角都是上扬的。

当然，这种炫耀都是多年以前了，现在谁也不敢向外提了，甚至有外人来问起，也得讳莫如深：“哪有这事，你听谁说的？”饶是如此，有一天，B村还是发现村庙里最庄严的那座神像不见了。原先摆放的位置空出一大块，村里某人烧香祭拜了好久，只是觉得有些不习惯，并没有发觉。等到晚上和村人说起，一起打着手电筒到祠堂里再探个究竟，才开始骂娘：“连神像也偷，也不怕雷劈？”全村的人，都聚到了一起，开始追查。那些平常有小偷小摸习惯的，陷入村人的层层逼问之中。那些吸毒的，更是成为重点调查对象——谁不晓得，这些人毒瘾发作起来，神智癫狂，哪管什么神像不神像？可在那么多的追问之下，神像竟然没有一点下落。村里在省会当官的一个人，在跟县公安局某位副局长提起这件事的时候，言语之中，谈到了村民向心力的问题、谈到了县里治安情况的问题，那副局长去给局长汇报后，也觉得颇为严重，要重视。可重视又如何呢？仍旧是没有追查到一丁点消息，那尊神像毫无踪影。

可以确认的是，木头本身的名贵，让这神的化身遭了累。

村里人能发动的都发动了，他们要寻找这失却的神的下落。有人老觉得心里有疙瘩，时不时到村庙里去看，空荡荡的那一块，不是空，是塞在村人胸口的一块大石，是村人心脏部分淤积的一个肿块。“不行了，得找回来……”村里黑压压笼罩上一层，其实，没有什么黑压压，可无论天气是晴还是阴，村人都觉得有某件事正在暗地里发生，有某件事正万马奔腾，朝村里赶来。再不把神像找回来，村里要有麻烦了。上次村里出现大面积的心灵危机，已经是七八年前的事了，当时一场牛瘟，击倒了村里大批牛。为了避免牛瘟传播，县里下来人，把死去的牛集中到某个空地，挖了一个大坑，集中焚烧了。冲天火光和烟气中，村人手脚发软。但牛生瘟病毕竟是具体的事，损失是不小，但一旦烧了也就绝了后患，这一次就不一样了，神像的失踪，几乎今后村里发生的任何不祥之事，都可以和这件事牵扯上关系。

一个多月的搜寻，仍旧没有任何收获。村人筋疲力尽，彼此之间的矛盾也开始加剧——村干部的威信一落千丈，连丢掉的神像都找不回来，他们还有脸说自己给村里做过多少事？村干部每天额头汗淋淋，怕村人的问起。实在是无计可施了，有老人淡淡地说："没招了，只能请祂出来了……"

"祂？谁？"

"公祖自己。"

也只能这样了。

捐钱、起事。村人聚集，敲锣打鼓，希望把神请出来。在神终于"附体"在村中某个"童子"身上的时候，村里最说得上话的老人问了："公祖，我们实在是没办法了，才把你请出来。可否告诉我们这些子孙，你的化身哪去了？我们所有的办法都想遍了，也没能找到。还请您指点迷津，我们也好……迎回……"

"算……了吧！"

"子孙不懂什么意思？"

"我的意思，就是不要找了。找不到了，你们再找木头刻一尊就是，之前的那个，就别追了……追不回来了。"

村人一片哗然。可也正是这句话，让饱受折磨的村里人，渐渐地放下了心结。重新找人雕刻神像的事摆上议程，剩下的，就是挑选良辰吉日来完成这些事而已。后来，也曾有人怀疑，说哪有神像被偷，神自己还不当回事的，莫不是村干部设的一个假局，化解当前的危机？可村里的老人却丝毫不怀疑，他们对着那些怀疑者说："你懂个屁。"他们是见过世面的人，他们都知道，神做任何的决定，都有祂的理由。神无所不在、无处不在，当然也不会拘泥于黄花梨木雕成的神像。至于为什么祂说出让村人不要再寻找神像的事，村里只有一个老人想明白了，他没跟任何人说。他觉得，这是他和神之间的秘密。他希望某年某月某日某个良辰，有一个合适的时机，能让他把这句话讲出来：神不让追寻那尊神像，都是为了大家好啊。你们想，那么一尊黄花梨木神像，现在得值多少钱？偷走的人得多有手段？村人真找到了，拿不回来还是小事，惹了那些恶人，埋下后患，才是麻烦事。

这位老人更相信，那个偷走神像的幕后操纵者，早已丧生在一场绝症、一次车祸或者跟某个倒台领导的千丝万缕瓜葛之中。万物运行自有理，我们看不到，可报应早已分毫不差分秒不迟地抵达那位贪婪发笑的操纵者身上。

从头说起

村人大多是信任那些神明的。神明在举头三尺，当然也在垂头三尺，更在前后左右的三尺。敬神，如神在；敬神，神在。村人觉得，所有的神明与我们同在，我们的日行一事口说一言，都有另外的目光，在暗中炯炯地注视。一代人来，一代人远去，先祖们仿佛离开，又从未离开——离开的，是先祖们所经历的事；离开的，是先祖们所经历的时间。后人没法亲历先人之事，那些消散的旧事，只能在晚风中、在村人的嘴边、在小孩子的想象里存活。而村人们最为期待的，是某个吉祥之日，神明借着附体在“公童”身上的时候，讲出前朝旧事，讲出一个村庄隐藏着的秘密。因此，一件事发生当时，村人是不知晓的——或者说，知晓的，只是冰山一角，有些秘密，得多年之后，才能揭开。

比如说：数十年前 B 村中某人的一次无疾而终，却在那么多年过去之后，村人才知晓其背后的“秘密”。那人身体硬朗强悍，迎面而来就是一尊铁塔，他六七十岁之后，不少人都认为，他能轻易捏碎一个年轻人的手掌。可有一天，他从田地里拎着锄头归家，当晚就无病而逝。他的过世也曾引起了一些议论，但仅此而已，一个村里的农人，身体再强悍，也是小民一个，哪有多少值得念叨的事情？很快地，大家就都忘了村里曾有过这么一尊铁塔。村人的记忆波纹重新被挑动，是某一年春节后的公期上。B 村的公期，在元宵节过后的正月十六，在那天，村人邀请亲朋好友，吃吃喝喝、看看地方戏，如果恰巧碰到神明附体到某位“公童”身上，神迹显现，那就更有意思了。

这年的公期上，村里的神明如愿附体了，祂仿佛也不急着“穿杖”，不急着把那根两米长的铁杖穿过祂所附体的“公童”的嘴腮，以证明神迹的出现。此时的神明兴趣勃勃，竟然要谈谈心。所有的锣鼓停歇了，村人本来七嘴八舌在议论，却也在祂耐心地等待、挥手之下，渐渐屏住呼吸，等着祂说些什么。“公童”一般是村里不太有地位的人，身材矮小，见到人就往后缩，多年的孤家寡人生活，让他变成了村里被忽略的一道影子。但是，神明往往最爱附这类人的身——据说因为这类人平常就远离人群，房间也阴暗潮湿，身上阴气比阳气旺，方便神明的显现。平日畏畏缩缩的“公童”，在神明的加持下，变得坦然、淡定，语气充满自信，他，或者说是祂，说，跟你们讲件事吧，你们还记得多少年前我们村有个谁谁谁吗？……对，就是像铁塔那个，那家伙，了得，是我们这村子里阳气最旺的人。

铁塔的后人立即屏住呼吸，细心聆听。神明说：“他阳气旺盛，不是一般人，若是上了战场，那真是杀敌的好将领。他血气太旺，什么都不顾忌，不单是我，这周围几里的村神、公祖，见到他都要回避。那家伙也是过分了些，对神明不尊敬、不留情，说话、做事，都不给脸，偏偏他阳气旺，我们不敢靠近，都得躲着。那次，也是给逮到机会了，他从田里归家，正是傍晚，他有些困了，就在一丛竹子下面睡着了。单单是睡着，还好，偏偏他脱下鞋子来当枕，枕在后脑勺那，哈哈，这时，我们的机会就来了。子孙啊，你们得记着，无论多高贵的人，以鞋子做枕的时刻，都是低贱的。在这个低贱的时刻，原先多旺的阳气，也都消散了。也就在他枕鞋入睡的时候，有一位被他嘲弄过的村神，骑着一匹马，从他身上踩过，伤了他的元神。也就在当晚，他回家后，无疾而终……”

这段回忆，让铁塔的后人百感杂陈——原来，神明也如此心胸狭窄？村人啧啧称奇，老人们也借此，得以穿越时空，返回数十年前的年少时期。而这位神明为何在此时说起这件事？祂是要借此说些什么呢？背后的道理，神明并没明讲，祂把这个故事轻轻地说出来，好像但凡是有了谜面，就总有一个谜底要被掀开——谜底穿透数十年的时光抵达子孙后代那里，总有它到来的理由。

事实上，神明偶尔现身讲古，并非稀奇的事。我的一个同学的父亲，就说起他在长安镇上的某次奇遇。当地一处敬拜观音，有一年观音显身，谈兴颇浓，从远古讲起，谈及眼中所见历朝历代，竟是浓缩版中国史。祂边讲，村民边听，这漫长的讲古，持续了整整一天，祂以祂之所见，说与人，不讲道理，只讲旧事。或许在祂看来，当故事在风中飘，当故事抵达村人的耳朵与内心，一切想说的道理，就自然而然地，如种子在土地中播撒，在心灵深处生长，总有一天，林木茂密，生机勃勃。

我没有亲耳聆听过，不清楚神明一般要怎么开场，祂是不是得这么说：

“这事，得从头说起……”

逆流而上

我是村里的陌生人。镇上、县城、省城……因为读书，我离村子越来越远，我是这里的客人，我回返时，不过是再次远行的热身。我在外面生活的时间已经远远超过我在村子里所成长的时间。我又是没心没肺的人，对村里的很多人，都叫不上名字；对野地里生长的植物，也叫不上所以然来。我常常对着村中某个脸熟者发呆，不知道他会在傍晚时分，钻进哪一间房子。更何况，这样脸熟的人，已经越来越少，他们永远消失了——除非多年之后，科学可以打破时间的壁垒，让我们穿越回过去，否则，所有曾经的笑语和痛哭，都将永不重现。唯一留下来的，只有族谱上孤零零的名字。人名之外，是巨大的空无——时间抹除了所有的细节。

作为后人，我翻阅族谱时，总会陷入极大的恐慌：这绵延的链条，如果在某个环节有了意外，便戛然终止了；而我们身后，这链条还能延续多久？族谱是野心最大的文字讲述，忽略掉了所有的光阴细节，只让每一个曾存在过的生命留下名字以证明其曾存在过。族谱讲述的主题永远是：生命的意义，是让生命延续下去。族谱上有始祖，但我们知道，始祖也是有父亲母亲的，往上，是一个永无尽头的追溯；族谱当然也留下了一些空白页，以供下一次修谱之前，填上这期间新添的人丁。我和大多数人一样，面对族谱，被阻挡在了时光的细节之外。但，有人不甘心，逆流而上，试图通过某些痕迹，重现过往的岁月。

他是村里，甚至是省内对本家族谱研究得最透彻的人，一代代人，谁生谁、谁生谁，他随口拈来，根本无须翻阅。我甚至想，若是机缘得当，以他的天赋，当是研究历史的大学者——可事实上，他不过是离开了村子，在一个农场场部以卖豆腐为生的本家堂兄。他的知识，当然不止于记住那些生命链条中的名字，而是挖掘出那些背后的生活。村中几十年内发生过的事，都在他脑海之中一一刻录，而这些知识，他是如何获得，对我来说是一个难解之谜。他通过比对多个村子的族谱，证实了清末民初时，我们的前辈有一代人的辈分乱了，那之后的辈分，就全乱了。在他的力倡之下，村里的本家人开始调整——已经错了几辈人，不能让之后的人再错下去。有没有可能是他的考证有误，调整不过是错误的开始呢？当然有。但村里的本家人都选择了相信，他对族谱的熟悉，让他获得了信任。他考证原先同一个村子的家族，后来为何分流到多个村子去了？通过与县志的比对，他研究出了很多很多年以前，地震造成江水改道，把村子冲垮过，同姓族人为了生活，不得不远迁别处。

热衷族中之事，他纯粹出于内心的热爱。省内本家搞的宗亲活动，基本上他都要参加，2016 年，他甚至买了飞机票，离开海南岛，前往另一个省，参加了一次盛大的祭祖。这种研究，若没有那种体内焕发出来的热爱，是没法持续的——因为这些事无法获利、无法获得“学术”承认，甚至也很难跟别人说清楚，这些东西有啥用。但，是不是得有人去做呢？有时我也想，上天的安排如此缜密，几乎在每朝每代，每个家族里，都会出现这么一个人，以保证记录着生命延续的族谱能一代代流传下去。

我想，若是他去写作，当然会是最好的作家，因为他能逆着时光的洪流，把所有消散的事物再次聚合，让其散发出体温和表情，让其产生某种坚硬的内核，抵御速朽时光的侵蚀。我构思过，写一个人逆着族谱往先祖的方向回溯，他能经历什么？我没开头就放下了，我实在没法完成这么一个浩繁的叙事。

事实上，虽然没在学校读多少年书，但他确实有着很好的文字功底。大概十年前，村里本姓重修宗祠，宗祠大门口以瓷砖烧成的那副对联，就出自他的手笔。他写道：

溪河岔流，干接宝岛五指岭。

边缘星居，根连闽南九牧宗。

他还在供放牌位的大堂前的门前写下：

莆田先祖贤仕登科显族望。
溪边后裔才子夺魁振家声。

他若逆流而上，一定能完成我想象中的那一本时光之书。

夕阳西下

我能回老家的时间越来越少——无数的理由、无数自我编织的借口，正把我一次次推开。我正是把自己推开的最大的力量。我总是看着无边绿色远远落在身后，看着灰蓝色的烟在身后消散，一栋栋凌乱的房子渐渐潜入深黑。我成了一条开始远航的鱼，独自上路了，游向所有未知的海域。当水波涌动，暗中只有浮游之物感知到我是顺流还是逆流，我成为了故乡的流亡者。我忘记了水稻如何插进水田、忘记阳光和雨水如何在稻穗上组合出沉甸甸的食粮。我忘记的那条村前缓缓流淌的江，是怎样一次又一次改变河道，也因此改变了无数先人、动物与植物的命运。我更忘记了，村子南边，越过池塘，无数先人的坟墓在此，于每个夜里，派遣出萤火虫的眼睛，收走村人所有消散的梦。

但无论怎样离开，总有某些夜里，我得在村里度过。夜晚到来之前，总会有日头沉下、落霞满天的景象。蚊虫总是在此时集体出游，聚拢在每家每户的门口，黑色渗满人间之前，它们不会解散。这是它们一天中的合唱，这是它们的理事扩大会议，我们从门前硬挤而过，推开一条路，它们又瞬间把门口塞满。此时的风还是带着热意的，日头在风中所留下的痕迹不会轻易落败，但已经处于凉意进攻的阶段——风在凉热交织。在此时，时间并非是往前的，而是逆流、是倒退、是返回年少的岁月，让我们再看一看当年村头榕树下曾有过的人丁兴旺。这一刻，村里的人已经很少了，年轻人和小孩，都已经进城，只有某些老人，和村子一同老去，他们被封印在岁月和空间里，被万物互联与全球化抛弃、遗忘。

池塘边上的几座祠堂，是天地落霞中光的聚焦点，是绝对的主角。祠堂屋顶贴着的棕色琉璃瓦，反射着落霞的金黄。为什么几乎所有的琉璃瓦都是这种棕色？当你看到夕阳下的祠堂，就会瞬间领悟。这是祠堂的辉煌时刻。我穿过门前蚊虫的游行队伍，走过祠堂的大门，天地空旷，某种庄严在夕阳中一再升起。我想，祖先有灵、山野中的神有灵，祂们此时一定在整理衣装，做着登场前的准备。所有的光，都在给祂们提醒着登场的时间。白天，天地属于人和动物，属于用眼睛感受世间色彩的生物；夜晚，同一片天地，却属于神明，属于用耳朵、嗅觉和心灵来神游万里的神明。我从未亲见神明，但这又如何呢，我们没法见到的东西太多了：原子、电波、风和爱……我们看不到，可谁说它们不存在呢？在这熟人越来越少的世界，我们还如此充满饥渴地活下去，总得有一个理由在远处撩拨和指引。我在这天地变黑前的庄严里，感知到了某种东西。

落霞沉没，天地如墨。

我从蚊虫尽散的门前回家，把天地让给准备登场的祂们。

百感交集的声音

爷爷的声音

我初中时的某一天，爷爷把他的孙子孙女召集到一块，说有话要跟我们讲。他有四个孙子四个孙女——我爸生了三男一女，我叔则是三女一男。爷爷点燃了一根烟，开始了近两个小时的讲述。我是八人中的老大，我发现弟弟妹妹都不是太有情绪听，而随着爷爷的讲述，我得以进入一段漫长的记忆。也是在很多年以后，我才渐渐明白，那些貌似早已被时间磨灭的过往，其实在暗中决定着，我们将成为什么样的人。老一辈固然是被时代所左右，我们又何尝能独立在时代之外？我们是时代之潮上漂浮的白沫，连浪花也算不上。

爷爷是最普通的中国农民，他对我讲得最多的一句话是："我们家还没有出过一个吃官饭的人。"——对于我们家没有人能考上大学，他耿耿于怀，并为破除这个魔咒而不懈多年。我的小叔公曾经读过高中，可因为在土改时，我曾爷爷被划归恶霸地主，叔公最终没能走向考场，他在之后成为了教师，再之后，成为了算命先生。爷爷对土改时阶级的错误划分愤愤不平，也对他的弟弟最终没能通过读书改变全家命运也愤愤不平。他开始培养两男四女六个小孩，却又失败了。现在这个担子又落到了我肩上。

我小学和中学的成绩，让他看到了希望，他期待着我能给这个家族带来破天荒的改变。爷爷到处打听着县里哪个学校好，就把我转过去，以至于我小学期间竟然读过四个学校。频繁的更换让我对同学充满了陌生感。和我同年级的两位堂兄成绩也不错，都在班上排前几名，整个家族里的人都憋着一股劲，看这一次能不能挣把脸。脸没挣到，倒是被扇了一巴掌。在升到初中后，一位堂兄早早结束了学校生活，进入社会谋生；另一位则染上毒瘾，家里焊了一个大铁笼，把他像狗一般关在里头。疯狂涌来的新事物，不仅改变着城市，偏远的角落也不能幸免，我所上学的小镇，黄色镭射影院遍地开花、赌场横行、白粉猖狂，身边那些和我一般年纪的少年，逞强斗狠就不说了，有很多人还成为白粉的牺牲品。再后来，法轮功也随风而来，随时听到有人因此发疯的消息。我初三时的同桌，也在升上高中后，彻底崩溃，半夜之后在宿舍里点香念咒，把舍友吓得尖叫连连，终于被他父亲用绳子捆回家去了。

“新概念”作文大赛之后，城市八零后开始发声，他们的声音时尚、莫名忧伤，充满着某种让人向往、沉迷的甜腻。那是和我身边的生活完全不一样的世界吗？他们的文章中，充满了肯德基、随身听、摇滚乐、青春感伤、城市森林等我们想象不出来的画面，他们过的是比我看过的《十六岁的花季》更让人向往的生活吗？在他们的世界里，没有人在假期里到田中拔草、摘豆、收稻子和辣椒，没有人会累出一身呛伤自己的臭汗。新概念作文大赛的作者们，或许是在书写他们自己的生活，却也是书写着更大一部分人永远没法抵达的想象。

好吧，那我也来写一写我自己吧！

可县城中学的图书馆，找不到一本有着参赛报名表的《萌芽》。后来托在省城的朋友买了杂志寄回来，而我投出的参赛稿子石沉大海。我没能和那些成为传说中的人一样，靠一篇作文，越过高考这个门槛，脱掉我头上的紧箍，让我爷爷意气风发一回。2000年之后，“新概念”是校园中的焦点，韩寒与郭敬明，成了一代人的偶像。当时我们并没有意识到，媒体在聚焦、宣扬的同时，也遮蔽了其他所有人的声音。韩寒与郭敬明的光芒，不仅遮蔽了其他八零后的写作者，也遮蔽了其他不写作的八零后，他们是一代人唯一的声音？

在媒体的报道中，八零后永远都和叛逆、孤独、独生子女、物质丰厚、郁郁寡欢等关键词捆绑在一起。媒体的视野中，农村是没有八零后的、在城乡接合部居住的打工者是没有八零后的、捡破烂的也没有八零后……当然，像我这样，赌气一般背负着两代人的沉重包袱的农村小孩，也算不得八零后。在最初的报道中，“八零后”并不是一个代际的概念，而是有着高门槛，有着特定的出身，没有城市子女的那种莫名其妙的四十五度忧伤，让很多人丧失了当一个八零后的资格。

我当然可以通过高考来改变自身处境，但改变谈何容易。初中时，我喜欢美术，还准备报名学素描、报考中师，但却很快就放弃了这个想法，读高中，接着读大学，这才是让家中和谐的唯一选择。爷爷盼望了太久，一个中师消解不掉他积压多年的郁愤，满足不了他的心比天高。

街头的声音

高校扩招已经开始，这算是一个好消息。当然，我当时并不懂得，资本让一切重新洗牌的时代也已经到来。海南岛经历了建省初期的疯狂，迎来二十世纪九十年代中期的房地产泡沫，烂尾楼遍地流脓，海南的经济还处于一个萎靡不振的状态。为了吸引省外人前来购房，政府利用海南高考录取比率高、海南学生素质较低的“优势”，推出购房送户口的政策，一批批高考移民蜂拥而来。其时是全国统考，那些来自山东、湖北等“教育大省”的高三学生，在其省内只是中下水平，来到海南却随手一涂就能上名校。起先两年的冲击还不是太大，到了我上高三的时候，已经到处在传言，省内的一本线，70% 的名额，全都被外省考生捞走。

多来一个高考移民，我们本土考生就会有一个被挤掉。眼看高考即将临近，生死存亡已经逼到眼前，不能不有所表示了。我当时是县中学的学生会副主席，听到很多同学饱含激情的言辞，觉得是到了行动的时候了。一些会议在秘密进行，每个年级的学生会干部负责把消息传达到各班级去。商议的结果出来了：单单靠我们一个县中学，折腾不出什么来的，还得联系省里面的重点中学。当时那个从省城海口给我寄回《萌芽》杂志的小学同学，正在国兴中学任学生会主席。当时我们猜测，国兴中学是省重点，以黎族革命英雄王国兴命名，有着深厚的革命传统，就从他们学校下手。我把我那同学的呼机号码，抄给了准备上海口做“秘密工作”的同学。

前往海口的人出发了，我们焦急地等着回话。校领导却听到了风声，副校长召开了初中、高中各年级的班干部会议，让大家千万要冷静，不要做出过火的举动。后来我们才知道，是一个叫李 × 辉的学生会干部去告的秘，他被我们叫作“李登辉”。当天晚上，几个学生会干部在县城一个茶艺馆等着从海口传回来的消息——我们都盯着桌子中间的呼机，它会什么时候响起呢？

“嘀嘀嘀嘀！”

赶紧回机！海口的高中很仗义，除了国兴中学，海南中学、海师附中、华侨中学等省重点中学也都表示支持，经过商量，他们决定，在明天——也就是高三最后一次摸底考试的时候，举行“罢考”，然后集体散步到万绿园去“野炊”。这个消息让我们很兴奋，按照原来的分工，有人立即赶去广告店铺，连夜赶制标语横幅，有人回去联系组织。

第二天早晨，下起了绵密的雨，县中学的高中生陆续来到校园。学校方面也已得到消息，每个大门都派老师把守，只让进来，不让出去。雨越来越大，很多人都在说，这场雨估计会把预谋已久的游行冲垮了。所有的老师如临大敌，每看到有三三两两学生站在一块，就过来驱散，各高三班主任也都来叫学生进教室参加最后一次摸底考试。

突然之间，从一个角落里传出一句："管他们，走啦！"这一声喊迅速掀起波澜，一千多名高中生迅速集合，形成队伍，往校外涌出。除了高三生，高一高二的学生更加积极。守在铁门边的老师，也没能拦住。按照最初的规划，行动的目标是县委县政府。队伍一走起来，真是气势非凡，有一部分人很快穿过老桥。县里的警察已经出动，从老桥中间截断了队伍，过不去了。队伍只能迂回前进，往西绕道新桥。警察队伍也拦在了新桥中央，却很快被勇猛的高一女生冲破，队伍很快堵住了县委县政府的东西两座大门。

横幅已经立起、口号也已喊出：

"拒绝外来考生，圆我大学梦！"

大雨没能压制冲动，反而激起了每个人心中的某种浪漫的革命激情。看热闹的人，都在指指点点，知道是为了抵制高考移民，也都聚在一旁围观。围堵着县委县政府的学生，高喊着要见县委书记。县长和负责教育的副县长，都举着扩音喇叭，说一定会把消息传达省教育厅。学生们仍旧喊着要见县委书记，好像只有他应承了，承诺才能得到践行。据说我们的校长出差了，一直没有出现，副校长在门口一直劝着他的学生要冷静，他满脸悲戚，几乎要给学生跪下。他带领着一些老师，不让学生往县委大院冲——他们的身后，就是手拉手的警察。

所幸双方都没有再进一步。

接近中午的时候，雨停了，阳光出现，在副校长不停地劝导中，浑身湿漉漉的学生陆续散去。上街之前和各班班长反复强调过：不能乱丢垃圾、不能妨碍交通，尤其不能出现打砸现象！幸好，我们担心的，都没有出现，场面虽然差点失控，可这些八零后的少年，没有把县城的街道弄得狼藉一片。有人给《南国都市报》的记者爆料了游行的消息，可他们没有抵达现场就被堵住了，一些有相机的人拍了照片，却被收缴了相机。

没有任何消息传出去。

我不知道这件事到底有没有真正产生效果，不知道后来的高考移民是否少了，但之后几年，购房送户口和高考资格的政策没有了、会考成绩计入高考总分、省内自主命题等政策不断出现……高考政策也一直在调整。

八零后的年轻人，很少有走上街头高喊口号、为自己争取权利的经历，作为这一次游行参与甚至组织者之一，我是应该庆幸还是后怕？要是当初激情淹没了人群，造成场面失控，那会是一幅什么样的场景？要是当初这群血气方刚的八零后，发生了打砸抢的事情，甚至造成了流血，那谁来承担后果？他们一起为自己的前途呐喊，可是到了最后，激情比目的更重要，呐喊本身成为了目的，甚至死活要见到县委书记，这算不算一种集体无意识的癫狂症，这算不算是一场年轻人的狂欢？

我的爷爷不知从哪里听到了消息，和我谈起十几年前他在电视上看到的学生运动画面，他话语闪躲，好像要劝我今后不能再参与类似的活动，却又不知从何说起。而我后来也曾暗自回想，这一次上街游行，带给我最大的收获或许就是：在和平年代，只能遥想历史的年轻人，用一次没有付出任何代价的游行，感受到了某种革命年代的不绝余音；我见到上街之后，人群容易被激情裹挟，容易忘掉了上街最初的目的，忘掉自己高喊着的口号，走到行动的对立面。“革命多与年轻人有关！”“历史带有很大的偶然性。”——这是我时常会回想到的话。

当初那些拦在半路的警察，其实更多是在看着我们这些年轻人摇头苦笑，并没有真的进行强硬的拦截；当初的学校领导，在此事后，没有追究组织者的责任；而当初的我们，在游行之后，当然也乖乖地走进教室，等待着高考的来临——这当然是庆幸的。随着年龄的增长，我们见到了种种社会弊病，很多问题甚至不需要深究，就让一个试图思考的人倍感绝望。可，有时我忽然想到那一张张在雨水中呐喊的年轻脸庞，便会泛起一些让人担心、后怕的微茫希望。

大学的声音

得益于大学的扩招，虽然在报志愿时磕磕碰碰，我还是被山西一所高校录取了，是“工程力学”专业，对于一个物理极差的人来说，这是很大的嘲讽。唯一可以安慰自己的是，当时在全国风行的疯狂英语创始人李阳，学的也是这个专业。对于家人尤其是爷爷来说，这当然是值得欢呼的事，虽然那学校只是二本，但也算是一偿他多年夙愿了。家里摆了升学酒，邀请亲朋前来庆贺，爷爷似在宣告，我们家也是能出大学生的。可是，他没能高兴多久。我在一场台风中前往山西报到，却没过几天，便从那个学校灰溜溜地返回了海南。为什么当初从那个学校离开，在十余年后的今天，我仍旧想不出所以然。那是一次莫名其妙的逃离。

重新读高三，是一场噩梦般的经历，我不得不面对明年没学可上的压力。也是后来才知道，那一年里，爷爷面临着比我更大的煎熬。他想不清的是，为什么我都抵达了学校，还跑了回来？是不是他的父亲、他的祖父坟墓出了问题？——农村人碰到纠结难解的事情，总是这么想，总是要往这个根源上找理由！一年之后，海南大学的录取通知书让我爷爷终于长出一口气，却没有了第一年的兴奋，只有折腾后的疲倦。我第一年考上大学时，家里在办升学酒时收了不少亲朋的红包，要是我第二年考不上，是不是得把收的红包都还回去？家人得怎么去面对村里人的嘲笑？爷爷是不是得寻神问鬼，从祖坟的根基和朝向上，怀疑起一个家族的未来？……

算命的小叔公似乎是怕我再次逃离，用命理来向我证明，这都是上天注定的，他说，到了这一年，水会改变我的命运——他指的是我新的专业：水产养殖学。可我并没有从这个利于我的“水”里面，感觉到大学的轻松愉快，而是被不擅长的数学、物理、生物等课程折磨得手忙脚乱。

我只能转移自己的注意力。

网络在校园里风行，各种 BBS 都是我们所关注的地方，我热衷于在网上和别人争吵，热衷于在网上写连载小说。而一群喜欢文学的人很快便聚集一块，开始编辑民刊。我们没钱，刊物编好了，只能存在电子邮箱中。有一次，在上课途中捡到一百元钱，当天晚上我们便到打印室打印了好几本。而我在网上连载的小说，却给我们的刊物带来改变的机缘。其时《天涯》杂志主编李少君应校内一个文学社邀请，前来我们学校演讲，在演讲中途，他提到了我在网上连载的长篇小说，说他从中看到了海南文学的希望。演讲结束后，我便和他结识了，在今后的很长一段时间内，他个人资助我们刊物的打印与装订。不久之后，我们和海南一批年轻诗人都建立了联系，刚刚从荷兰回到国内，正在海南大学教授诗歌的多多，则甩着他的满头银发，对我们说着诗歌的“魂兮归来”。而我，也开始了与《天涯》杂志的缘分。

同学们都忙着考研，忙着当学生会干部，忙着和老师蹲实验室、观察着鱼虾蟹，我则不务正业，挂科、写乱七八糟的东西。学工办的老师来找我谈话："你在网上的小说，我看了一些，也不能把我们学院写得这么负面吧？"我只能呵呵呵。由于挂科，我的助学贷款只贷了两年就被终止，到了大三，家里拿不出学费，我只能欠着，拖一天算一天。我告诉父亲："不能贷款了！"他问："为什么？"我编个借口："贷款的人多，银行压力大，不放贷了！"父亲也就沉默了。我的二弟早早出社会，三妹和四弟还在学校，家中的负担很重，助学贷款的终止，很长一段时间内我都以为大学没法读完了。在进入海南大学时，我就知道，水产养殖这个专业会让我过得痛苦不堪，大一时我曾想过换专业，可要交一大笔钱，我只能放弃。在饱受折磨的专业里，我心存着不能声张的文学梦，在暑假里，别的同学都忙着到各个养殖场实习，我却悄悄地到了《天涯》杂志，开始初步接触编辑部的工作。我的实习报告，写的也是在杂志社的经历，不知道学院只会和鱼虾蟹打交道的老师在给报告打分的时候，会不会摇头苦笑？

学校出了死规定，不交学费的，不让参加最后两门考试，我只能又向父亲求救。他从哪里给我筹集了两年学费的，我不得而知，只记得接过他手上那沓钱的时候，我几乎破口而出，是我学得太差，挂科太多，才导致了不能贷款。可我最终忍住了，在家人的眼中，我是这个家族最不需要担心的人，我是他们几十年的希望。多年以来，他们在我身上寄托的，早已超过了我所能完成的，捅破他们虚幻的梦，需要巨大的勇气——我没有。

和我交往了很长一段时间的女朋友，在全班去深圳实习时，没到三个星期，便回来和我分手了。她支支吾吾不说理由，可她同学却透露了秘密。她在深圳交了一个转业军人，原因很简单，那人经济条件好。这是一个说起来很无趣的故事，可在大学里，传说最多的，恰恰是这类故事：哪个学校下课后，门口的小车最多；哪个专业的女生，几乎全被包了；哪个学校旁边的酒吧，全部是英语系的女生；哪个学院的女生，开着法拉利跑车去上课……伴随着这次分手的，是某种强烈的屈辱感，在好长时间内，我对军人充满了偏见。没多久，她就生了小孩，我在网上碰见她，饱含酸意又不无恶毒地笑问："那小孩和我长得像吗？"

我留在了海南，在忙了几份不太稳定工作后，我和很多大学毕业生一样，陷入了巨大的迷茫，不清楚自己能做什么，不清楚什么是我的方向，想到以后的买房结婚等，只能给自己扇一巴掌。班上的同学都去了海边的养殖场当技术员，可那不是我的理想，更非我所擅长。大学时所坚持的文学，当然还在坚持着，可这份坚持能在工作中带来什么帮助呢？工作变来变去，租房也不稳定，那堆成小山般的杂书，成了搬家时最大的负担。慌乱生活带来的强烈漂泊感，让人没有心思去翻开那些书，每一本都落满厚厚的灰尘，只等着下次搬家，装袋时抖一抖。大学里一起编民刊的朋友，有的跑到山里种花去了，有的身体有病，也躲回了老家。我们垃圾一般从学校被清理出来，还得填写着虚假的就业单位，以便让学校统计就业率，他们得给媒体、上级管理部门一个体面的数据。

当时随处可见八零后的消息，八零后是媒体最大的话题。除了韩寒、郭敬明所领衔的青春文学，选秀节目所营造出来的李宇春、周笔畅，也都已经成为这个时代的偶像。媒体在大力宣扬着那些选秀偶像的草根出身，宣扬着普通人的梦想成真，没有人去揭示选票背后的资本推动。我和一些朋友在狼狈不堪的时候，只能在冰啤酒中彼此安慰，总会好起来的。那个夏天，海南所有的公交车上都播放着为"09号陈楚生"拉票的广告，从没出过明星的海南岛，为了陈楚生，已经豁出去了，势必把陈楚生这个海南岛的声音捧成冠军。八零后的陈楚生一夜爆红，我们也被席卷进去，按动着手机投票时，我们真的涌起把一个身边朋友推上去的激情。

我到了天涯社区这家大学时经常光顾的网站上班。我没有参与网站方面的工作，却策划着一本永远不可能出来的杂志《海口新生活》——项目的主管已经在这项目上拖拉了两三年，换了四五拨人。项目主管曾因自己掏钱在一家报纸上买版面，强烈控诉日本人参拜靖国神社而成了爱国英雄。后来日本方面邀请他访日，回来之后就成了一个哈日的人，整天给项目组里两个女设计师讲着日本的种种优越性。我们部门和一家广告公司合作，准备把陈楚生第一场演唱会拉回海南来做，前期的接洽已经开始，我们将会和这个海南岛的声音一同起步。就在此时，海南省作协给我来了电话："有没有兴趣去北京参加学习？"

"什么学习？"

"鲁迅文学院！"

文学的声音

鲁迅文学院是众多文学爱好者心目中的圣地，由于冠着"鲁迅"之名，让它显得高不可攀，对于没发表过几篇作品的人来说，哪敢想象能到那个地方去？我当时跟文学最亲密的接触，就是在网上连载了一些小说，在诸如《青年文学》等杂志上发表了一些文章，并和中国移动签约，写了一些所谓的短信文学……在填好报名表寄回鲁院的时候，我做着出发前的准备。辞掉工作、筹借生活费，并找了一个家在海口的朋友，把我的书寄存到他家去。一捆捆的书装进布袋、拉上拉链，抬到了朋友家一个阴暗的角落——我什么时候会回来把这些布袋重新开启？

这一届鲁迅文学院高研班，搜罗了一帮从《萌芽》"新概念"作文大赛走出来的当红八零后，他们都曾是媒体的焦点，是一些在报纸和网络上的名字。而他们的存在，正是我所期待的，我需要这么一次近距离的接触，让这些媒体中光芒四射的名字“原形毕露”。当年诗歌届喊出“pass 北岛”，在暗影中的八零后，当然也得“pass 新概念”“pass 萌芽”，才能找到自己的路。这个班曾集体参加过央视的《艺术人生》，据说是想呈现八零后与青春文学的某种真实面貌，但呈现的过程，却又造成了更严重的掩盖——我忽然发现，我的声音，和我一样的不那么时尚、甜腻、闪亮的声音，仍旧没法传出去。不仅仅是我，为了参加这次节目而专门把一头乱发打理得整整齐齐的蒋峰，由于在和朱军交流休学时过于随便，节目播出时几乎被剪掉了所有镜头。

朱军提问时，被问的八零后代表作家的口头禅是，“我们八零后怎么样怎么样……我们……”

——我被代表了！

在节目的录制现场，我悄悄地从观众席离开，走到后台，和负责现场搬运器械的几个八零后民工一起打牌。

在这个班上，能和我聊得来的，全都是七零后甚至六零后——有一个四十多岁的男人说到家事，当着我的面痛哭流涕；可对着那些八零后的脸，我却感到无比陌生，我和他们之间，有着难以逾越的鸿沟。这个鸿沟，来自差别巨大的“名气”，来自“城市”与“乡村”这个决然不同的出身，更来自完全不同的生活场域与话语体系。几乎同时，我也理解了，为什么他们更多地描述着所谓青春期当中那种难以说清的“忧伤”，却又没有任何实指——他们中的很多人都不太在意自己两米开外的世界，而只专注于自己的所谓“内心”。

很多到过鲁院读书的人，都对那个小院子充满深情，对同学的情谊难以割舍，可我后来却多次想起，鲁院的这段经历我过得并不愉快——寻找自己位置的过程，让我百感交集。我一方面得坦诚自己不如人之处（直面现实），一方面得从他们身上发现幼稚可笑的地方（获取动力），我还得告诉自己，要想发出自己的声音，只能喊得比他们更大，只能用和他们不一样的音色喊。这种试图发声的过程，其实蕴含着巨大的自卑——在后来的网络上，我见到了很多诸如此类的自卑，慢慢演化成了“屌丝式”的自嘲、自贱与自甘沉沦。我得用最快的速度找到自己的路，不去写那些与己无关的生活，不去写那些“过于雕饰的精致忧伤”。

八零后作家貌似很早就登上了舞台，吸引了目光，可是当我们慢慢停下脚步梳理自己的时候，便会发现，这一代人并不比任何一代人更加早熟——甚至还由于拒绝成长，显得幼稚可笑，至少到目前，已经早过而立之年的一代人，真正有分量的作品尚未出现。张炜、余华、苏童、迟子建等作家在二十几岁的时候，代表作已经写就，可八零后真正不负时代的作品，又在哪里？我们当然可以说这代人丧失了对现实的感知能力，说这代人受到房价的压迫而难以喘息，说这代人面临着一个越来越碎片化的现实，但这些是最主要的理由吗？

“八零后”作为一个内涵不断外延的词，从“新概念”、韩寒和郭敬明，不断延伸到超级女声、刘翔、姚明、郎朗等，一直都以一种光明、颠覆性的面貌出现。蚁族、剩男剩女、买房压力、怀旧潮等，则是后来才和八零后联系到一起的，媒体好像忽然之间才发现，原来被生活压得没法透气的八零后数量是那么庞大；原来，聚光灯之外的八零后生存状况那么沉重。可怜的是八零后一直没有意识到，在其登上舞台的时候，面前却没有了清晰的、有分量的对手，所有的台词都变成了自言自语，所有的刀剑都砍向虚空。金钱成了主宰一切的东西，可是，我们有勇气把其当作应该狠狠出拳的对手吗？——我们都恨囊中羞涩，都恨不得腰缠万贯。

2008 年年初，京城雪花飘落的时候，我已经找好了两个去处：一家汽车杂志，一家影视文化公司。我准备开始北漂生活。在鲁院期间，我也慢慢了解了北漂是怎么一回事，当时我有一个高中朋友，从长沙毕业后到了北京工作，他告诉我要怎样融入这里的生活。一个已经在北京飘荡了多年，一直没有正经工作的诗人，则甩着他一头长发，和我喝着冰冷的啤酒，讲着他不停流浪的生活，他在样貌、穿着和言行上，都把自己往“传奇”这个方向来塑造。他们俩带着我去见了一个在公司做设计的女孩，年纪已经很大，也没有对象，前途渺茫——她和人合租，她的房间只有四五平方米，在里面转身都很困难。当时我就在心里问自己，若是北漂，他们三个人，哪个将成为我的榜样？北京值得我逗留吗？

抱着试试看的心理，我给海南省作协打了电话，问：我快从鲁院回去了，那边有没有什么去处，没有的话，我就在北京待一段时间。

两天后，海岛的声音传来了：先回来过年，别的再说。

我买了火车票赶回海南，早几天躲过了那年的南方雪灾。

海岛的声音

生活的真正压力，是忽然之间就到来的。

我进入了《天涯》杂志工作。在工作地点不远的地方租了房，很快地，有一些在外地打拼了一段时间后，回到海南的朋友过来投奔我。妹妹和小弟，也都已经考上大学，父亲对我说：“你工作定下来了，你得负责一个。”这当然也是我不能推卸的。很多八零后都是独生子女，但我不是，我当然就得担负起老大的责任。海南的农村家庭，都是能多生就多生——躲避计划生育的围堵追杀也要多生。当年我叔叔和婶婶就为了躲避，逃到一个小渔村当了一段时间的渔民。可是，他们躲避着生下的第二、第三、第四胎都是女儿，儿子便成了他们惯着的宝贝。可是，他们唯一的儿子，精神出了问题，成为我们家不愿提及的痛。

堂弟小学时成绩很好，可是小学毕业考试失利，我爷爷在四处打听之后，替他改了名，转到另一个镇，重新补读六年级。我小学六年级时，也曾有过这样的遭遇，也是爷爷决定让我留级，也是他决定把我名字改成了“林森”——在家谱上没有了辈分的名字。我六年级和高三都复读过，深受其苦，知道要想在复读的强大压力下取得进步有多难，因此我反对爷爷让堂弟复读。反对无效，堂弟换了名，到了另一个镇，可没到一年，他就发疯了。我不清楚爷爷在无法入眠的夜里，会不会后悔他的决定？我的高不成低不就没能完成爷爷的心愿，而他对家里出读书人的强烈期望，毁了我堂弟的一生。

堂弟有三个妹妹，除了老四还在上学，其他两个很早就走进社会，三堂妹表现出九零后的一往无前，和别人把肚子玩大了，才十四五岁就匆匆忙忙把自己嫁了出去。在三堂妹小孩满月的当天，婶婶到镇上打米粉，准备蒸年糕作为贺礼，却在排队的人群中晕倒，送到县医院后发现是脑溢血，急忙送到海口。我赶到海口市医院，在“不手术就立即死”和“手术不一定成功，而且花费巨大”的选择中，签名同意手术。婶婶在IUC病房待的十几天里，我每天睁开眼就得发愁怎么去筹借今天的五千块住院费。撑了十多天后，全家人都顶不住了，可是婶婶还没醒转的迹象。叔叔试探性地问我：“怎么办？是不是……”我只能斩钉截铁地说：“放弃吧！”被拉回家的婶婶，两天后就过世了。

——我突然之间才发现，原来我已经成为家中仰仗的顶梁柱。即使摇摇欲坠，也得顶着，不得不当那根承重的柱子。在某种程度上来讲，这也是八零后一代人的尴尬境遇，过高的生活压力，使得他们既愤青又脆弱，时不时就跳出来怀旧。网上一有关于八零后玩过的玩具、游戏之类的帖子，跟者如云，好多人掉泪了；网上有回忆“李雷”和“韩梅梅”这些中学英语课本中人物的帖子，跟者如云，好多人掉泪了……脆弱的八零后们，总是还没长得足够强大，便发现青春已逝。他们好像永远瞻前顾后，没有九零后那种无所顾忌的勇气。

2013年，“新概念”作文大赛已经过去了十五年。这个大赛终于从“新概念”沦为了“旧概念”，翻开每年一套的获奖作品，大多是些无病呻吟的文字，青春和积极向上，成为了意义相左的两个词。参赛的作者，已经早没有了八零后。也就在2013年的3月31日，倡导“新概念”的《萌芽》主编赵长天逝世，那些从这个大赛走出来的八零后作家们，开始陷入集体的怀旧与思念，他们好像也突然发现，自己的青春已经过去了。而他们回忆起这十五年，即使是无悔的，但有没有遗憾呢？

大多八零后是不知道赵长天的，生活中也从未和“新概念”有过交集，但他的去世，却不能不让某些八零后正视一个事实，我们终将要去承担落到自己肩上的重担。房价把除了富二代、官二代之外的八零后们全都打垮了。七零后们毕竟还赶上一点尾巴，给自己安了一个家；九零后们都还在啃着他们处于社会中坚的六零后父母的老，八零后们，很多人到了成家立业养孩子的年纪，夹在中间，左右为难……可在这其中，仍有很多沉默的八零后，只能暗暗地成为社会的主心骨，他们沉默的身影有些悲壮，有些被迫接受的苍凉。

也是在这一两年，家里老一辈的人，不断过世；家中不断地翻修破旧的房子……以前是当家做主的“大人”去做的事，已经逼迫到眼前，当所有的问题，家里人都得问询我的意见甚至让我拍板做主的时候，我知道，我不得不去承受肩上的压力。我的高中同学，有些人在大学毕业后，留在了外省，却没过多久，又纷纷返回海南，重新开始。朋友中的很多人，也不得不收起叛逆的心，还迷信起来，每一个节日，都得遵守着旧有的习俗——我们都走上了此前所反对的父辈之路。

结婚之后，我和所有成家的人一样，在这个城市大街小巷跑，寻找一间可以买得起的房子，把家安下来，把自己的下半辈子捆绑住。当我看了将近一百套房，对大多小区比房产中介还要熟悉的时候，我不得不在现实面前低头——我们总要回到生活当中。当所有的同学朋友甚至我的弟弟都已经生小孩的时候，我也不得不开始考虑下一代的问题。看中房子后，准备买了，我没跟家里人说，只和妻子想办法筹首付——我们很清楚，对于在农村的家人来说，一旦开口，就成为一种情感的伤害，他们怎么可能帮得上任何一点忙？既然帮不上，何必去开口？我只能在安家之后，把他们请上来吃饭，从他们手中接过两盏寓意着祝福的煤油灯，在房间的小角落点足三天三夜。

北上广成就了很多人，可我并不后悔2008年年初从北京的坚决逃离——这次逃离或许和当初从山西的大学逃离一样，没有多少说得通的理由。生活那么丰富，可我只能选择一种。我爷爷曾说："生意不好做，永远是有人赚钱，也永远有人亏钱。要是百分之百赚钱，那就谁都做生意了，没人做别的了；要是谁都亏，那也没人做生意了。"这个道理放在我们身上也是一样的，总得有人处于聚焦的中心，总得有人在暗处默默观看。在大多数人都往北上广拥挤的时候，我们有意无意间选择了在岛屿上的生活。没法走向一个更广阔的天空的时候，我们只有往回走，找到那个可以遮风挡雨的故乡。这里缺少机会，却也少了一些无情的竞争；这里设施不完备，却也少了雾霾的困扰；这里难以成名，却也有足够多的时间旁观与思考。在这样的选择中，无奈的成分很大，可也未必不是一种幸运。

小叔公说我的命格显示，三十六岁时将会迎来改变，爷爷很期待那一天能如约到来。这些年兜兜转转，我总算没有丢掉自己的爱好，也没有放弃自己的理想，我还是听从自己的心，成为了一个故事的讲述者。而我也越来越感觉到，我等待、追寻多时的发声机会，或许就要到来。当前八零后作家中最活跃的，很多都是从偏远的地方走出来的，此前默默无闻的他们，用静默书写改变了文学生态——文学总要回归到饱含生命热度的状态中去，不会永远都和话题、时尚、娱乐有关。当年爷爷煞有介事地讲述的故事，有一天我得用我的语气再讲一遍，在此之前，我得讲很多很多别的故事，作为那即将到来的长途奔袭的热身；我得要绕很长很长的弯，才能返回原点，返回我的海岛。有一天，从海岛上传出去的声音，肯定会带着海风的味道，带着碧蓝的颜色，也带着绿意盎然的勃勃生机——那是清亮之声，和所有喧闹的杂音都不一样。

那一天总会到来。

睡在屋顶的小镇少年

我出生在农村，上学之后，虽然寒假、暑假会回到村里，可更多时候，都是在离村不远的镇上生活。小镇在中国是一个很独特的存在，是城市与乡村之间的过渡，无论是离家远走还是从外地归来，都要路过小镇，在那里歇歇脚、喘喘气。因为处于过渡地带，无论是城市里还是乡村中发生的新变化，都会很快在小镇上激发、传扬、变化，并以一种很奇特的形式流露出来。在镇上读小学、初中的那些年，正是二十世纪九十年代。在很多讨论里，二十世纪八十年代是属于理想主义的，在某种光环照耀下，曾被无数人回顾、书写、眷恋、渴望重返，但二十世纪九十年代，往往以一句“市场化大潮的到来”之类，便被打发，其背后多少纠结和撕裂，被直接无视或省略——小镇上的二十世纪九十年代，更是少有人去回顾。

我们那个海南岛上不靠海的小镇，人人爱吃，有几种美食在省内很著名，多年后央视还来拍过节目。也就是说，即使都是镇上的贫困之人，吃起来也从不含糊、绝不将就。镇上永远顾客盈门的，是茶馆、粉店和饭馆。隔天一集的小镇，会集着各村来赶集的农民，也要在镇上阔气一把，趁着卖瓜菜、买日用品的时刻，到一家店里吃一份加蛋的粉条汤。镇上不少人，在村里还有田，身份还是农民，他们可以随时回到两三公里外的村子，甚至就在村里种着田，但忙完农活之后，他们很少在村里过夜——回到镇上洗澡、睡觉、喝一杯茶，代表着某种身份感，代表着和村里农民真正的距离。

我在镇上读的，并不是镇中心小学，而是几个杀猪佬联合当校董、邀请老师举办的一个私立学校。这在当年也是一个创举了。这私立小学邀请了不少县内有名的退休教师前来任教，使得它吸引了不少成绩好的学生。我爷爷这个农民有一个巨大的心结，希望家里有人读大学、当读书人。爷爷少年时供他弟弟读书，却由于阶级关系不能考学；他的几个儿女不是读书的料，写自己名字都困难；他就把希望放在家里的第三代上，听说县里哪个学校风气好，立即把我送去。我四年级之前，在一个农场读书，课余时间要参加农场的砍甘蔗等农活；五年级之后，我成了镇上那私立小学最高年级的学生，后来是这学校的第一届毕业生。校董们的小孩也在班上，他们依仗家长的身份，横行霸道欺负人，也招来过反抗——我就跟同两位堂兄一起，跟几位校董的小孩，爆发过一场架，教室里的桌椅被我们打得七倒八歪。

小镇上的秩序，基本上属于一种原生的混乱，可悄然之中，很多东西已经随着整个中国的变化而变化了。海南作为全国最大的经济特区，在 20 世纪 90 年代，曾处于一个房地产疯狂的泡沫期，小镇基本上还是隔绝的，但不少东西已经随风而来。小镇上很早就遍布着各种电子游戏厅，出入其间的，大多是被家长视为坏小孩的那些人；几乎同时出现的，还有台球桌、录像厅、武侠小说出租店、私彩、老虎机……这些还是可见的，更可怕的是那些不可见、暗中潜行的——比如白粉的泛滥。

可能因为自小是被爷爷寄予厚望、严加叮嘱的长孙，我有着同龄人中少见的自律和压力。在很多同龄人分帮结派、互相斗殴的时候，我没有参与其中，而是保持一种距离。很多同学把零花钱花掉之后，开始偷家里的钱去出入电子游戏厅、台球厅、抽烟，甚至吸食白粉。

早先时候，录像厅还是稀罕之物，小学毕业的那年暑假，我第一次进录像厅观看一部黄飞鸿电影时，前面插播的是一段日本A片，整个银幕上白花花的扭动人体和周围那些点评、赞叹、吞口水的声音，直接宣告我青春期的到来。那一瞬间，体内一些东西被开启，而另一些永远离去。录像厅每次放映前，都会在厅门前贴出手写的红纸海报，夸张的字体写着“最新爱情武打暴力枪战片，黄金阵容，隆重上映”之类的话……不过录像厅的黄金岁月其实很短暂，镇上的茶馆里很快就备上了录像机，点一杯茶、无限续水，坐一个上午。从香港过来的盗版武打片、黑帮片厮杀不止，刀光剑影满街巷。

初中时候，同学之间的分化更加厉害了，有不少人毁于毒品。我和弟弟妹妹租房住，隔壁一个瘾君子，经常跑到我们房里，关上门，点起蜡烛就吸粉。我一位成绩很好的堂兄，就在初中时吸食了白粉。伯父很早就搬到镇上买地盖房，买了面包车拉客，过着让人羡慕的日子，堂兄染上白粉，使得他们直接返贫，回到村里，生活不断陷落。堂兄被关在一个我爸爸焊成的大铁笼里强制戒毒的时候，我常常给他递送武侠小说解闷。他戒掉之后的十年里，曾有过一段美好的岁月，可惜白粉仍旧没有放过他，他在十年之后再次染上，导致妻离子散凄惨不已。家族里另一位吸毒的堂兄，毒瘾发作后死在小镇的山坡上，我弟弟去认的尸。我的同学当中，有吸毒毁全家的，也有参与贩毒，很早就被抓入狱的。小镇上单调的日子，没法安放那些少年骚动的心。阅读是匮乏的，男看武侠、女看言情，至多再加上邮局门口报刊亭里的《江门文艺》《佛山文艺》《故事会》和《知音》。我经常钻到租书店后面，把不少泛灰的武侠小说也翻了出来。读镇中学时，还流行考中师、中专，觉得早点出来工作才是正道，而我基本上没犹豫过，铁定了心要读高中、考大学。那不仅仅是爷爷多年来一直给我灌输的想法，那也成了我的信念——出走、离开这个小镇。

这个有着三百多年历史的小镇，最大的节日是每年农历的七夕，那是小镇上的军坡节。军坡节每年行军庆祝的队伍极其热烈，但那个节日在二十世纪九十年代的某一年终止了，很多年以后才重新恢复。由于阻隔着一道琼州海峡，海南的民间保存着很多地方性的民间习俗——也就是我们称之为“礼”的东西——这种“礼”在现代化的进程中，消失得比其他省市很多地方要慢。可也正是这种慢，让生活其中的人愁肠百结。旧的礼在崩垮，新的生活方式并没建立，于是我们看到，私彩横行、赌博疯狂、白粉泛滥、诈骗惊人……各种新东西，在刷新着我们的认知。我很多年内一直在思考关于小镇外部的冲击与内部的纠结问题，并用了很多短篇、中篇、长篇来探讨，可直到现在，我也没能把问题想清楚。

初中之后，为了减轻负担，我们几兄妹不再租房住，而是被分配到几个嫁到镇上的姑姑家去，我住在小姑姑家。小姑丈是镇农业银行的职工，他住在农行那栋楼的顶层——五楼。小姑丈有录像机，时常租碟回来，我因此看了无数 TVB 的武侠电视剧；小姑丈家的一个纸箱里，堆放着很多老的磁带，我从那些磁带里，听到了许冠杰、谭咏麟和张国荣等香港乐坛黄金时代的歌；他家里还有一些租书店也没有的武侠小说。但我记忆最深的，却是那些睡在屋顶的夜晚。海南岛天热，夏天尤其闷，风扇没法解决问题，空调还是奢侈物，很多人到了晚上，便会抱着席子、被子、枕头，跑到屋顶上睡觉。有时还得在楼顶洒水，才能把温度降下去。我在屋顶上度过了很多夜晚，导致我后来一回到房间就没法睡着，严重失眠。有时暴雨，屋顶没法睡了，我还是难以在房间里睡着，只好关住楼顶的门，睡在楼梯的转角处。入秋以后，霜雾比较大，一夜露天，被子、枕头全湿了，就不收拾，留给太阳晒。有时还会在头部遮一把伞以挡夜露，天亮时早被风刮到另一个角落。有时还把灯泡拉到屋顶，在上面写作业、看书。更多的时候，是躺着看夜空、发呆、想着外面更大的世界。农行那栋楼，是小镇的最高点，可以俯视着整个小镇，家家户户或闪着灯光、或隐在黑暗里。

各家屋顶上也睡着我的同龄人，他们有时会出去，有时又返回，他们之中的更多人，并不会跟我一样，去思考、建构甚至想象自身生活的这个地方——生活本身的压力，已经足以让他们手忙脚乱。他们有的往外面走，在更大的世界里拼搏；有的一直在镇上做点小生意，甚至回到了村里，重新务农；有的在小学六年级就结婚生娃，到了现在都当了爷爷；也有的没能熬过最骚动的叛逆期，或在监狱里待了多年，或早就不在人世。那些睡在小镇的屋顶、看着同一片夜空的少年，走向了不同的生命轨迹。

有一段时间，我的几个朋友，时常会在夜里，从省城海口驱车回到镇上，约上几个当年的旧同学，在一间破茶馆里闲聊半天，等着消夜时间到，好去三角楼下吃一份别处永远吃不到的炒粉。我没有嘲笑这几个朋友是情怀癌爆发，他们只是在城市里碰得晕头转向之后，需要有那么一个片刻，让自己穿越时空，激活一些旧日痕迹，以获得更大的前进力量。有时遇到暴雨，街上消夜没法摆，他们带着遗憾从雨中离开，驱车绕过狭小的街巷，抬头看着暴雨笼罩的小镇，他们知道，今晚，所有的小镇少年，都无法睡在屋顶上了。

春节记

安　床

年中的时候，在城市买了房子，是二手房。我们不得不在城市寄居，不得不随着潮流奔走。按照海南人的习俗，有了新房，一定要在新房里过年的——妻子说，回老家过吧，反正不是新房。但春联总是要贴的。海南人把春联叫作“门诗”，贴在门上的诗。贴上手写门诗的房门，洋溢着喜庆。颠倒的“福”也是要贴的。回老家之前，还打开了一盏灯——这也是习俗，过年期间，房间里是一定要有灯亮着的。夜色已经亮起，到省城来办事的小姑丈的车已经来到楼下，我们趁着夜色回老家。回到镇上，叔叔的车又已经等着，把我们从镇上拉回村里。这辆小面包是叔叔刚买的车，用来拉野货送到省城。这是叔叔和他新交往的女人做的生意，是他新生活的开始。

两年以前，婶婶在镇上打米粉，准备庆祝她外孙出生十二天，却在磨粉店前昏倒，县医院的救护车前来送往县医院，检查之后立即送往海口市医院，我赶过去后，医生绷着脸说：“先跟你们说好，脑溢血很严重，送来也晚了，要是动手术，手术费就两万多，不算后期的住院费。签不签？不签，她很快就会过去。”一同赶来的，有叔叔，有他的大女儿，还有叔叔那脸很嫩的女婿，一个未成年的小青年。

叔叔的脸望向我。我说："签！"

单据上写下的，是我的名字。

手术后的婶婶一直没有再醒过来，家里想尽办法，凑了三万八千块，转账上来后，我让妹妹拿着，一直没动。我和妹妹把自己的钱先扔了进去，我知道，家里的钱一旦动了，也就触及了最后的底线。我不得不厚着脸皮和医院作战，ICU 病房每天四千或者五千块的钱，是我每天醒来不得不面对的重负。叔叔已经失去了魂，守在医院，医生一叮嘱什么，他就给我打电话，让我定夺。我对海口市医院那栋豪华的楼，充满了恐惧。在医院割开了婶婶的手臂，装入一根管方便输液；每天只能给她灌流食；她的肺部也在感染，双腿由于长时间不动，已经浮肿……主治医生说开颅手术很成功，可她一直没有醒来。

为了筹钱，我联系了一些报纸来采访，试图借助社会力量，最后却只有一些朋友赞助了一些。当我为了拍照登报而进入 ICU，见到已经不成人样的婶婶的时候，我知道，所有的救济，已经失去了意义。她被医生的刀，割得没有了任何"人"的尊严。可我知道，我们不能不坚持下去，因为，在婶婶住院后的十天左右，是我弟弟早就择好日子的婚礼时间，我们不能让红色喜事之前发生白色喜事。对于医院的催款，我能赖就赖着，赖不了了，我就去交一两千块。

弟弟的婚礼在乡下举行，村人都来了，叔叔在其间帮忙，可我们何尝有着真正的笑颜？婚事三天后，叔叔和小姑和我商量，大意是，已经尽力了，再坚持……我明白，我明白一个住进重症监护室的病人，可以使家族所有人顿时陷入绝境；当然，我最悲哀的还不是这个，手术后的婶婶，身上没有一个完整的部位，真的还不如让她保留最后一点尊严死去。

"回家吧！"

我们办理了出院手续，在出院时，叔叔和护工吵了一架，因为出院前的一些小摩擦，而我也发现了医院用药的一些不清不楚的地方，于是我流着眼泪和药房护士吵得昏天暗地。我们都知道，这一次，是我们放弃了婶婶，这已经不是对错的问题，是不能不这么选择的问题。目送救护车把叔叔、小姑和婶婶送回家，我的第一反应，是终于卸下了一副重担。两天后，家人让我回去奔丧，我从海口赶回去，却没有赶上出殡的时间。墓已经葬下，家里人正准备狠狠地吃一顿，报复性地舒一口气。

在饭桌上，我知道了，婶婶过世前，流了眼泪。家人都说，她那一刻，是意识清醒的，虽然她做了脑部手术，可她知道告别的时刻已经来到。

在饭桌上，我知道了，婶婶过世前，她那个未成年女婿守了她一夜，改变了我们全家人对他的看法。在此前，他因为让我同样未成年的堂妹怀孕以及由此带来的婚事，曾让我们饱含偏见。

之后的两年，叔叔有点自我放逐，有点破罐子破摔。他当然有理由恨，因为他的大儿子，我的堂弟，那个小学时无限聪明却在初中疯掉的堂弟，成了他永远的心病。婶婶的脑溢血，是不是也和长期饱受堂弟发疯这个事实的折磨有关？在这两年里，叔叔也试图和其他人介绍的女人开始新的生活，但都没有成功。

目前的这个女人，是嫁到我们这个村的，男人过世了，自己带着三个女孩，做着收购野蛇、送到海口供给一些饭店的生意，算是一个比较精明的生活伴侣。叔叔也自然而然地卖掉了自己的耕田机，买了小面包车，方便送货。而他们终于决定开始新生活了——或许是为了避开某些熟悉的环境，“准婶婶”准备拿出多年积蓄，和叔叔买下了我们族里一个伯父在镇上的房子。那伯父在省城海口做生意多年，镇上的房子一直空着，不久前叔叔提到要买，在春节前，他们终于住了进去。叔叔和婶婶生了一男三女，二堂妹、三堂妹嫁人了，小堂妹在外读书，疯掉的堂弟便搬去和爷爷奶奶同住了。疯堂弟已经不再疯癫，可他永远饱含心事，永远闷闷的，可能也永远无法再回归一个正常人的生活了。

叔叔决定重新开始，即使大多时间要住在镇上，村里也是要有床的。以前和婶婶的床，肯定是不能住了，还得重新安床。在我们这里，结婚之前，安床代表着最诚挚的祝福，代表着一切新生活的开始，安床的，得是族里的德高望重者，把充满寓意的红包压在床底，把床移到最吉利的朝向。安床的郑重其事，让每一个新婚者不得不板着面孔去对待。大年二十九，在早就预备好的房间里，早上五点半，在我的半睡半醒中，我妈妈扶着我爷爷奶奶上楼，开始给叔叔和即将到来的新婶婶安床。楼上有移动的声音，有说话的声音，有在未曾亮起的晨色中不甚清晰的声音。回到老家的我和妻子一下子也不怎么习惯，我们不习惯远离房间的厕所，不习惯我们之前的婚床，于是便睡得很浅，楼上安床的声音，让我瞬间醒来。

我望着空茫，过了很久，才算真正睡了一小会儿。

树化石

大年二十九。我和妻子到镇上，趁着年前这个机会，到镇政府里准备把准生证的收尾事给办了。镇上人好多，熙熙攘攘，都是购置年货的人。街边摆满摊子，本就拥挤的街道就更加没法通车了。镇上也是开了超市的，可没过一年，那家大超市就关门了，据说理由是，只要超市里的东西比外头小镇贵一毛钱，就没有人去买——比小店投入要多的超市，终于落荒而逃。这算不算是这个地方的人，以一种斤斤计较的态度，对抗着某种席卷一切的力量？在这个春节前夕，关掉的超市门前，拥堵着那么多从外地赶回来的人，他们都要在镇上吃一碗腌粉或粉汤。

我也得吃一碗。

穿过人潮，我在一个小店坐下。

“喂？”对面的人说。

“哦！”原来是家里的树河伯父——他的父亲和我爷爷，是亲兄弟。

“我请你吃粉！”我说。

“你请？”

“我请。”

当然得我请。眼前这个树河伯父，怎么说呢，他算是一个不幸的人。他曾是很幸运的，在我们家族里，他的父亲——我的二伯公最早在镇上买地盖了两层楼，这个树河伯父在镇上开了好多年的客车，在族人里，算是最早活得好的。但不幸也正藏在其中，他的大儿子高中时搞大女同学肚子，休学走进社会；他的二儿子中学时就吸毒，毁尽了一家人。我在一部中篇小说里写了一些他们的故事，也在一部长篇里，用更多的篇幅，用二十多万字来讲述他们的故事……但故事里说到的，远远不及现实的万分之一。

吸毒的二堂兄毁了一家人，他们从镇上回到村里，生活水平在不断降低。在最初的很长一段时间内，二堂兄被关在铁笼里强制戒毒，他曾对我说：“以后结婚了，那个铁笼就是我的婚床。”他竟然有惊人的毅力，戒掉了毒瘾，之后结婚、生子，活得十分滋润，算是焕发了光彩。可让所有人都绝望的是，在他戒掉毒瘾十年后，又重新染上，再一次毁掉全家。伯母早就在他重新染上毒瘾之前病逝，死前一直说着她见到了谁家的谁谁谁——都是一些逝者的名字；大堂兄一直躲在山里的老婆家，过年也不再回来，几乎成了我们家不归的浪子。为了让二堂兄再次戒掉毒瘾，家族里开过多次会，最终通过关系，决定把他关进牢房两年。

我去看过他一回，就没再去——他在牢里没问我他家里的女儿和儿子怎么样了，只说着里面生活的苦，让多打点钱。

二堂兄可能还不知道，他还在牢里，他的爷爷——我的二伯公已经含恨过世。过世前不久，好多天不吃东西，族里人轮流照看，他说话却无比清晰——是回光返照的清晰。没多久，他就过世了，他留下七千多块的安葬费，不让他的儿子——树河伯父为难。二伯公死都不再让任何人为难。少年时，二伯公曾是赌鬼，输过家里的田，被曾祖父绑在村中树上威胁后，终身见到赌博就绕道而行。二堂兄吸毒期间，曾逼迫他交出钱，甚至把家里的锅也卖了废铁，可二伯公还是在他八十来年的生命中，给自己留下了安葬费。

二堂兄当然也不知道，他还在牢里，他的老婆——我的嫂子迫于生计，不得不抛下女儿和儿子，到省城打工，两次过年不愿回来。二堂兄的儿子，成为族里最让人心疼的小孩，我爸爸多爱他，在好些年里他一直跟在我爸爸身后。可现在二堂兄的儿子也不愿到我们家吃饭了，他过于早熟、倔强，我们却心中更痛。

“二哥什么时候回来？”我问树河伯父，掐指算来，二堂兄两年的狱中生活快要到期了。

“三月份。”

那还有两个月。

今年，二嫂子也终于回来过年了。可三月份即将重新走出牢笼的二堂兄，是能够再一次焕发生机，还是再次把家人摧毁？

在这两年里，树河伯父这个老人，每天下河捕鱼，赚点小钱养着他的孙子。他说：“本来都申请了医保，也都报上去了，但近期碰到运动，就都停了下来，暂不批了。”——他指的是群众路线教育实践活动，还是近期的反腐？

我只能说：“我和镇里新来的书记认识，我打听打听。”

他很高兴：“你的手机可以拍照不？”

“可以。”

他压低了头：“我近来在河里捡到了几块石头，像木头的那种石头。你帮我拍拍照，帮我打听打听，能值得多少钱。镇上有人收，但我不卖给他们。你帮我问问。”

他指的，是那种树化石吗？

“好。”我说。

从镇里回村后，我和妹妹、妻子用手机、相机，从各个角度给树河伯父捡到的石头拍照了——那是南渡江捡上来的树化石，到底值多少钱，值不值钱，我没有任何概念，只能等以后再打听。而我也清楚，江水中裸露出这些石头，是在河底沙子被抽去之后。下游的沙场一天又一天，抽血一般抽去着南渡江的沙子，上游河段的沙子也全都被抽走了，河底露出坚硬的一面——它是要僵死了吗？我们阻挡不了河流里的沙子被抽走，也阻挡不了这条河的日益消瘦。母亲说，几十年前河里安插进去搞水轮抽水的木桩，在沙子被抽完后，也露出了水面——河也在干枯。伯父捡上来的树化石，就是沙子被抽掉后显露出来的，这些多年前的木头，如此坚硬、漂亮，可它们仍旧没法躲过时光的追杀，终于暴露在我们的面前。

树河伯父永远不会想清楚，他的命运就和南渡江一样，在某个地方有着吸力骇人的抽沙机，让其不断萎缩甚至枯死。伯父把捡到这些石块归为命运。他说，在他的捕鱼过程中，遇到一个人不断在河中搜寻石头，可总是空手而归。树河伯父说：“他总是找不到，而我捡到了，这，不是注定的？”

树河伯父不清楚也不关心，即将到来的二月　　我的堂兄从牢房出来后，是一次重生还是彻底毁灭？

他只希望我能为他的树化石问个好价钱。那几块有着清晰岁月年轮的石头，成了他最新的希望。

我抱着伯父捡到的最大那块，沉甸甸的。

伯父说："这块，多漂亮，有二十多斤。"

长　龙

大年三十，除夕，离去者总得归来。

人们总是说辞旧迎新，可什么是旧，什么又是新？

门诗应该是昨日就贴好了——没贴好，今天就得补，时间还来得及，在鞭炮声响之前。村人并不懂得市场上卖的门诗的含义，随手买来就贴，关键是要让门前显得鲜红而喜庆。这些年，印刷的门诗越来越精致，已经很少有人手写——除了结婚、男孩周岁生日等需要特别定制的。

下午的时候，村人三三两两开始拎着筐子，开始祭拜祖先。

筐子里有一只煮好的鸡，鸡身上撒着盐巴；还有两碗饭，两双筷子。最先祭拜的，是祖屋。族里抽得出身的人都积聚到祖屋里，这是一年中最热闹的一天。在此时，所有的舟车劳顿都忘却，所有的积劳成疾也消失，大家都说着来年的计划。身手敏捷的，已经踩到八仙桌上，给高高的神龛烧香点烛。有人伸出手，试图点亮那盏特殊的"灯"——那是三年前，村里重修村庙，经过神灵祷祝过的灯，族人凑了一万多块钱才把这盏灯请回家里。他们还谈起一个多月前族里凑钱搞的那台琼剧，讲起琼剧前的请八仙。

我知道时间的残忍，知道太多事情瞬间就要灰飞烟灭，我想延长一些，不断用相机记录着眼前的光影，不断摁动快门，让一张张笑脸在画面中定格。小叔公没有让我照，他摆摆手——或许当算命先生的他，忌讳光影会带走一些东西。当了多年算命先生的他，在前年头痛之后，就金盆洗手了，他从越来越热闹的三亚回到镇上，慢慢地养身子。而在我看来，他是这个家族最被误解的一个人，没人能理解他的内心。在族人看来，他小气、做事不够干脆、没魄力……可在一次长谈后，我才发现，他有着无比丰厚的内心，暗中为一个家族的未来而担忧、焦虑，默默出力。早先是民师，后来成了算命先生，他作为一个知晓天命的人，有一颗某种自我放逐的心。

一年以前，我带着录音的MP3，到镇上和他长聊。我说："把你知道的，都告诉我。"

我的录音中，他开始讲述他所记得的这个家族的秘密。时日无多，我和爷爷多次谈过，当然也得和小叔公谈，同样的一个故事，在时光的不断流转中，已经闪耀着完全不一样的光芒。自从多年前我爷爷点着烟，煞有介事地要给我们讲一个故事的时候，我知道，很多过去的事情，总是不甘于被时光遗忘，它们跃跃欲试，它们性格倔强，要让一切从头开始，讲清楚我们从何而来——是的，从何而来。

所有的秘密，总是忍不住要让人发现。

而我还需要更多次的长谈。

在族人笑谈的时候，小叔公和我走到祖屋的后面，他指给我看，那些土地曾是我们家的，又在何时、因为何事而变成了别人家的。他的脸色很不好，脸越来越清瘦。我总是觉得时间不够用，世事不断催迫我向前，而我还有着那么多向后的事需要去挖掘和整理，我还需要把盘旋在这座祖屋里的一些往事打捞出来，在江水中清洗之后，置在阳光下晾晒，让其散发出金黄色的光泽。数年前，这座老屋在一年又一年的台风中，倒塌得不成样子，族人决定翻修。在翻修的时候，族人让我为院墙上撰写一副联。原来的院墙上，也刻着一副对联，可经不住风雨、世事，族人没人完整地记得——唯一记得的，只有上下联的第一个字："西"与"河"。我们这一支"林氏"，源自"西河郡"。

网络让人也让我对这三个字有一个简单的了解，我们总要记得，我们从“河”而来。

我写的联句如下：

> 西北东南，四方瑞满念先祖；
> 河海湖江，千水祥垂泽儿孙。

这副对联被烧成瓷砖，贴在祖屋的院墙上。对联中间是一个大大的“福”字。这个字是印刷体，在族人看来，比原来老墙上龙飞凤舞的那个字，要差得远。

我和叔公在悠长的巷道中沉默之时，族里的年轻小伙子已经把鞭炮接好，升到祖屋门前的“旗杆”上。这根“杆”是数年前重修祖屋时竖起的，用以悬挂鞭炮。这几年，祭拜祖先时，我们鸣放的鞭炮越来越多，旗杆不够了，还焊了好几个铁架，把鞭炮一层又一层缠绕在铁架上，宛如长龙。

一切准备就绪，开始祭拜。一位堂兄念着祷词，族人一拜又一拜，千山和万水、前生与后世，都在这一刻。拜完后，一个手脚轻快的小伙子拿着一根香点着了鞭炮。

长龙开始飞舞。

祭完祖屋，接着是村庙，接着是村里的林氏祠堂。

长龙又一次腾空。

向风望海

海水是什么颜色
纯洁过陆地上的一切
纯洁过所有人的声音和行迹
在大海之上你不能高声语
面对自然浩瀚，只有静默
只有在风里醉去

海风仍寒

春天已经到来，海南岛一如既往地绿。没有冰冻的掩捂，没有凋零和萧瑟，海南岛又再次迎来春天。生长于海南岛的人，总是对北方的冰寒充满恐惧，想象着那里的人，在冰雪中尿出一支支冰棍。在北方上过学的朋友，亦幻亦真地说，把刚洗完的裤子挂晾，不一会儿，握着裤脚，可以把整条裤子平躺、横伸。这个春天，北方的大城市总是被雾所困扰，想一想，再抬头望着海南的蓝天，让人找不到任何北上的理由。于是我们向南，向湛蓝进发，向接近婴儿目光的清澈而去。

上船前，阳光已经透露出一点夏天的意思，因为要向南，知道温度仍会升高，带的衣物便很少。我不是太喜欢出门，出门前总显得郑重其事，洗一个澡，干干净净而出。这一次尤其如此，因为要去的是西沙永兴岛，一个面对着地图也不易指出的地方。曾在各种各样的照片中见过永兴岛，见过那里夸张的海水和天空，见过那只有一个村子大的岛屿。永兴岛的任何一张照片，都很适合当旅游杂志的封面。船在夕阳中行进，文昌清澜港内，水波平静，几乎所有人都站在甲板上，让风带来一个最好的开始。这样的画面，我们曾在无数的电影中见到，比如说《泰坦尼克号》、比如说《少年派的奇幻漂流》，好多同行者都按下快门，把眼前的美景上传微博。

我却想到古人。古人的木船在航向茫茫大海的时候，他们的所见所想，和今天还一样吗？北宋苏东坡被贬海南时，在木船摇晃当中，想到了早先写下的诗句：小舟从此逝，江海寄余生。木船行在琼州海峡，眼前尽是碧水，多情而敏感的他，当然还想到天地之大人之小，想到了人在世间若微尘。面对浩瀚的东西，人会百感交集，有害怕、敬畏和挥之不去的幻灭感。陈子昂的“前不见古人，后不见来者”像不像在天海无际的水面上写的？澎湃的大海让人对自然产生恐惧，而寂静的大海却让人陷于玄思。

苏东坡是抱着必死之心来海南的，可每时每刻，都有一些勇者，不断向大海深处进发。海上丝绸之路的通行，让中国的瓷器走向世界，也留给后人诸多沉思和幻想——他们当年，是抱着怎样的心才会相信，只要下海，总会找到登陆的岸？从现今的无数沉船遗迹，可以想象在设备简陋的时代，他们在遭遇到大风浪时，大多是凶多吉少。可再凶狠，也总有一些人迎风向海，渴望见到另外的世界。除了那些不能选择的被逼者，肯定有这样一部分人，厌恶人与人的蝇营狗苟，宁愿面对世界，把血汗挥洒在与自然的搏斗之中——这些人中，当然有郑和。作为后人，我们是不是还可以这么揣测，若不是一个太监，郑和的海上航程或许便会逊色得多？作为一个身体上不完整的人，他不能实现很多世俗之欲，在陆地之上，他会陷入一股掩不住的悲哀，可在大海之上，所有人境遇是一样的，那就是征服天气和海水，保住性命。海上的郑和，是一个智慧超群者，是一个身体和心灵无比健全之人——当一个健全的人久了，是会上瘾的，他可能因此而更喜欢海上的日子。

当然也有一代代被遗忘的渔民，一次次走向大海。一个海边的男子，只有两种命运：或者在某一次风浪中命丧大海；或者干不动了，拄着拐杖，在海岸边遥望，瞪着儿孙的船归来。一个嫁到海边的女子，则只有一种命运，那就是岸边的等待：等着地平线上出现的一个黑点慢慢变大为帆，或者等到一片虚无。很多有讲究的地方，是不让女子上船的，尤其是不能踩船头。这些烦琐的规矩，使得渔民在面对大海的不可预知时，好像是有迹可循了一般。直到如今，我们还能在一些渔村看到，每到祭拜之日，女人们在岸边烧香点烛、焚燃纸钱——在这些村子，通神、祈祷之事都交给女人。在没有仪器的时代，渔民们还得要让大海变得可以掌握，于是他们写下了《更路簿》《南海更路经》等，这些古旧、残破的本子，既是一本本航海指南，也是一部部血泪交织动人心魄的恢宏史诗。曾有船出海，一人在下水追鱼时，潜水过深，因缺氧而急上水面，水压差要了他的命，同船的人要在炎热的夏天里把他运回渔村，只能用腌鱼的海盐把他腌着……

我们的方向是三沙市政府所在地永兴岛，出了港口之后，船速加快，海风更急也更寒，水汽渗骨，很多人抵不住，返回船舱。

我是在后半夜发现那片银光闪烁的海面的。从舱内窗口望出去，水面上是轻摆的银带，是流动的星空，是爱人的晶莹目光。舱内的人都在沉睡，我发现了专属于我的秘密。我趴着观察了许久，也不清楚那是月光还是灯光在水面上造成的效果。灯光的可能性更大一点，或许是吧，可我不愿出舱，不愿求证魔术背后的无趣揭秘。我只愿我所栖身的这艘船，航行在古人曾走过的航道上，航行在无际星空，航行向南，航行向我们所期待的大美之地。

变小又变大的孤岛

经过一夜的航行，船在早晨抵达永兴岛。岸边的水是浅绿、透明、清澈的——你几乎不能用任何词语来形容那种丰富的变化。船板湿漉漉的，不知道是水汽还是夜露打湿的，每个人都振起精神，迎接朝阳和小岛。因为设立三沙市，作为市政府所在地的永兴岛正在大兴土木，这一趟船有两百多名四川民工，没有床位的，就在船舱过道睡了一夜。上岸早餐后，开始闲逛永兴岛上的一些景点。一些在照片和画作中见过无数次的景象，依然给了我们惊喜——即使早已熟悉那个场景，你依然会被这里阳光的充足和海水的清澈所打动。但我还得要重新认识这里的风——风是一个地方的独特气息，懂得风，便懂得了一个地方的秘密。

胡德夫的《太平洋的风》在清爽之中，夹带着一股难以言喻的复杂感，这个被余光中称为胸中藏着风箱的歌者，让你感受到太平洋的风中所带有的家园情怀。站在民国三十五年张君然将军立的“海军收复西沙群岛纪念碑”之前，我的脚步不能不慢下来，我不可能嗅不出永兴岛的风里的百味杂陈。2012 年，我曾随海南省一个文化代表团出访台湾，在南部的高雄市，台湾一个海军司令拍着胸脯说，大陆现在成立三沙市了，可我敢说，你们之中没有人比我更熟悉三沙，我随着军舰，巡逻过多少回三沙的岛礁！这个司令老家在湖南，他说他父亲是即将上映的一部电影的第一男主角，是一场保卫战的指挥者。他让我们一定要灌喝金门高粱，我们还没醉，他却已经喝高了，满口他娘的，他娘的……

很多人都向往西沙，希望前来一看究竟，这其中的很多人，更多地抱着猎奇和炫耀的心理——别人没去过，我得先去；别人没去过，我去过了，就有了炫耀的资本，至于三沙的自然之美、人心之妙、历史之幻，倒不重要了。当永兴岛不多的土地已经在我的脚下时，我有着很多犹疑，这岛屿那么小，可我们对它的了解，还是如此之少。我们缺乏钻进历史深处的，告诉我们前人血泪的人。

永兴岛上条件有限，午饭之后，我们竟没法住进旅馆。在短暂的休息后，我们前往永兴岛不远的七连屿。那是七个相近的岛屿，各自居住着一些渔民，已经在 2009 年 9 月，成立了村委会。村委会所在地是赵述岛，面积约 0.18 平方公里。赵述岛有两百多名渔民，全都来自琼海潭门，由于春节刚过，很多人还没来到岛上，油毛毡搭建的棚子显得有些寥落。岛上的植物不多，政府组织种下的椰子树，也由于缺少淡水的浇灌，成活的并不多。赵述岛已经列入三沙市的建设规划，规划图中整整齐齐的房子，离眼前的凌乱还有些遥远。赵述岛自有的那股生命力，让人对特色不多的规划图纸产生某种疑虑。在赵述岛上居住的渔民当中，来得最早的已经二十多年了，这些琼海人骨子里的不安分，让他们顺着海水，越走越远，到海上寻吃的。他们宁愿抛开岸上的家，和大海搏斗，他们很清楚，只要没有被风浪卷走，大海的馈赠要比土地的给予更多。

天气极好，波平水静，阳光下，这俨然是一幅世外桃源的景象，女人们在岸上晒鱼、忙家务，男人则带着叉出海叉鱼。男人伴着晨光出去，伴着暮色归来，女人们的等待也成了旁观者的风景。国人有故土情结，海南人尤甚，无论去多远，每逢节假日，总要回到家中团圆欢聚，这些祖屋在琼海的男人，很难真正把这个寄居的岛屿当成真正的家，当有一天干不动了，他们还得回岸上去。

赵述岛如此接近天空和大海，蓝色是这里的主题色，没出海的人，好像总显得有些无所事事。岛上缺乏淡水，前来收购鱼干的船会装着满满的淡水前来，免费分给各家各户。可即便是如此偏僻的孤岛，也已经由政府安装了卫星电视、备有发电机，渔民们得以了解世界。手机信号也基本覆盖。这些浑身黝黑的渔民，看似木讷，血液中却充满了不安分因子，他们去过台湾兵管辖下的小岛，也和越南兵有过接触。问及碰见越南兵时怎么办，他们笑笑，大而化之地说，给他们送一些鱼虾，说说笑笑，就走了。或许，越南的渔民碰到的士兵，也是如此的。相对于国与国之间的剑拔弩张，这样带着某种人情味的碰撞，更让我们感到欣喜。国与国应该界线分明，但人与人，是不是要更加融合，才让我们感到温暖？

在夕阳中，我们返回永兴岛，一边是赵述岛渐渐消失，另一边则是永兴岛渐渐变大。机船靠岸时，我们竟有从飞机上顺利降落的踏实感。这样的感觉，适合用诗句来表达：

对于祖国，对于远去的古人
海南岛如此之小，不禁一跨
对于海南岛
永兴岛这个南海中的小村
小如掌心的一颗珍珠
对于永兴岛
赵述岛是一个需要照顾的幼小婴孩
这不断缩小的过程，让我们的内心变得敏感
而当一切反过来：当我乘机船从赵述岛返回永兴岛
当我经过一夜摇摆，从永兴岛踏上海南岛
当我从海南岛越过琼州海峡，在祖国的胸膛呼吸

我在走向更加踏实的土地，走在如此广袤的国土
也在走向内心的阔大
——变小又变大，多少意义在此滋生

孤独感和生命力

没有看过海水茫茫的人不会理解，对于人来说，大海最多的，不是海水，而是孤独感。若不是如此，人鱼公主为什么一定得幻化成人，死也要死在岸上？这不仅仅是童话，也暗含着人类对大海的某种畏惧。流落孤岛的鲁宾逊，面对的最大问题是孤独；在孤舟上的少年派，面对的最大问题，也是孤独——老虎对于少年派，是一个抵御孤独的伙伴。大海如此浩瀚，面对天水一色，孤零零的人，不会不产生自身渺小的孤寂。三沙的渔民，是不是也这样呢？我们吃一条海鱼或者海虾，不会想到这条鱼或虾，到底和渔民产生过什么互动，不会想到这是风平浪静或是波涛汹涌的收获。

那种身居孤岛的孤寂，不仅是渔民，即使是守卫疆土的士兵，也是有的。作家王棵就用整整一本小说集《守礁关键词》来述说着这种孤独感。王棵曾在南海的军营里服役多年，对守礁的生活有着深入的体验，在他的笔下，那些士兵们不再是人们眼中冰冷的模样，而是有着丰饶的内心，他们看着眼前荡漾的海水，便很可能产生幻觉，想一头扎进去。若是暗暗细想这样的孤独感来自何方，或许便会有以下几种答案：

远离了人群和热闹的孤独。很多来到小岛的人，无论是出生在乡村还是城市，相对来说，都是人声喧哗的。人的感知其实是会产生错觉的，在热闹喧嚣处，感知神经反而麻木了，时间过得很快，感觉迟

钝了，人会显得更快乐些；而当面对寂静天地，面对更多的独处时间，人会无比敏感，时间因而漫长。孤岛上的孤独，有时候是难以排遣的，是与人的身心结合在一起的。

等待的孤独。男人们出海了，女人们在岸上等待，这是一种难熬的孤独。越是对大海深入了解，越会觉得它的无常。“出风入云，海中无船”“风雨带来潮，傍船人避难。七月上旬来，争秋无船开”“九月九，台风卷船走”……这种种的谚语，都出自渔民，出自他们对无常的深刻体验。出海不兴女人送行，她们只得站在门口，把目光投往木船。到了该归来的时候，她们又焦急地等着熟悉的人出现。别人的船都回来了，自家的在哪呢？……士兵在服役之时，因为远离热闹，生活简单，年轻人的热血没法发泄，也会觉得服役期变成了难以忍受的等待。

思念的孤独。这种思念，是面对故乡的。渔民也好，士兵也好，都在远离故乡，在烟水茫茫间，陷入对故乡和母亲的思念。

关于存在的孤独。只要是人，或多或少都会陷入关于存在的思考——在南海上，这种思考会更多。自然的浩大、无常，使得人们不得不自感卑微无助。这也是最深刻的孤独，可能只有少部分人会深深感到。能感知到的，或会选择逃离，或会选择某种信仰，当然，也有可能选择今朝有酒今朝醉。

大海面前的孤独如此难熬，为什么还有那么多人宁愿守着大海，试图征服它？

为什么？

答案便是：生命力。

人在面对种种看似难以排遣的孤独的时候，生命的光彩便迸发了。所有的美景都在难以抵达的边境，最亮丽的人性光辉也在绝境中产生。

远离人群和喧嚣的时候，人迹固然少了，可是，生命的迹象并没有减少。对于渔民来说，大海里的鱼、虾、贝等，都是有着活生生的气息的。他们的朋友，不仅仅是人，还有生死相依的那艘船，还有船上的帆、手里的鱼叉和撒下的网。他们甚至总结出了流水的韵律，也听得懂风向和海潮——孤独的人们总是试图交流，他们没法与人交流，便和自然谈话。

等待是让人发疯的，可也就是在等待之中，无数美丽的画面得以诞生。等待本身所带有的坚韧，让经历过的人慢慢成熟，能够坦然面对生命。

思念故乡是难以忍受的，可又有谁曾想过，远离故乡，不正是为了走回故乡？“故乡”这个词产生意义，是从我们转身离开的时候发生的。渔民的远离，是为了谋食；士兵的远离，是为了守卫。因此，这种远离的思念，是为了靠得更近，总有一个希望在前头。当有一天，渔民和士兵从海岛离开，他们的梦中也会不断出现海岛的情景，海岛已经不知不觉融入了他们的血液。

而对于存在产生了怀疑，便产生了哲学、诗歌和美。或许渔民和士兵不一定会在离开之后，用优美的文字、画幅和歌喉来展示他们生活过的海岛，可他们肯定会炫耀般讲起，某一个风轻云淡的日子里震撼心灵的日出，会讲起某一次飞鱼划破水面、海豚随船而行……生命正是因为有了这些在绝境中的精彩瞬间而得以升华。

从某种意义上来说，我们是没法真正理解那些长期生活在孤岛上的人的。我们所有的想象和述说，都是隔靴搔痒，没法触及真正的要害。我们这些浮光掠影的行游者，总是爱把自己的一厢情愿强加给那些身处其中的人。

——我们都不相信，这些孤岛上的坚守者，没有孤独和生命力。

哪里是海外，哪里是海外仙山？

在孤岛上长期生活的人，除了那些为了寻求生活的身不由己者，还有另外一些人，他们希望消失在目光的聚焦下，为自己而活。在唐传奇里，虬髯客把天下让给了李靖，踏上木舟，远走海外，希望在海外打出一片天。更早之前的秦朝，人们总是相信蓬莱仙岛这样的地方，是神仙的居住地，可以寻到长生药。“远居海外”这种意象，也进入了文学作品。金庸的《碧血剑》里，袁承志最后远赴海外；古龙的《武林外史》中，沈浪收服了他的对手，一起远赴海外。

为什么人们总是对“海外”怀有着美化的想象，认为那里就是仙人居住之地？

——说起来或许也很简单，在早先海航不是太发达的时代，那些烟雾缭绕、若有若无的海岛，并没有一个确切的说法。不能轻易抵达，产生了神话。

在永兴岛上的渔村，我们碰到了一个能说会道的女人，她姐姐因为爱上了一个渔民，便跟着来到了孤岛上；她也因为一个渔民，毫不犹豫地来到永兴岛，住在她姐姐的隔壁；而她的一个表妹，也喜欢上一个年轻的小伙子，刚刚跟来永兴岛，还不是太适应。这几个女人，都有着天真又坚贞的情感，宁愿舍弃热闹，来到这个生活简单的岛屿，过着简单的生活，来固守爱情。我们还遇到了一对开饭店的夫妻，老公是四川人，四十多岁；老婆是河南人，二十岁左右。这对老夫少妻为什么不远万里来到这里开饭店，他们的相遇和决定，又有着什么样的故事？岛上人都不夸大他们的经历，只是淡淡说起，显得日常——甚至庸常。可对我们来说，对见惯了情感可以交易的我们来说，这样远避人世的真挚情感，有着朴素而感人的力量。对于寄居在大城市的人来说，这种传说般的爱情也许是某种消失了的遗迹——永兴岛会不会因此而成为人人向往的爱情之岛？毕竟，这里比“天涯海角”还要南，这里是那么容易进入情人的“誓言”——爱你到世界尽头！

永兴岛有一个烧烤摊，生意并不好——毕竟，岛上人并不多，除去部队官兵，居民就更少了，可是，竟然还有人在这里搞起了烧烤摊，守着散淡的生意。老板真的是为了赚钱吗？不见得，这个小摊或许只是他内心的一个情结，是他对生活的某种宣誓。

永兴岛上的居民，是真正热爱这座小岛的，一旦习惯形成，一旦碧水蓝天成为了常见之物，一旦富氧的空气让他们身体健康，让他们再回到布满雾霭的城市，他们会习惯？人类的“海外仙山”情结，是和人的向往息息相关的。在错综复杂的俗世生活里，我们总是希望有一个地方，能让我们心灵得以自由，那个地方，你可以称为“世外桃源”，也可叫作“海外仙山”。

向风望海

人们对大海，总是保持着向往却又惧怕的心理。多年前，诗人海子在写下“面朝大海，春暖花开”之后，并不知晓他这句话会成为房地产商最为热爱的句子。几乎每一栋临海的房子，都要把这句话附上，作为宣传的卖点。很多人不敢入海，不敢潜到海的深处，因此，在海边居住，与大海保持适度的距离，互相欣赏、安全可靠。海风的吹拂，带有某种难以言喻的浪漫气息——君不见，在爱情小说、爱情电影里，海潮声、沙滩、篝火……这都是不能缺少的元素。由于人烟罕至，三沙的小岛屿得以保留着大海最为吸引人的部分，同样的，那最为让人头痛的，也保留了下来。

游客不是渔民，不知道岛屿对于渔民生存的意义，不清楚那些在古老的《更路簿》中记载和标明的地点，其实是一本本指导生死的线路图。由于面积小、没有淡水，在小岛上长居是不现实的，但航船出海，肯定有遭遇风浪木船遇挫的时候，在此时，一个小岛屿便是最为牢靠的逃生之地。若是想得更宽一点，相对 70% 的海洋，30% 的陆地，又何尝不是人类寄居的小岛；再宽一点，地球，又何尝不是渺若微尘；再往外扩散，人类的卑微感应该要更强。三沙可以说是全国陆地面积最小、人口最少的地级市，可若是算是海洋这片蓝色国土，算上大海之中形形色色的“无证公民”鱼虾蟹，三沙却又是面积最大、“人口”最多的地级市。由于历史、地理的原因，三沙会成为国人关注的焦点，渔民的一举一动，都会牵扯到国家与国家之间的矛盾，任何举止都会被放大无数倍——这，自然也不是渔民想要的结果，对于这些世代出海的黑瘦汉子来说，大海只是他们耕耘的田地。

“向风望海”是和大海关系不大的人热衷的意象，这种画面所附有的那种浪漫，带着某种意淫的性质。现代传媒的宣传，使得身居高楼大厦间的城市人，总在内心保留着一份对大海的完美想象，他们会想，那些在大海边的生活，是多么惬意，多么符合自然和健康；他们也会说，古天乐的古铜色皮肤，多么有美感啊！可若是忘了擦防晒霜，他们不敢把身上任何一寸皮肤暴露在日光和海风下，谈何“向风望海”？

我不是一个向往大海的人，也不觉得“面朝大海，春暖花开”有多么美——或许海子也不觉得这个场景是美的，因为那首诗几乎是他的遗书，是他对这个倍感失望的世界达成的一种“和解”。三沙慢慢地，会为世人揭开其神秘的面纱，展示它无以伦比的美和浩瀚，而伴随着这种揭开的过程，三沙是否也会慢慢地沦为平凡，甚至成为人类活动的“垃圾场”？

——当船在暮色里离开永兴岛，我想到了许多。夕阳渐渐收敛它的强光，温柔恬静，海风如此清澈。随着船的周围都是湛蓝的海水，我们发现了飞鱼和海豚。零星的飞鱼，划破水面，溅起水花，带来甲板上阵阵惊呼；海豚则跃出水面，翻身而下，和船上的人打招呼。所有人手中的照相机都在摁动。有一个同伴说："小时候读《安徒生童话》，海的女儿说想拥有一条大海一样蓝的裙子，当时我就想，大海一样的裙子是怎么样的？有多美？现在我知道了，它是如此之美。"夕阳没入海水，海风愈加寒凉，我翻身走回船舱，和妻子在摇晃的船舱中，用电子设备看《魔戒》第三部，结尾处，大战过后，一切平和，精灵族、有功者、受伤的人，都上了一艘船，他们要一道，前往海外仙山，自此，有神灵的时代结束了，人类时代到来。

——神灵们生活在我们永远无法抵达的海外仙山。

夕阳入海，我让呼吸如海浪
船仰，我吸；船俯，我呼
只要真正聆听，总有比人更庄严的宣告
在大海上，海豚随船跟行
我则跟着内心的神，垂手站立
月光铺满的水面，是离得最近的故乡

烟雨李庄

在李庄的时候，李庄正处于烟雨之中。来到这里之前，总觉得这个名字，只是一个村名，那里有最普通的中国农民和祠堂，可也正是它，敢在“李庄”之前，冠上“中国”二字。当这四个字贴合在一起，便莫名有了某种厚重甚至悲壮感——当我们在烟雨之中去感受李庄与抗战期间的那一段迁徙的历史，便感觉这种厚重和悲壮，绝非没有来由，那背后，是被战火所驱逐的狼狈与不屈，也是文化生命力的坚韧和勃发。因此，倒也有了一种更为奇特的感觉：要看李庄，也非得在烟雨之中不可。面对长江宽大而貌似平静的水面，烟雨是点活这一切的最后一笔；面对那些雕刻精美让人惊叹的老建筑，烟雨也增添了某种岁月沧桑；最重要的，只有在这烟雨之中，李庄最让人唏嘘的那段生命华章，才更加散发出它深远而悠长的感染力。

战火让长江边上的这个小小的地方，与宽大、古老却又灾难深重的“中国”相遇，使得李庄产生了某种涅槃般的重生。在此之前，李庄当然也是最中国的，长江缓缓流淌，古建筑屹立不倒，水位不时上涨，裸体的纤夫们，以腰身拉动那些要逆水而行的大船——这些纤夫们，不仅有男人，也有女人。这里的女人，不娇滴滴，而是裸露出跟男人一样壮健的身躯和力量，后来人看到她们的赤裸的身体，感受到的是浑厚而让人心酸的母亲和土地，而不是气息暧昧的欲望。可仅仅这样的李庄，还是不够的，它还得用它的直接、莽撞，用它拍着胸脯发出铿锵声响的邀约，与中国，来一次相遇："同大迁川，李庄欢迎；一切需要，地方供给。"李庄人身处偏远，可正是这种乡下人"鲁莽的豪气"，让它得以招揽来了中央研究院、中央博物院（筹备处）、中国营造学社、同济大学、北京大学文科研究所和金陵大学文科研究所等高等院校和科研机构，傅斯年、董作宾、李济、梁思永、石璋如、梁思成、林徽因、陶孟和、王献唐、吴定良、童第周、罗尔纲、罗哲文等名字星光灿烂，一万多名文化人会集在此。李庄因此不仅仅是额头冒汗、奋力苦行的纤夫般的李庄，而是变成了文化璀璨、精神超拔的李庄。我们当然也知道，除了这些活着的"移动国宝"，还有无数躲避战火的古籍、文玩、字画等国宝，从水路送达李庄，在这里得到过安歇和庇佑。

那么多大师和国宝在此停留，当然是因为李庄人的热情和豪气，因为这些逃难的人都看中了这里有山绕水淌，有天然屏障所带来的安全感。可交通的闭塞，在隔绝战火的同时，也给做学术研究的人，提出了一个巨大的难题，在这里，什么都匮乏，研究要如何开展？当年在这里的同济大学医学院，不也曾为了一个显微镜而焦头烂额？可就是在这样的环境下，那些学术大师们，以某种纤夫般的不屈精神，拉着中国文化这艘古老的大船，昂首前行。诸如《中国建筑史》《居延汉简考释》《国史金石志稿》等经典的学术著作，都是在这样的环境下诞生的。而先后从李庄这个小地方走出去的院士、学者、专家，数量更是比很多省都多。这就不能不让人想到文化的影响力这个老话题。

李庄当年的十六字电文，不但让这些学术大师们在这里度过了一段远离战火的安宁岁月，也让李庄的学子，近距离地接触到真正的文化风采、学术风度，李庄的青少年们意识到，要拉动这个世界，不仅仅需要蛮力和汗水，更需要安静、思考和文化的风骨。李庄和这些文化人的相遇，是这些文化人的幸运，他们可以暂时躲避敌机和枪炮，可以不用像那些战场上的士兵一样，随时处于厮杀的状态，他们有了安静和闲暇，可以近距离接触此前从未有机会靠近的土地和生活在这里的人民，流淌的长江水、赤裸的纤夫，都很有可能使得他们明白一件事：文化绝不是象牙塔尖的思想游戏，而是与无数人的生命、生活连接在一起的。他们也因此，可以耐心地在煤油灯的昏黄光线下，以更高远、更宽阔的目光，看待文化、历史与人民，此前本来没那么迫切去完成的学术研究，反而在一种自我要求、自我约束的使命感之中，被完成了。而对于李庄人来讲，文化所带来的眼界大开，是一种不可逆的影响和浸润，这里的年轻人，在与学术大师们的近距离接触中，不仅仅是感知，更是模仿、学习乃至后来的创造，李庄人对文化的态度，有了一种彻底的更新。在这里，追求学识和文化，变成了一种自觉的行为，李庄后来的才人辈出，至今仍在各个领域产生着广泛影响，这都是当年那些大师们所埋下的文化种子，在今天开花结果。

时至今日，后人以一种游客的心态来到李庄，欣赏江水缓缓流淌而没法感知水下的暗流涌动，迎面江风而不知这些风当年也曾吹拂过那些在自己国土上狼狈逃亡的文化人。后人们在这里看美景、吃美食、喝美酒，并把这一切晒上微信朋友圈，引来点赞和评论，美景、美食、美酒的画面传达出去了，面对着这一切的一张张笑脸也传达出去了，可那些历史深处忧伤而沉重的目光，并没有传达出去。好像是出于一种警醒，李庄下了雨，一把把雨伞撑开，走在石板路上的人，不能不在看着眼前这些文化遗迹的时候，眼中散出迷离却忧虑的光芒。那些消失在时光中的先人，已经借着这场雨，来此和他们相会，提醒他们永远不要忘了，曾有那么一段时间，我们的人民曾那样生活过。

我甚至觉得，李庄的烟雨，不仅仅是一场从空中落下的隐喻，而应该像白肉、白酒、白糕一样，变成李庄的“标配”，手撑雨伞、脚踩石板的人，才能一步步，走进真正的李庄。

杂记：关于阅读与写作

夜　色

从小我就不是一个睡眠好的人，初中的那三年里，我患了一个很奇怪的毛病——非要躺在四处通风的楼顶才能睡着。现在想起，其实那些夏天也并不太热，而且还有春天、秋天两季，我也仍要睡在楼顶上，一抬头就看到满天的繁星或者乌云。那样的日子很难熬，天一黑就开始心慌，我尝试过在房屋里，把风扇开到最大，但还是觉得气闷，翻身到了四点以后，仍旧要抱着草席和被子，摸着坏了灯的楼梯，爬上五楼的楼顶，睡到被阳光晒醒，被子拉起盖住脸，接着睡，直到阳光变得强烈。那是小镇上农业银行的楼顶。小姑嫁给镇上农行的一个小职员，我寄宿在他们家，五楼。农业银行的五层楼是镇上的最高建筑，一开窗户即有凉风灌入，可不行，我还是要躺在楼顶上。到了后来，用电线把灯泡拉到上面，可以看书或温习，躺着写字，停电了，则在楼顶的边角，点上蜡烛。最痛苦的是下雨夜，肯定是不能睡楼顶了，可房间内肯定是睡不着的，我最后想出一个妥协的法子是，睡在五楼爬上楼顶的楼梯拐角处。最初的阅读，就从那些翻来覆去不能眠的夜里开始。我至今也还找不出当时惹上那奇怪的心理毛病的缘由；那毛病是怎么没的，也不记得了。到了现在，我发现的是，阅读与写作在很多时候，其实变成了一个打发漫长夜色的手段——即使不写字，即使不看书，即使疲累困乏早已袭来，仍旧要双目瞪着空茫到后半夜。黑夜中翻书，是极大的快乐，但灯光一定不要太亮，实在不行，宁愿点上蜡烛。我有很多次睡在蚊帐中，在蚊帐外点蜡烛看书的经历，大学宿舍里，蜡烛把床头的墙壁熏出一块巴掌大的黑色，烧死不少扑向火光的飞蛾，却从未烧过一次蚊帐、枕头。

文学在很大程度上跟爱情很像，因为它们都从夜晚开始，最后也大多消失在静水无痕一般的黑夜。在那段饱受折磨的夜里，从楼顶边沿往下看，幽深到看不清的地面，对于眼睛瞪得浑圆血丝遍布的人来说，充满着巨大的吸引力——但对于我来说，角落里闪烁不定的蜡烛、四面吹来的凉风、夜空中洒满天幕的星群、枕头边上的一本翻乱的书，无疑有着更大的诱惑。

遍地“诗人”

问：有没有比“没有诗人的世界”更可怕的地方？

答：有。

问：什么？

答：遍地“诗人”的地方。

由于参与到一个全省性诗歌大赛的组织工作中，得以接触到各种奇怪的人，我不清楚是对于诗歌的热爱还是对于诗歌的误解，使得他们行为怪诞：

一个咨询诗歌比赛情况的退休老干部，打通电话后，没有问候，没有自我介绍，没有提出他疑惑的问题，他说的第一句话是：“我和省委宣传部部长很熟。”十分钟后，他还一直在为他第一句话寻找证据。

一个投稿者的信如下写道："我一天能写两百多首诗，二十多年以来，我坚持不懈，一心扑在诗歌上，一共创作了八万多首……"

一个七十多岁的老阿婆，成功地找到组委会办公室，她说："我退休在家，没事做，写了这些东西，是唱给人听的。邻居听了，说很好。我唱给你听啊……"我说："这是办公室，别人在工作，不能唱。"她说："他们也没事做，我唱啊！"……半个小时后，我成功把她送出办公室，她走了有几分钟，返回来问我："宣传部在哪个楼？我想把我写的给宣传部送去。"

一个开杂货店的中年妇女驾临，掏出一本手抄本，上面是她的两百多首诗。她说："请帮我看看，这算不算诗？这么写，格式对不对？""……现代诗……是自由的，你这么写，没错……对了，我送本别人的诗集给你看看，你对比一下格式嘛！""我从来不看任何诗集，我开杂货店的，也没空看书……对了，你们作协主席呢？""不在。""秘书长呢？""出差了。""哎，好伤心，那不是找不到人了？我想请他们看看我写的诗，我想出书。""那不巧了，他们都不在。我们这边只是负责参赛，我们不管出书。""哎呀！参赛限制三首，太少了，我想出书。看到你们诗歌大赛的宣传，我想，应该会比较重视，所以我连续几天，写了三百多首，都写到胃出血了，到医院睡了三天。要是不能出书，有什么意义呢？哎，对了，宣传部怎么走啊？我前几天送我写的一些诗给宣传部长看，可是他调动了，我想去拿回来……不过，拿回来有什么意义呢？你们都不能给我出书……对了，再看看，这格式，对吗？"……

一个省外的电话："为什么你们那么局限，不让我参加？""这是我们省内的诗歌比赛，只针对本省居民。""为什么只针对省内？你们是歧视，你们根本是地域歧视，你们的组委会有问题，想打击我们省外的诗人。"……

……

这遍地“诗人”的可怕世界，恰恰证明真正诗人的稀缺，恰恰证明好诗犹如沙海里的黄金。

中贤村路口有下

租来的房子在这个城市一条叫青年路的老街道。因为扩建，这条路在无限延伸，许多以前的村子已经被吞没，显示出另一种光景和速度，没有了农村的任何面貌，比如这三个连续在一起的村子：下贤、中贤和上贤。中贤村成了青年路上的一段，中贤村路口进去二十米左手边，就是租来的房子。房东早先在海南房地产热的时候因为胆子大，狂捞了一笔，据说家产上千万，后来因为包二奶，家财散尽，还欠下一屁股债，时常有人拿着棍棒带着大嗓门堵在房东居住的三楼喊还钱。正对着中贤村的青年路另一边，是正在修建的安居房，每日拔高几米，周围处处烟尘滚滚。我住在顶层六楼，除了三个房间，大厅没有被盖住，可以看到天空，可以当楼顶来用。

这里离上班的地方很近，步行八分钟到十分钟，因为偏远，吃喝玩乐的地方都没有，要吃饭就得绕去很远的小市场。最近，因为看到对面安居房临近落成，蕴藏着无数商机，中贤村路口开了一家茶馆，把周围的居民一网打尽，生意火爆得很。我也成了茶馆的常客，熟悉了之后才知道，茶馆的老板竟然和我所在的杂志社有莫大的渊源，他一直在邮局负责寄书，在很多年里，我们杂志社的杂志，都是通过他的手往外寄的。现在泡茶的手，曾把温度留在那本牛皮纸封面的杂志上，随着杂志一同到达全国各个热闹或冷落的角落。

在六楼的那个小房间里，我开始写一个比青年路还漫无边际的小说。

十一二年前，我还是一个初中生的时候，我爷爷煞有介事地把他的孙子、孙女召集一块，点上一根烟，开始他的叙说：……现在，说说我们的家史……

于是我便听到了那个以“山贼劫村后，渡过村子北边的南渡江逃走”为开头的奇异故事，那时的我，没有任何表达的能力，却也在想，若是能把这个故事写下，该需要耗费多少精力？从去年开始，我备好纸笔，手写下了小说的开头，开始我的叙说。在写之前，我把录下的与我爷爷的交谈录音反复地放，希望寻回那个时代——即使只是一丝一毫，即使只是我个人幻想中的。手写几千字后，我丢掉纸笔，换成电脑；写到五万字后，我一咬牙，全部扔掉，重来。从去年八月开始，这个小说断断续续写了快一年了，已经快到结束的时候，我反而放慢了速度，我害怕过于急促的结尾，会把前面的漫长的厚重给阉割掉。打开电脑成了那么多个月中每个晚上唯一的一件事。中贤村路口那家茶馆的开张，极大方便了我的周六周日，在这两天内，我的生活基本是这样的：睡到十点多的时候，醒来，洗刷完毕，下楼去路口茶馆喝早茶，上楼，接着睡；大概在一点到两点之间，起床冲一个凉水澡，再下去茶馆，点一杯冰红茶，一份煎饺子，慢慢吃完再上楼，开始写作。充足的睡眠和悠闲有致很快转化为好状态。

我的习惯几近成型，很难再改，用电脑写小说，纸笔写诗。

每晚完成预定情节的书写后，关掉电脑的半个小时最为宁静。

台灯灯泡坏了后，一直忘了买灯泡回来换，睡前只好点上蜡烛，趴在床上写：

火只照三尺

只照我无人抚摸的皮肤

只照翻乱那本书的第六十七与六十八页

拇指和食指捏紧，我不疼
我疼，自外向内。月光在火灭之前
涨满我破了一个角的第二节玻璃窗
——《台灯烧坏的夜我点燃一根沾染黑灰的蜡烛》

他们少年的脸已渐远
他们越来越像长不出青草的黄土
他们一个接着一个
遁入深深的尘世。我
比烂在泥中的菜种还老
比今夜此时，比今夜此时
比今夜此时正九旬的青年节

还老
——《他们一个接着一个，遁入深深的尘世》
……

大多诗歌，是在这种情况中写下来的，只是为了把心中残存的一些纠缠吐出，以安静的心，进入睡眠，睡到第二天阳光照进玻璃窗，把我晒醒。或许，少年时那个奇怪的心理毛病，就是在这样无数的夜里的阅读和书写中慢慢治愈的。而睡到被阳光晒醒，无论是当年在楼顶，还是现在睡在大玻璃窗边，都是少有的幸福时光，尤其是醒来后，看到昨夜翻开的书没合上，看到昨夜凌乱的笔迹已记下。

崇正分身术

2014 年，《创作与评论》杂志把一拨八零后作家拉到长沙开会，会议期间，当时已经离开《创作与评论》杂志、考了长沙某街道办公务员的前编辑杨晓澜，带着一群人在街上呼啸而过。当时我是打心底里为杨晓澜高兴，毕竟离开苦逼的文学编辑岗位，当个油水丰厚的公务员，对改善生活来得最直接。而来自广东的陈崇正也在悄悄地透露消息，他目前工作是中学老师，但正准备去《花城》当编辑，我当然也打心底里为陈崇正高兴，因为对于有志从事写作的人来讲，到一家杂志去感受感受，也是很有必要的。当时，这群八零后作家们都各自有着内心风暴，大家嘻嘻哈哈，其实都装着一肚子心事。

不久后，就听到了杨晓澜又辞掉了公务员工作，加盟《芙蓉》，重返编辑岗位；而陈崇正也正式到《花城》供职。《花城》女编辑居多，我觉得陈崇正一定很眼花缭乱，视力很差。之后，大家在微信上点赞、拆台、给彼此寄最新的书，却没有见面的机会。再次看到陈崇正，已经是 2016 年年底了。当时我参加了鲁迅文学院和北京师范大学联办的文学创作研究生班的考试，现场确认当天，我在教务老师那里，发现了“陈崇正”的名字，便会心一笑，就联系了他。我开玩笑说，对我们这种“学渣”来讲，这是最接近名校的机会了，考上了，我们就可以加入北师大校友会了。玩笑归玩笑，陈崇正考入这个作家班的愿望，比我要迫切一些。对我这工作缠身、小孩尚小、觉得海南岛处于宇宙的中心哪里都不想去的人，我有点无所谓的心态，读也罢不读也罢——即使考上了，怎么到领导那请假，实在是让人头大的事情。陈崇正不一样，他比我小一岁，女儿却比我的小孩大多了，属于不耽误任何事情的那种人，自由度要高一些，更高的平台、更广阔的视野，都是他的期待。

之后的备考，我和他互通消息、彼此鼓劲。我是被编辑工作逼迫出一身强迫症的人，虽然说不太在意最终的考试结果，但我还是认认真真地备考，复习政治、捡起早忘光光的英语。在复习期间，作为备考队伍里比较熟的人，我和他还时常沟通各种小道消息、无聊八卦。初试时候，懒散的我根本没提前做好准备，导致在北师大附近根本订不到房间，干脆一咬牙，订了稍远一些却贵了不止一倍的另一家酒店，每次奔赴考场，都要走过长长的街巷，校门口的盘旋的黑色乌鸦，拉下了一地白色的大便——我老是要担心成为被乌鸦选中头部的人。陈崇正深谋远虑，订了附近的房间，悠闲地到考场，成竹在胸的样子。考完一门，我们基本同时交卷，就出学校找吃的，有时还会拉上浙江来的美女朱个，给寒冬雾霾下我们发灰的眼睛增添点亮色。朱个属于学霸型人物，英语尤其好，跟我们在一块，她说得最多的一句话是："这东西，怎么复习啊？还用复习吗？"把我和陈崇正搞得自卑不已。最后一门考试，我和陈崇正拉着行李箱就到了考场，考完之后直接打的奔赴机场，往南方赶。

初试的成绩出来后，陈崇正英语竟然考了六十多分，远超入围线，并不比学霸朱个少几分——我也过线了，但英语分数明显要低得多，我觉得陈崇正深藏不露，高手原来在这里。他说他也是乱猜乱填的，我就更感慨了，乱猜乱填还能高分，说明老天爷眷顾，注定顺风顺水了。2017 年大年初五，陈崇正的母亲给他求了个签，签文如下：

昆鸟秋来化作鹏
优游快乐喜飞腾
翱翔万里云霄去
余外诸禽总不能

签文清楚明了，毋需多解释，说明他这个南国的昆鸟，即将在开学的秋天，化鹏展翅高飞遨游——金榜题名不是问题了。复试的时候，就放松得多了，有一门英语口语复试，我们跟前面进去的同学打听情况，临时抱佛脚，叽叽呀呀，也算是对付过了。很快地，录取通知书下来了，陈崇正最先在朋友圈晒出来，他发表作品、出版新书时候的“作者简介”最先加入了一句：“2017 年入读北京师范大学与鲁迅文学院联办的文学创作方向研究生班。”

不过，我一直没问，不知道他去求签的地方还愿没有？

开学后，貌似温和的陈崇正跟貌似正经的我，竟被教务老师看中，觉得靠谱，提出让他当班长人选、让我当党支部书记人选，交由同学选举。你懂的，这种选举，是选不掉人的。中间有一节政治课，老师讲到普京、梅德韦杰夫总统总理换着干，我顺口开玩笑，说研二了，换你当书记、我当班长。坐一边的乔叶乔帮主笑得差点滚到课桌底下。

陈崇正有着很单纯、温和、热心为他人的一面，但是，他同时也有着另外的形象。他在 2017 年，由作家出版社出版的小说集《黑镜分身术》里，那神奇的分身术，可以把人一分为三。原来，这并不是文学的虚构，不过是他自己的写实。在我看来，陈崇正有三个分身：**生活中的、写小说时的、发言时的。**

生活里的陈崇正，笑嘻嘻，很和蔼，想做什么事就去做了——比如说开学时候，北师大文学院发了一条印着院徽的 T 恤衫，要求穿着出席开学典礼，他套上之后，肚子凸显，秒变紧身衣，吓得他大惊失色。虽然后来跟拿错了加大号的王小王换了穿，套上紧身T恤的恐怖一面还是给他留下了阴影，他立即到我们住宿的鲁迅文学院对门一家健身房办了健身卡，两个多月下来，减掉十斤，成为他最大的收获。不过，鲁院食堂时不时出现的各种肉类，对他是精神的折磨，不吃吧忍不住，吃吧觉得健身的努力白费了，十分纠结。他尤其对猪脚毫无抵抗能力，我们只能安慰他吃了才有力气减。他还组织同学去唱KTV，身为广东人的他，其粤语歌极其标准，为粤语歌一霸。

生活中简单、随和的他，一旦到了小说之中，则露出了另一副面孔：放纵、无所顾忌。他最早发在《人民文学》的小说，是武侠——可见人民也是需要侠气的。他的很多作品，风格怪异，难以界定。研究生复试的写作题，他扩写之后，和几位班上的同学，一起在《作家》刊发了个专辑。开学之后，作家导师李洱分析这批小说时，展开细读，把几个“被分析”的同学吓得逃去看话剧，不敢听，陈崇正硬着头皮熬下去。等到他那篇了，李洱老师淡淡一句：“陈崇正这篇，我看不懂，就不谈了。”一下子打发过去了。陈崇正很多现实主义之作，也写得花样百出，武侠、侦探等元素往里塞。到了他完全释放想象力的《黑镜分身术》里，更是民俗、历史、武侠、科幻、玄幻、穿越、推理、网络文本、电子游戏等一股脑儿塞，直接塞出了一个怪诞难解的文本。陈崇正对纯文学有着精神上的追求，但在表达形式上，他希望借鉴各种类型文学的技巧和方式，让纯文学的可读性得到拓展。

陈崇正的第三个分身，在于他到某些场合发言的时候。多年中学老师的经验，让他在发言之时一脸正气、理想高昂。开学典礼上，陈崇正作为学生代表发言，把主席台上的莫言也听得一愣一愣的，不得不插话回应。陈崇正数学很好，在发言里算出了他和莫言“大师兄”入学时候的年龄一样……于是，可能，在这个一样里，也有着某种文学精神的传承。而如果你听过他在一些会议的现场发言、现场对谈，甚至微信号上的语音对谈，就发现这个时候的他，敏锐、犀利、精准，既不像他在日常生活中的乐呵呵，也不像写小说时的神飞万里。此时的他，理性占据上风，压倒了日常生活的气息和漫无边界的想象力，此时的他，更适合去研究逻辑学、哲学或者干脆物理和数学。

在《黑镜分身术》这部小说集中，且帮主（陈崇正曾笔名且东）曾分化出悟木、悟林、悟森三人（为什么有林和森？），分身让且帮主十分痛苦，随时要想着三合一。但生活、写小说以及正式场合发言的陈崇正，其实是无缝切换的，比当前的智能手机切换信号还顺畅。陈崇正的三个分身同时存在不可分割，或许，他还有着更多的分身，他还是儿子、丈夫和父亲，还是更多人眼中的陈崇正。其实，我们谁不渴望分身呢？其实，我们谁又不是在分身呢？我们总得以各种面目，面对着这个早已支离破碎、辨认不出的人世。作为同学，我们在乐呵呵的同时，一起怒骂世间的不平之事，同时互相激励，各自去完成自己心目当中那部伟大的作品——毕竟，文学才是我们这些人唯一能学会的分身术。

一二三四五，数过海甸路

一路、旧书摊与站街女

海甸一路中走过的只有一东路，而到底有没有存在海甸一西路什么的我到现在依然没有弄清楚。一桥联架了海口市区和海甸岛，之前的没有发展起来的海甸岛如何我并不清楚，那是和我无关的记忆，我不会有意去找寻。只是在崽崽的小说《谷街后》中看到的关于得胜沙这个和海甸岛相离不远的地方一些模糊的记忆，想象过几十年中一个城市是如何地人影变幻。

之前没有真正去过海甸一路，离得最近也就是到了桥下的旧书摊，去这个旧书摊一般从海南大学南门出发，穿过三西路，从人民西里过去，到了二西路，上人民天桥，跨过人民大道，在人民大道东边开始寻找旧书的行程。下了人民天桥就会看到两三个旧书摊，这并不是真正的旧书摊，只是一东路前面旧书摊的一个过渡，就像正餐前的开胃点心。这里卖书的是几个比较年轻的，所以一般很难讲价，你要开砍时他就把脸转向另外一边不肯搭理。这里卖得最多的是旧杂志而不是真正的能上台面的好书。书摊的旁边一般会摆着一些木板，上面挂满吹起来的气球，你付钱买来飞镖，站在规定线外瞄准，投刺那些气球，享受气球爆破那一瞬间的快感。有一个晚上看到一个抱着女儿出来逛街的老爸实在是小李飞刀式的人物，镖镖中靶，那个看气球的小孩急得要哭，只差没有把这个来踢馆的人干掉。

人民天桥下的旧书摊边看书的人乘以一百也比不上晚上在这围着研究彩票的人多。在天桥底下在周二、周五、周日开彩票日的前一天晚上，这里出现了许多口才惊人的卖彩图的家伙，他们摆开架势，开口吸引过路人。过路的人围将过来，用看猴子热闹的心看，接着在卖彩图的人的口水挥洒下，他们的心理防线开始崩溃，感觉下期的奖实在就是按那家伙的规律来出。当然卖彩图的只讲规律不说结果，你要知道人家出什么号码，只得掏钱把彩图买下。

一东路前面的旧书摊才是我们的目的地，多去了几次，和老板都脸熟了，有时也会到他们的家去找书。旧书摊的一个好处除了便宜还有能够找到一些正规书店断货的绝版书。一东路就去过一次，那次去旧书摊早了，书还没有摆出来，我们顺着路一直过去。到了一东路，看见很多卖水产品的人，鱼虾贝都很多。我和她在一东路前面的那条河的护栏上看到海甸岛对面的长堤路去，车的灯光把城市弄得流光溢彩。我们抱在一起，过路的人看着我们，眼神怪异。估计书摊摆出来了，我们回走。看到护栏边站了很多女子，人与人相隔四到五米，绝对不乱，我刹那间大笑出来。她问："干吗？"我说："我明白了刚才那些人为何眼神那么怪异了，因为那些过路人把你当成了她们！"她也明白了，不停地说："看上去像吗？像吗？"还要拉我走近去看那些烟花女子，刚刚走近一点，其中一个朝我们一笑，我转身拉着她快走。她还要细看，我说："算了，以后我私下过来帮你看。"这话自然招来她的打。

过路人把我们当成了嫖客妓女，这想起来都让人泄气。路灯和车灯都太亮了，看久了容易找不到回家的路。在那些闪亮中涌动着的欲望需要有人去满足，正当的渠道没有，只好通过这些卖笑女人的阴道来吞吐掉，她们接纳着这个城市的阳具和欲望。护堤可以看到对面的钟楼，据说这是以前海口的标志性建筑，但在现在高楼林立的海口，这只像是一个阳痿不举的男性生殖器。现在这个钟楼还在给路过的人指示着时间，可它知道否，在河对面的海甸岛，多少女子在用阴道养着这个城市的阳具和她们自己的胃？

二路与吃

海甸二东路和二西路都走过，却未曾真正认识过这条路。二东路满街的烧烤园和酒吧，这是很久之前就听说的，但一直都没有真正去体验这样一条街，而没有真正进入那边的烧烤园和酒吧实在是无法说这样的一条街的。

没有进去过，却走过。晚上之后二东路整条街上都在冒烟，那是路边的烧烤在进行。其中最多的是一种叫炭烧生蚝的东西，把一瓣贝壳掰掉后剩下另一半贝和肉架在架着铁丝网的炭上面，浇上蒜汁，不一会儿就香飘四溢。五块钱十个生蚝对许多人来说并不是很大的消费。羊肉、牛肉串也有，更多的人却喜欢在飘着油烟的街边桌子上点上生蚝，来瓶啤酒。

酒吧通常是容纳不安静的人的地方，一个在三东路当夜里网管的朋友说，他曾经看见一个家伙从酒吧出来，把他的奥迪车开得满街乱飞。这里的酒吧名气出去了，很多人夜里会开车直接过来，使本来就不安稳的城市的夜更加不安稳。有时候会看到一些酒吧挂出来的大幅海报，今天晚上哪里哪里会有什么乐队表演、会有什么新的节目。

在酒吧和路边的排档之间，存活着许多别的小商店。从下午开始，暮色来临，灯火华丽，街边的排档上满是人声，烧烤的、吃饭喝酒的，一如整条街在办大喜事。一东路白天我没有去过，不知道那边如何，但那里的夜色下隐藏着的无边春色注定着那是属于夜晚的街道。二东路一样是属于夜晚和边缘人群的，只不过一东路满足人们的色欲，二东路满足人们的食欲。孔子的话是，食色，性也。这些有着食色的街道，反映着某些特区不眠夜里的不安分的未为人知的欲望。我在这里匆匆看过的，也许是一个街道某些人的特质，也许完全不是，我看到的有可能是那些世俗的表面，或者甚至连世俗的表面都没有看清楚，在这些方盒子一般毫无分别的城市建筑中，没有人能够看到别人的内心，我被自己的自以为是蒙蔽了。

人民天桥跨过车流密集的人民大道，联合起了二东路和二西路。二西路无论车流、人流都比二东路少很多，可以当成迷你型的二东路，但无论如何，一个街道永远无法复制另外一个街道，一个街道不会是另外一个街道的缩影。从二西路永远只是路过，不会在这里留心看人和物，二西路比二东路要安静一些。当然，安静的也许只是表面，二东路通过摇滚、啤酒、吃、吵闹、消费、排档……把压抑爆发出来，真正的内心隐患或许就少了，而二西路的相对稍微平静，隐藏着的就会是内心独自面对的波潮暗涌。

三路与秘密

这里要说的三路其实只是三西路。

海甸三西路就好像是小镇生活，却有着比小镇更加世俗的现实。这个地方，却真正是给普通人生活的，你在别的地方能够看到的东西，这里都会有。海甸三西路刚好在海南大学的南门，由于大学生的消费，这边自有不同于别的地方的繁华，无论白天晚上这里都是人群闪动。三西路靠近海大的一边整条街道都是小贩，挑着担子的，你能想象出来这个世界上能够被卖的东西这里都能够被找到，从小吃比如北方的大饼到盗版光碟到古书画……海南的天大都热气逼人，我很少白天到这南门闲逛，闲逛的结果往往是逛咸，逛到浑身都在冒着咸的汗。

这个地方最多的当然还是海大的学生，一般都是手拉手的情侣，偶尔也有目光深沉的单身汉走过，可你看着这些单身逛的人怎么看怎么觉得不对劲儿，却说不出到底奇怪在哪里！三西路两边都是商店，那些卖衣服的店从年头到年尾都一直在出血大打折，往往一个暑假过来了，那个最后三天的牌子还在，红纸已经发白。在三西路和人民大道的十字路口处开了家肯德基，从学校出来的人更加多了，其中还是情侣居多，偶尔不是情侣的也是一个男的带着好几个女的，一般是那男的喜欢上那群女生中的某个，然后女生整个宿舍的人都跟出来大饱口福。

路边少不了的还有网吧。经常有人从学校出来包夜，对这些能够在屏幕前夜夜不眠的，我除了佩服还有一点感伤，一个人到了无所事事只能对着屏幕发呆或者对着上面的黄色影片神游天外，一定有着很重的心事。夜里和白天三西路一样，人很多，而白天摆小摊的地方夜里变成了消夜摊，二东路能够见到的摊这里不会少。三西路去得更加多的是那条从三西路中间横切开来的邦敦西里，邦敦西里最多的是小饭馆，天南地北各地风味都有，目的就是赚这里大学生的钱，来往的大学生太多，小饭馆基本爆满，甚至有人还在门外排队，一见有人叼着牙签从里面出来，马上冲进去占桌子。饭馆虽小，价格却不低，老板们当然是笑得天天需要上三西路的海大医院补门牙。

从三西路拐进邦敦西里的路口旁边是工商银行，银行门前长年有一个卖臭豆腐的，油炸的味道十米开外就能闻到。每年暑假这里多出很多已毕业但无处可去的人，这些人在秋天时候开始变少，很多人已经找到工作，搬到了工作地点附近；没有找到工作的，也伤痕累累背着包袱抱恨回家。

三西路也不是完全就是人声繁华，每当城管过后，整个三西路和邦敦西里都像已被“三光”。小贩已经背着担子跑了，没有来得及跑的被城管把担子扔到车上，他们在地上喊爹叫娘没有效果，打又不行，等城管把车开走了，他们就跟在车后面叫着自己的担子——他们的叫声和城市的车喇叭一样，只是噪音。城管过后，邦敦西里路口臭豆腐的味道还未散尽，人却找不到了。

那次早起，朋友北上，要在南门上车，上大学后就没有那么早起过了。从宿舍到南门走了有二十几分钟，当时刚早上六点，白天冒着汗气和晚上到处人影的景象都没有出现，只有偶尔几个稀稀拉拉卖早点的人和买早点人在交谈，声音安静。等的车很久没有来，朋友的心开始烦乱，他要到海口港上船，时间不能耽误，有摩托车过来，问我们去哪里？那司机看准我们有急事，咬着价格不降，朋友说，好。司机居然叫先付钱，朋友只得把钱给他，两人被摩托车带走，身影消失在街头。我回头在一个卖早点的大姐那买了早点，在宁静中回到学校，三西路没有变，依然是早晨才有的宁静。我像一个丢了秘密宝贝多年后又找到一样，竟然觉得这才是真实的三西路。这个早晨的宁静，这个在宁静的早晨离开远远北上的朋友，一直在心的最柔软处。我记得我当时并没有回头看在摩托车上离开的朋友，我也记得，三西路一如心中乡下宁静的早晨。

四路与我无关

从三西路顺着邦敦西里走到尽头就是海甸四路。从四路出人民大道，向左向右都是很多写字楼，到底有多少公司把总部安排在这里没有人清楚。而那似乎也离我无比遥远，我很少走这条四路，偶尔穿过也是进去邦敦西里路过，没有去留心这里的人群、茶馆、还有卖成人用品的昏暗小店。海南大学南北横跨了两条路，从三路到五路都是海大的地盘，四路夹在中间，自然不能把街向长的方面发展。四路和我好像完全无关，我路过只是路过，没有在这里留下什么，这里的东西也没法子和我拉近关系。

很多时候我发觉四路中好像蕴藏着很多不为外人知道的秘密，那些匆匆上班下班的一个人走路的男男女女，每个人心中都有无法说清楚的隐痛。这样也好，等到我和那些目光散淡的中年人一样，闪躲着进入成人用品的店里买成人用品的时候，我也许就能真正了解生活的意义了。

五路与送别

海甸五路外面刚好是海大的北门，海大有两个北门，一新一旧，造型呆板、无聊的新北门和我没有关系，估计也和很多海大人没有关系。新北门造好后旧北门就关了，很小的旧北门却是我们经常逛的地方，我们从图书馆旁边过，攀墙才能出去，墙上面拉着带刺的铁丝，若不小心会挂破衣服。从旧北门墙上下来就是海甸五路了。

五路绝对是海甸岛最大的一条路，一路到四路加起来估计路面还不如五路大。从人民大道往五路拐，直接到末尾就是世纪大桥——这个海口的标志性建筑，所以五路多的是车而不是人，宽阔的路面也制造不出三路的人群密集。五路北边路面都是一些比较高的建筑，一般都是酒楼或住宅区。五路海大新北门右拐，都是一些相对低矮的建筑。这里一排过去都是小饭馆，据说以前这里比较热闹，但旧北门关了之后，海大的学生都往南门去了，这里就人影萧条了。来的人少了，老板的菜价也没有南门邦敦西里那些老板的狮子大开口，普通的小菜这边要比南门便宜两三块。

除了价格方面，我还更加喜欢这边的环境，比南门宽敞，吃饭的人又比南门少，可以慢慢来喝酒吃饭。这里适合送行，那次朋友北上，我和他在这里点了满是辣椒的水煮肉片，还想叫啤酒的，最终没有。水煮肉片的辣让我们两个满头大汗，茶水都叫服务员添了好几回，我们一边如狗一样吐着舌头一边往嘴巴送辣椒，最后把汤都收拾干净了。我建议顺着五路走出人民大道，从东门进入海大，他说："我们还是翻墙回去吧！"顺着来路回去，肚子发胀着翻墙居然没有把衣服弄破。跳回旧北门就是正在建设中的新图书馆，和旧馆连在一起，一点都没有给人气派和新鲜的感觉。

学校里灯光忽然亮起来，一墙内外，便是两个世界。

老家，或者故乡

老家与故乡

相对于普通话，海南话是另一个世界的语言。在海南话里，“故乡”这个词恐怕不会在任何一个人口中出现——我们可以在海南话里找到相对应的字的发音，但口头语里，“故乡”不会被任何一个人说出。若是找一个意思相近的词，恐怕海南人说得最多的，是“老家”。若干年前，还是磁带的年代，有一个海南歌手以海南话唱过一首歌叫《老家海南》，是的，老家海南，而不是故乡海南。若再仔细推敲，我们还能发现，在海南几乎很少发现以“某某乡”命名的地方。这不仅仅是表达的差别，海南的乡村，或许和其他省市很多地方，有着很多不一样的地方。

2015年春节，微信上突然火起来的关于“故乡”的思考，其实只是以标题形式在我们眼前一闪，和不久之前被爆炒的诗人余秀华，有着相近的地方。“故乡”也好，“余秀华”也好，在微信里被疯狂转发和讨论的时候，最基本的前提是：在看待她时，我们其实是戴着有色眼镜的。“余秀华”若是一个身体正常的人，“故乡”若不是和记忆千差万别，那是完全不能引起讨论的兴趣的。因此，若是冷静下来思考的时候，当下的乡村，其面貌和内里早已变得无比复杂，哪是一句“回不去的故乡”这种哀伤的感喟所能囊括的。因此，我并不敢谈中国乡村，不敢谈海南的乡村，不敢谈海南省澄迈县的乡村，甚至不敢谈海南省澄迈县瑞溪镇的乡村——再把范围缩小，我们甚至不敢谈瑞溪镇的番丁村委会，不敢谈番丁村委会的下坡村，我甚至不敢谈谈我族里的那些人——我对他们的了解，肤浅得很。

瑞溪镇历史悠久，于清康熙年间，1663 年已建集市，原名崩溪，后因“崩”寓意不祥，故改“崩溪”为“瑞溪”。由于这个小镇就在海南岛的母亲河南渡江边上，在农耕时代，水上运输的便利，曾让其有过一段辉煌的年代，在一些地方志里，它曾被称为“小苏州”。瑞溪镇辖下的田地平坦，又临靠南渡江，利于种植、养人，这使得其在农耕时代的人口就十分密集。人口密集带来的第一个严重的问题就是土地不够，我老家下坡村，人均耕地面积为五分地，若纯粹靠种地，不饿死已经是幸运，哪还有可能发家致富？可也正是如此，老家的大部分人都外出做小生意，几十年前，我曾祖母曾熬牛油制蜡烛来卖钱，我大伯公收购生猪走水路运往海口，再为相邻两三个镇子中药铺购回所需的药材；二十世纪五六十年代，我们村里有瓦窑，烧好后，借水路运往各地。也正因为人口的极端密集，我们村对宅基地的规划早在几十年前就已经完成，我们村的房子，一路一路数下来，整整齐齐，都是南北向，不歪不斜，各家正房一样大，院子一样大，若从空中俯视，便是整整齐齐的方格——某些山村的那种一家独占一个山头的“气派”，只能仰视而不可及。

可能也是因为土地的严重不足，让下坡村的人其实并不把外出当成多么难以忍受的事情——当然，这个外出，有时仅限于海南岛内，琼州海峡以北，往往让他们觉得遥远。琼州海峡在地理意义上的阻隔，在某种程度上，让海南岛保存了一些传统的东西。因此，若是思考海南的乡村，是完全没法避开这条海峡，没法避开这条海峡所包围着的海南民间社会的传统。

祠堂、祖屋、村庙和传统节日

孔子说："礼失求诸野。"海南岛尚未被现代生活完全冲击殆尽的"礼"，就是海南民间社会中的种种习俗。海南现在成了什么"国际旅游岛"，各种节日尤其是春节，大批其他地方游客涌来，这让海南人没法理解——过年都不在家过，跑来这地方旅游，算是过年？几乎所有的民间节日，在海南民间，都得到极为完好的保存，而且还有着越来越重视的迹象。除了全国都过的传统节日，海南各村镇都有各自的军坡节、"公期""婆期"。军坡节祭拜的，是南北朝时期平定海南的冼夫人，伴有模仿冼夫人行军的盛大游行，谓之"装军"；公期则是祭拜各处的境主、村神。这种对传统节日的重视，当然伴随着种种吃喝风、赌博风，但是也正是这种节日的内化力量，让海南的乡村免于信息时代的流离失所和彻底溃败。

传统节日的祭拜仪式，对外出人来讲，是一次不可或缺的心灵事件——回去看看，也没什么，但若不回，就会成为很长时间的一段念想和遗憾。在祭拜仪式上，互相递烟、交流近况、诉说打算，成了一个家族情感维系的纽带，让他们在外出后，不至于完全和老家断绝关系。我们下坡村，和周围别的村子一样，最气派的，当然是村里的祠堂，一间为村中李氏祠堂、一间为林氏祠堂，还有一间供全村人祭拜的镜主庙。村里的何姓、曾姓，由于人口较少，并无能力修建。在所有村民看来，无论在外多么风光，若是老家房子破败，村中祠堂破败，那都会成为笑话，他们在外的风光，也被视为难以长久。海南乡村对修祠堂、修族谱、办公期、闹军坡的热衷，让海南的乡村内部，有着一套自我运行的逻辑，不至于被摧毁在现代化的冲击面前。

我所认识的朋友中，除了零星几个，在别的省市读完大学后，几乎都返回了海南岛。他们并非不清楚大城市更有机会，并非不清楚北上广更有资源——可，那又如何呢？一颗被老家各种节日滋养的内心，是难以完全被洗净，彻底融入车水马龙和高楼大厦的。在海南，大部分年轻人当然也都会选择在省城海口或者更国际化的三亚来就业，可毕竟海南岛并不大，无论老家在哪个角落，从海口或三亚出发，半天内定会抵达，所谓的“乡愁”，并不会让我们的内心和精神过分惆怅。也正是由于对先人的重视，感觉有双眼睛在高处注视着自己，海南人往往很少出现那种极端化的性格。

无论任何节日，村人的祭拜方式大同小异：以一只鸡、两碗饭、三杯酒敬献在供桌上。祈祷、拜谢、烧香、点烛、烧纸钱、放鞭炮。春节和元宵，尤为隆重。无论还在老家的，或是外出工作的，都已经聚集在祖屋里，看看谁家的鸡更加肥大、颜色更加金黄油亮；鞭炮、香烛等供品已经提前买好，以结婚的男丁为单位，均摊到各人头上，谁都有一份责任，谁都没法推辞。若有赚了大钱的，愿意多出，则把多出的钱用于买鞭炮。鞭炮当然放得越多越好，这代表着这个家族在过去一年里的运势和对来年的期望。大年三十夜里十二点，迎春，也要放鞭炮与烟花。至于元宵，则比大年三十更加热闹，村中会组织年轻人，抬着镜主庙里的所有神像，进入每家每户，接受户主的祭拜和祈祷，户主会给抬公队发红包，以每人发一炷香的方式迎接进来，祈祷、祭拜之后，则以鞭炮、烟花送往下一户。元宵节的迎接神明进宅，是在一年开始之际，为村里每家每户驱赶邪气、迎来福气，外出的人不是迫不得已，大多都要赶回来。甚至有的村子，在元宵节之夜，于村庙面前，每个年轻人拎着一串鞭炮轰鸣，人跑动，鞭炮在身后炸开，那是人神共欢的时刻。海南人在春节期间，不上坟墓，那是留给清明节的另一场家族狂欢。清明节，大多海南人会回到老家，合资买来猪肉，煮好饭，带上香烛，驱车前往墓地扫墓——海南人的墓地有近的，但大多都离村子较远，此时，小车与摩托车同行，队伍浩荡。每个人都要除草、往坟墓上添加新土，祭拜本身也不是目的，大家心中最盼望的，其实是祭拜完毕后，大家席地而坐，一手拎肥肉一手捏饭团狂吃的欢乐。至于军坡节和公期，除了本家人，亲戚、朋友甚至完全不认识的人，只要拎着一挂鞭炮或一箱饮料，你可以进入任何一户人家。户主会把鞭炮挂在门口炸响，热情邀请你进来喝酒……

这种种充满仪式感的节日，在不断重复的仪式中，给海南人心中注入某种精神性的东西。若再细究，我们更可以发现，海南岛几乎是没有真正的“城里人”的，无论是省城海口还是三亚，真正的本地人，都是农村人，都会在传统节日到来的时刻，加入这种仪式——海口周边被拆迁建新小区的村子，唯一不敢动的，就是原先村民的祠堂和镜主庙。这种仪式所带来的后果，就是无论在高考时，父母多么鼓励子女到外地读书，仍会在他们毕业后，渴盼他们回到海南岛。

让人忧虑的某些问题

海南的乡村，当然也面临着极大的问题，这和中国其他地方并无二致。我可以举我们村子几个例子说明一下。

河流之死：

南渡江流经我们村的那一段，水草丰美，岸边就是一片竹林，河底全是细沙。十几二十年前，我们都爱到江里玩，脚下全是细软的沙子。可现在，这条河流已面临死亡。原因有很多，比如说，下游不远处，流过瑞溪镇一段后，有人设立了沙场，每天源源不断地从这条江里抽取，我们这一段的沙子也随着流力往下迁移，被卡车运走，成为高楼大厦。河底无沙后，暗坑四伏，没人再敢下河游泳——除了水性好的捕鱼人。而上游县城的河段，则在平缓的水面上，拦截筑坝，建起水力发电厂，江里的水流越来越小，尤其在沙子被抽光之后，水底露出，村人竟然发现了几十年前，村里建在江水中央用于灌溉的摇水车的遗迹，那些孤零零的木桩，让人不得不回想起当年水面上喧闹的场景。而此时，这条水，病患越来越重。以水为命的农村，不得不面临着此种现实，庄稼需要水了，江里若是枯水，还得找关系问，等县城的水坝放水时，抓紧抽水。

毒品的泛滥：

让一个家族陷入绝望的方式有两种，一是家里有一个疯子，一是家里有一个人吸毒了。我们家族，出现了一个疯子，两个吸毒仔。吸毒的，都是堂兄，其中一个，早已在几年前，毒瘾发作死在瑞溪镇的荒坡之上，我弟弟去现场认领的尸体。另外一个堂兄，是大我一岁的同龄人，还正处于摧毁整个家族的过程中。这位堂兄家，在二十世纪九十年代初就已经在瑞溪镇上买地建房，伯父开中巴，伯母织麻绳来卖，生活几乎是家族里最好的。这堂兄小学时成绩很好，常常在班上考第一名，却在初中后，被镇上流行的吸毒风所吸引，染上毒瘾。全家人被他连累，在 1999 年搬回村里，用钢铁焊了一个大铁笼，把他关在其中，经过一年多，他竟然真戒掉了。之后十年，这位堂兄结婚生子，也练就一门砌墙的手艺，在工钱飞涨的今日，收入并不低。可他在戒了十年之后，又重新染上毒瘾，嫂子绝望而逃，在外打工不愿回。家族里经过商定，通过关系，把他送往牢里关了两年，剩下几个孩子由伯父带着，十分可怜。而他从牢里出来后，仍然在吸，成为让整个家族倍感绝望的无底洞。

在周边村子，在瑞溪镇，类似的被毒品摧毁的家庭并不少见。

乡村文化生活的匮乏：

在我的记忆里，以前村子里闲暇时，并不像现在这么枯燥，要么守着电视机，要么在小卖部赌钱。很多年前，电视机还是很稀有的东西，哪家若有，定会让村人围观——可那个时代，电视机不会是村里唯一的焦点，每逢年节，村里的排球之风很盛，无论青年还是中年，随便到哪家一抓，光着脚就在荒地上打起排球来。到了节日，外出的阔气者出钱设赛，村里以各个生产队为单位，挑选精兵强将上阵，节日里到处是运动带来的欢乐，全村都是加油声。妇女打球的少，就设拔河比赛。可这些年来，即使是如此简单的娱乐，也都消失殆尽。到了春节，多是围在小卖部赌钱的人。有人在城市久居，回来已经不习惯，拜完公祭完祖后，驾车匆匆离去，不愿过夜。目前的乡村，是没有文化生活的。前几年海南全省搞的农家书屋，给村里送了些书，被锁在所谓“文化室”的书柜里，从来没有打开过。

2015 年春节，有外出回来的大老板出资设赛，让我们下坡村和另一个村子开展排球赛，球场都已经画好，球网也已经架设，后来却因为没有找到愿意上场的人还是什么的，终究没有听到开赛的哨声。

只有赌博声和电视机声音的乡村，其文化生活，是死的。

生活环境极差：

我们村和周边很多村子一样，好些年前，村村通工程，已经让村子里的路硬化了。这两年，为改善乡村的居住环境，县里也来村里修了垃圾室，定期会有人来把垃圾收走，集中处理。本来这是好事，但一到了村里，则往往难以真正有效，过多的垃圾堆在垃圾室，并没人来收，很快地，以前乱丢、乱倒的习惯又上来了，周边一片狼藉。在农村，要想让生活环境更加宜居，还难得很。2015 年春节，海南天气暖热，苍蝇极多，往家里劈头盖脸而来，简直让人崩溃——而这和村人很少有卫生意识息息相关，垃圾乱丢、污水乱倒，往往会把想回来多待两天的子孙吓得落荒而逃。

我们村水质不好，含铁太多，以前用沙子过滤，沙子层层褐色。现在拉了自来水，可村里的自来水，当然像没娘的野孩子，流量小不说，有时来有时不来，问都不知道该问谁？电也如此，时常没任何迹象直接断掉。

村民人心的离散：

我们村有一片竹林，靠着南渡江，风景极佳。前两年，有一个在县里当干部的村里人，想把村中的鱼塘和竹林承包下来，开展农家乐，带活村子。这事后来不了了之。2015 年春节，我在邻居家闲聊，他们把这事的无疾而终归结为村人的心散了。村东林家和村西李家都是大姓，却往往不和，这是多年的老问题了，以前修建两家的祠堂，双方都曾为祠堂的高矮、方位、朝向等问题发生过矛盾——据说一方占了便宜，就影响了另一方的运脉。村中水泥硬化之时，虽是上级政府出的钱，可村人还是因为路的宽窄、厚薄甚至开工前的一串鞭炮，差点引来火并。我们村子并不大，留在村里的人有三百人左右，外出人口有七百人左右，也就千人的村子，就如此矛盾重重，一些几千上万人的大村，互相之间摩擦更加厉害。

记忆、方言与仪式的遗忘：

乡村面对的最大问题，其实是后辈与前辈越来越疏远的问题。

现在的年轻父母在城市安家，虽然还时常回来，可他们在城市里，和小孩只说普通话，海南话越来越成为边缘语种，很多小孩并不会讲。随之而来的，是下一代与乡村记忆、现实的日益疏远。这种疏远其实才是致命的，他们不会对乡村试图有基本的了解，往往只记得每次回村里，用水、上厕所、没空调种种不便。匆匆地来去，后辈和前辈之间，很难进行深入的交流，后辈不会了解前人在村子里的故事、生活以及种种烦琐的仪式，他们不清楚前人是怎么走到今天这个模样的，不清楚水稻、蔬菜如何长成，不清楚鸡、鸭、鹅、猪如何肥大，他们也自然不会对那块埋有先人的墓地抱有深情，他们更不会思考，丢掉了所有这些记忆，也就丢掉了自己的根。

方言、仪式和记忆之死，才是真正的乡村之死。

……

我们村子所面临的问题，当然不仅仅有我随手列举的这几件，我也只是村里的浮光掠影者，对其的了解很有限。作为地少人多，而又靠种植瓜菜为主的村子，却缺少组织者统一调配。目前，基本上村民种瓜菜也跟赌博一样，碰上好年节，卖贵些；碰上不好的时候，基本白送也没人要。在镇上收购瓜菜，打包装箱，运往其他省市的瓜菜老板，都是岛外人。村民缺少议价权，基层政府基本上也难以说上什么话，往往在大丰收的年节，收购价却只有两毛、三毛甚至没人要，水灵灵的瓜菜便被遗弃田头，让人可惜——而此时，城市里或许还在为高菜价抓狂。这种中间环节的不畅通，伤害的除了农村，还有城市。诸如此类的问题，早已存在多年，却难以真正改观。

变化已经到来

对于瑞溪镇的人来讲，2015 年春节，大都知道两件新鲜事。

一是镇上的首富、二十世纪九十年代海南商界的风云人物吴某，给全镇所有的五保户发生活补贴，每月三百元，碰到年节，还有过节费。

二是县政府一期投资两千多万，改造了镇上的几条街道，用以打造“美食风情小镇”，大年初二那天举行媒体推介会，来了省里不少媒体，镇上和各村的人，都到镇上热闹了一番。

——这两件事，唯一能说明的，就是“变化”——不管这样的事是否有代表性，是否能持续，农村、乡镇，其实不断发生着种种我们所未知的改变。与此同时，我老家所属的海南省澄迈县的县委书记杨思涛则在刚刚过去的海南省两会上放出风声，澄迈撤县设市有可能今年内获批，也就是说，或许今年之内，澄迈即将开始城市管理的新征程，以前那种以乡村发展为主的模式，即将迎来巨大的变化——瑞溪镇打造“美食风情小镇”，或许不过是这个巨大变化到来之前的一个小小征兆。在全省性的改变里，南渡江两岸都将修建沿江公路，有些地方已经动工，若是真正完成，沿着南渡江两岸打造的风情带，便直接从我们村的竹林穿过，我老家门前，就直接面对着沿江公路。

我们不得不面对这种变化，在这样的变化面前，任何外出者带着感伤的叹息，都显得有些廉价——虽然，想一想，童年的风景在快速消失，真的很让人感伤。而如何跟上这种变化，融入甚至引领即将到来的改变，或许才对农村最有帮助。海南由于极少有工业，建设国际旅游岛之后，各市县政府都在千方百计地把乡村和旅游结合起来，早些年海南所倡导的所谓“生态文明村”“十大文化名村名镇”之类的活动，都算是有了往下发展的由头。海南定安县把母瑞山的上百个村子联合打造成“百里百村”，外来游客乡村骑行等已经成为村口常见的事；充满文艺特色的乡村家庭旅馆，也已经在琼海的一些村子推出……在此时，再说到农村，绝不应该把农民和种庄稼死绑在一起，而是需要所有的人来提供新的思路。

或许由于前文所说的，由于传统节日、仪式和宗族观念的牵绊，或许仅仅是“岛民意识”作祟，海南的大部分人尤其是农民，都不会离家太远，越过琼州海峡到其他省市沿海打工的人，更是不多，而仅在岛内移动，归家只是半天之内的事，并不会让海南的乡村陷入其他省市不少地方的那种极度破败。恰恰相反，近些年，在城里赚了钱后，大部分人都会回村子里，把之前的破瓦房推倒重建，不少村子反而显得更年轻了一些。海南是台风多发地，在农村里，仅仅是出于耐用和安全考虑，大家也不会认为保留老的瓦房是很有必要的事情。

很多的读书人，在面对故土衰败时，显示出了无力感，但也有不少人，其实正在正面扑向乡村。我就认识一位北大的哲学系研究生，在考取了德国名校的博士之后，放弃前往就读，来到海南投身农业种植；我也认识海南定安一位农村出身的年轻人，在大学毕业后，回馈乡里，不但把村里面貌变得焕然一新，为村里的农产品找到出路，甚至把一个电影剧组带到村里拍摄，改变了整个村子的精神面貌；我还知道海南琼海一个“文艺中年”，在博鳌开酒吧赚钱后，回到老家，把老家的房子、荒地连片打造，称为“田园梦想”……这样的探索不一定是成功的，但都为农村的发展提供新的思路。仅仅让视野有限，缺少思考能力的老农民有见地、有胸怀地改变乡村，是不可能的，知识分子的介入，当然是必不可少的新力量。现在大多知识分子热衷哀悼、热衷怀旧、热衷悲伤，好像不这样，都不好意思说自己读过几本书，可这些人却又最缺少行动能力，在村里住一夜都鬼叫连天——这样的声音，其实并不足以说出真正的乡村现状；这样的声音，往往也是其自我逃避的借口。改变已经到来，固守某些人记忆里的“小桥流水人家”，是不可能的，乡村需要新活力的注入，知识分子不去介入，乡村也会改变，但或许要慢得多。改变已经到来，在此时，往前跨出一步，或许比在微信上喊出万言要更有意义——包括我敲下的这些文字。

老家，还是故乡？

在海南话喊不出“故乡”的我，能说的，只有“老家”。

“故乡”这个词，往往会被蒙上各种色彩而让人心情复杂，所以，即使海南话的口头语里有“故乡”这个词，我也不愿意去喊，因为，“老家”虽老，它还在，它一直在，它还是我的家，它还有焕发生机的时候。

海南一片水云天

海南是全国最年轻的省，它2013年才迎来二十五岁的生日。在交通不便的古代，皇帝的圣旨可能还未抵达海南，朝中又换了皇帝。从某种意义上来讲，中国的历史，也是中国的文化史，是一代代的文人写下的文字。古时的海南，能在文字中被传扬的时候不多，这使得海南的声音如此静默。但我们也应该思考，是海南从没发出过声音，还是声音没有被我们所倾听，湮没在历史的风尘当中？

一个地方历史上的文化先贤，总会树立起一座座丰碑，影响一代代的后来人。海口市五公祠是清末修建的，供奉着唐宋过来的“五位贬官”，也显示了海南人某些真实内心：不管你官大官小，是否遭贬，只要你是有气节的读书人，我就尊重你，不但尊重，还立碑修祠，为子孙树立榜样。在“五公”之外，对海南影响最大的贬官，应该是苏东坡。他不但培养出了海南第一位中举之人姜唐佐，也在海南埋下了深厚的文脉。苏东坡的豁达、通透和随遇而安，深深地影响了海南人的内心塑造。

本土先贤的遗风

离苏东坡最近的一位海南文化人，就是白玉蟾。

白玉蟾生于海南，在某种特质上，体现了海南这方水土的特性。他二十四岁渡海北上，在武当山苦学十九年，后云游四方，遍访名山大川。由于长年在深山高寺修炼，白玉蟾的诗里，有一股扑面而来的神仙气息，眼中只有山川河岳、日月星辰，远追唐时的李白一脉。据说白玉蟾吟诗多不存留，随写随丢，那些热爱其才情的追随者们，却用心将其收集起来，编为文集，被追随者相互传抄，或镂板印行，因此得以流传至今。北宋末年，战乱兴起，宗教为百姓提供了精神上的归依，道教也得以迅速发展，北宗由王重阳开创，白玉蟾则被南宗尊为五祖。白玉蟾在性情上展现了一种风流、自由，对生命有着纯粹的追求和向往，他在诗中所说的“海南一片水云天”，不仅仅是对自然的描述，更是对海南文化中那种“水云天”般流淌的气质的概括。

明代出现的“海南三贤”，则呈现了更为多面、复杂的文化心理。生于 1416 年的邢宥，是一位深受儒家思想影响的人，他在为官之时，有着那种达济天下的理想。他治苏州时，水灾为患，民不聊生。邢宥说：“灾民饥困，命在旦夕，奏而后给，则无及矣！专擅之罪，我自当之。”他当机立断，开仓放粮，赈济灾民四十余万。成化六年（1470 年），邢宥正式向朝廷提出辞呈，并再三请求，皇帝才批准了他。“脱却樊笼得自由，家园万里望琼州”，邢宥回到故乡水吼村，读书写字自娱。这种当进则进，当退则退的思想，使得他的儒家形象十分鲜明。

比邢宥小两岁的丘濬，则在为官之外，展示了一种学者的博识与前瞻。他在政治、理学、史学、经济学和文学方面，都有极深造诣。当然，在世人眼中，丘濬是和海南的五指山联系在一起的，这源于丘濬少年时写的一首名叫《五指山》的诗：

五峰如指翠相连，撑起炎荒半壁天。
夜盥银河摘星斗，朝探碧落弄云烟。

雨霁玉笋空中现，月出明珠掌上悬。
岂是巨灵伸一臂，遥从海外数中原。

这首想象力丰沛，豪气冲天霄的诗作，寄托的，也是少年丘濬的理想。丘濬一辈子著述甚丰，共有两百二十六卷作品被收入《四库全书》，他的“物与币相值”的经济思想，比英国古典经济学家威廉·配第的“劳动价值论”要早一百八十多年，因而受到现代经济学界的高度评价。丘濬的治学，让无数海南的后来者只能仰望。

海南三贤的最后一位，是世人皆知的海瑞，他散发着的，是一种热带的刚硬甚至暴烈。关于海瑞，当下中国人知道得最多的，当是那部叫作《海瑞罢官》的戏。这是一部改变了当代中国历史进程的戏。而作为一个古人，在死后数百年，还能因为他身上所附有的那种强大的力量，对社会产生直接干预能力的，不但是在海南，整个中国历史，也是绝无仅有的。在中国百姓的心中，海瑞是一位和包青天齐名的清官，他和严嵩、嘉靖皇帝之间的争斗，一直为中国人所津津乐道。海瑞的正气，近乎苛刻，近之则伤，很多后来人甚至把他描画成了一个不近人情者。当追寻海瑞精神根源时，作家张承志给出的答案是：海瑞是回民。因为史载海瑞曾祖父名“海答儿”，一个最简单不过的阿拉伯语名字。张承志在《南国问》里说：“他的极其罕见的激烈血性，不是孔孟之道的文化可能孵化出来的。”

苏东坡、白玉蟾和“海南三贤”这些人的性格，也纠缠成了海南文化的某种特性；因为远离政治、经济和文化中心，海南一直有一种“海外”的旁观者形象，一种貌似超脱、却又十分想融入中心的“向心”意识。

“女性文明”的彰显

女性在海南历史上十分重要，深深地影响了社会人心。

海南有一个节日，叫军坡节，各个村镇的庆祝时间各不相同，但大多在每年的二月。军坡节祭奠的，就是一个女性——南北朝时期的冼夫人。梁大同年间，冼夫人请命朝廷，获准在海南西部建置崖州，州治在今儋州市中和镇。当时的崖州约占半个海南，社会很不安定，冼夫人多次奉诏巡抚海南。冼夫人恩威所至，黎民归附者千余峒，海南社会较前趋向稳定。冼夫人死后，岭南各地都修庙纪念，香火繁盛。周恩来总理曾称冼夫人为“中国巾帼英雄第一人”。军坡节就是后人纪念冼夫人的节日。海南记住的，不仅是冼夫人这样光芒万丈高居庙堂者，也包容了那些走投无路的女子，比如黄道婆。黄道婆来到海南后，生活在黎族姐妹中，并师从黎族人，学会运用制棉工具和织崖州被的方法。她后来回到了松江府以东的乌泥泾镇，把在海南学来的织锦技术传播开来，影响巨大。到了二十世纪，又有三个流着海南血脉的女子，在时代洪流中闪耀着鲜艳的色彩，影响了历史的进程，她们就是宋氏三姐妹。

或许，有的人会认为，冼夫人、黄道婆与宋氏三姐妹，都不是在海南的土地上生长起来的，代表不了海南女性的性格。那么，哪些女子才是海南女子的代表呢？当然是红色娘子军。1931 年 5 月 1 日，经过筛选的一百多名妇女在海南一座小学操场上庄严宣誓，中国工农红军第二独立师第三团女子特务连宣告成立了。红色娘子军为琼崖革命立下了不朽的功勋。这些在战争中挥洒血汗甚至生命的女子，成为了中国女性在二十世纪光辉形象的代表。

到了平凡而世俗的年代，海南女人在世俗生活中，依然焕发着别样的光彩，她们在风雨之中，从不退缩。作家韩少功这么描绘过她们：“她们多有马来人种的脸型，那种印度脸型与中国脸型的混合，总是透露出热带女人的刚烈和坚强。她们钢筋铁骨，赴汤蹈火，在所有男人们辛劳的地方，都出没着她们瘦削的身影，一个个尖顶斗笠下射出锐利逼人的目光。连满街驾驶机动三轮车的司机也大多是这些女人，使初来的外地人极为惊讶……”

由冼夫人而起的军坡节，已经在潜移默化当中，影响了海南人的行为举止，影响了海南人对节日的重视。这种重视，折射了海南所坚守的某种“礼”。礼失求诸野，在全国大部分地方全都被城市化湮没的时候，海南能保持着一份“礼”，即使这“礼”有些稚嫩和生疏，却也成了海南文化中很重要的一部分。余秋雨在散文《天涯故事》里，把海南文化称之为“女性文明”，认为海南像母亲一般庇护过那些逃难、贬谪而来的中华子孙，并由女性文明自然派生出家园文明，让苏轼这样的贬官来这里，寻找到生命的另一个家园。

飞扬式的包容

海南有明亮的阳光，自然环境如此清澈，在很多人心目中，海南的文化是简单的——很多外来者甚至往往用一句“文化沙漠”来概括，这种看来无可辩驳的说辞，其实往往说明了后来者的武断和浅显。黎族作为海南的先民，有着强大的民族文化，后来在历朝历代不断移民而来的汉人，也使得海南一直处于一种吸纳并消化的状态。即使到今天，海南还一直是一个“未完成”的海岛。海南岛的文化性格里最重要的一点，是“包容”。包容看似一个简单的词，甚至有人觉得放在任何地方都很恰当，那我们可以限定一下：海南的包容，是一种“精神飞扬式的包容”。

海南建省初期，房地产大热，中国日后几乎所有的房地产大腕，都从海南起家，走向全国——海南也因此被誉为房地产的黄埔军校。这些地产大鳄们，多年以后还会深情地回忆起当年在海南的创业生活，海南放开手脚的架势，让这些人受益匪浅，他们都知道，若是创业的第一站在别处，他们可能不会那么“无所顾忌”。再比如说，由韩少功带头改版的《天涯》杂志以其思想性、先锋性与对现实的深度关切，成为国内读书界津津乐道的话题，其所率先发起的新左派与自由主义之争、三农问题大讨论、底层文学的讨论等，一直引领风气之先。再比如说，全球最大的华人网络社区“天涯社区”就诞生在海南，其对现实深入关切的在场感，若是在别处，或许不能容许它的存活。

远离了文化中心，使得海南岛没有背负过多的包袱，在精神上肆意飞扬。可以想象，若是某种先锋性的思想诞生在山东、陕西、河南这种文化底蕴深厚的地方，会有多大的束缚？传统文化的某种保守心理，会扼杀新事物的发展。也只有从这个意义上来理解，我们才能明白，讲究对话、沟通与合作的“博鳌论坛”为什么会诞生在海南而不是在一个曾是政治、经济或文化中心的地方？

由于当前其他省市很多地方的环境恶化，海南以其美丽的生态，悄然吸引着一大批文化人来到海南。他们没有文化偏见，在这里迅速融合，让海南的文化闪耀着某种生机，“未完成的海岛”，依旧在建设的过程中。一个强大的历史人物往往会让一方水土千年之后还映照出他的精神气质，海南没有让某种精神掩盖掉其他方面，而是吸收了，并淡然地呈现。

海南岛面积宽阔的海域，让海南胸怀无限大，它能装下一切，可它仍然是湛蓝的。

老爸茶

老爸茶，几乎成了海南的一个标签。喜欢也好，不喜欢也罢，这种已经形成生活方式的东西，一旦形成骨子里自觉不自觉的习惯，便很难再去除。很多初到海南之人，对那种在老爸茶馆的男人很看不惯，认为男人如此之懒，任何解释都是为偷懒找借口——可没有多久，有些看不惯的人，也渐渐融入了树影摇晃下微风轻拂的慵懒时光。

老爸茶是热带强烈阳光的产物。

很多对老爸茶馆里慵懒的男人很有意见甚至激愤的北方人，在把这种喝茶的时光视为偷懒的时候，却往往忘了，他们在北方极寒的冬天里，有几个月是猫着不动的。海南地处热带，光照如此强烈，一年中几乎十个月是处于阳光过剩的状态，一种夏天的状态。阳光暴晒，到了下午两点左右，地面温度达到一个高峰，若是此时在日头下干活，往往会被晒得昏眩过去——即使不昏，即使不中暑，干活的效率也极低，因此，人们往往会避开此时的日头。人不是狗，伸出舌头哈哈气便能散热降温，于是，在枝叶繁茂的树下喝水、喝茶避暑，老爸茶可能便因此诞生了。

一些经营得比较久的老爸茶馆，门前大多有几棵枝繁叶茂的大树。阳光猛烈，在树影下，点一杯冰红茶，让冰凉顺着喉咙下去，人生有多少事比这个更惬意？在茶馆里五分钟，谁都可以立即和周围的人谈天论地。国家领导人、某个贪官、某个中大奖的家伙、某处地震或火灾……都在口沫横飞中传播，所有的老爸茶馆，都是如此热闹，手机铃声开得再大，你也往往会错过电话和短信。有的人指着报纸上的某幅照片，慷慨激昂；也有的拿着一张彩图，在计算下一期的彩码；有的人则双脚蹲坐在椅子上，享受着一份肠粉或者萝卜糕……

老爸茶馆不是咖啡屋，不需要衣冠楚楚，不需要低声说话，不需要 Wi-Fi 和对面一双暧昧的眼神；老爸茶馆需要的是大声的笑谈，需要顿足的愤怒，需要夸夸其谈，需要对每件事表达过激的立场。老爸茶馆里，不仅会集着那些低收入者，很多腰缠万贯的中年人，也没法抵制那个场域的诱惑，几天不去一趟，浑身便都瘙痒——是身上缺水了吗？是怀念那里面的一块菠萝包了？或者，干脆说不清……反正，几天不去，就有点他娘的不过瘾。在海南的某条街巷口，种着几棵树，人声喧哗，门口停着很多摩托车、电动车、自行车，不用怀疑，那是一家老爸茶馆。走进去，你会发现另一个世界。

若是某人以“茶味”来要求老爸茶的话，你可以说那个家伙是个伪精英分子、装模作样的学院派、眼睛充血的公知。老爸茶馆中的红茶，是加糖的，茶水用大锅煮好，充其量只算一种颜色发红的“水”，没有你所认知中的那种茶味。注杯时，矮口有耳或已经断耳的厚瓷杯已经加进去几勺白砂糖，正宗的喝法是，不把白砂糖一下全摇化，而是边喝边加茶水边用钢匙摇动。热红茶喝下去后，身上会有微汗，之后四肢通透；冰红茶会让你觉得浑身凉透。绿茶则一般不放糖，还不是煮好的，而是现泡，但是，泡的一般没有茶叶，而是茶梗——那种叶子被摘下后的被切成一段段的枝梗。绿茶水中，是一种涩苦之味。老爸茶中最常喝的，便是糖水般的红茶和苦药般的绿茶。

老爸茶馆中，你可以见到各种人的各种面貌。一个老阿婆，她每次都一个人来，却拉了另一张椅子在旁边，还害怕人家把那空椅子扯走，不断地招呼周围的人："你帮我看着，一会儿，他要来坐。"一个小时过去了，她口中念叨的人，一直没来。好多天内一直如此，她好像是在空等着永远不来的戈多。一个瘦小的中年女人，爱喝立顿，爱和周围的喝茶者打招呼，但她没待多久，也不拿壶往杯中加水，一旦杯中水干，她立即起身离开，去帮一个杂货店卖下午的甘蔗。你可能还会看到某个单位的副处长，他自己带来了茶叶，店家端上热水和杯子，他自己泡着，却也没能压下他脸上的某种紧张。你更可能会看到，几个熟人在商量着哪家卖的鸡肉好吃，哪里快要过公期，要怎么组车一块去？也有坐着轮椅来的，手都难动了，得靠家人用调羹喂。小孩叫着要点一个煎堆，那中年妇女则说："给我多来点酸醋。"——她是要蘸炸饺子。小说家严敬在他的小说《到三江喝茶》中写道，在海南岛最北的三江镇，有一个老头去茶馆，总还牵着一头羊。老爸茶馆和那种喷着空调、白天也灯光迷离的咖啡馆不一样，老爸茶馆里，都是活生生的日子，是正在进行时。有很长一段时间，我租房住在青年路一段还没热闹起来的地方，午睡后，喉咙干渴，我就得到楼下路角的茶馆喝一个小时的老爸茶，然后趁着手脚舒坦，上楼写一个下午的文字。那茶馆的老板开着一辆邮局的收发车，我所供职的杂志社，所有邮购的杂志都经过他的手往外寄出。我和他成为了朋友。

有些非议老爸茶的人说，老爸茶馆是海南男人大男子主义的一个折射——他们往往没看到，老爸茶馆中，至少坐着三分之一的中老年妇女，她们都带着侄子孙女什么的，在这块热闹的天地中，感受着难得的安逸和快乐。有人说海南人天性里有道家的思想，崇尚无为，崇尚顺其自然；也有人说，海南自古就远离政治文化中心，这使得人们更关注生活而不是某种缥缈的意识。或许有理，也或许没有，这片土地上的人，肯定和这片土地相濡以沫，生长出某种独特的习惯，这种和自然同一节奏的习惯，岂能随意否定？空调屋里的优雅，自有其“优雅”的理由；可露天桌椅下，不也有着一种真实的形态？我希望保持内心的独立，给自己预留一片不受侵染的天地，可我也希望融入庸常的生活细节中，去感受一种粗粝、原始的气息。

“老爸茶”为何以“老爸”名之？

为何？

——这个称呼里，有着某种淡然、自足、无所谓和坦然接受，在这有点“中老年化”的称呼中，我们能看到那些逐渐从社会中坚退下来的中老年人，他们在紧逼窒息中，闲适地透了一口气，在或甜或苦的茶水中，感受真切的亲情和友谊。

夏日阳光下，天地成了一只大蒸笼，那些枝叶轻摆的树荫下，汇集着一种清凉的气息。当我们在这个日益肥大又杂乱无章的城市中窜来窜去，总会有某一时刻感到迷茫、疲累、难以忍受，那干脆停下脚步，在街角那个人声喧哗的地方停下来，钻进去，点一杯两块钱的温红茶，在甜甜的味道中，心绪慢慢平静，喧闹声让你无法集中想某件烦心事。深深呼出一口气，你感到，老爸茶馆里，温情四溢，一阵微风吹来，你想起某个住在附近的朋友，立即掏出手机，拨号，说：“我在你附近路口的那家茶馆，来坐坐？”

第二辑

讲述者的忧郁

当一行文字被写下，当标点把文字阻隔，让写字人停下来吸一口气，他往往会握笔茫然，这样的文字从何而来？从内心吗？可是写下文字的人，为何会觉得如此陌生，心和手什么时候开始南辕北辙的？在很长一段时间里，我更多地在写诗歌，而当有一天，诗歌的抒情难以容纳一些膨胀的力量之时，小说开始流淌。小说所具有的讲述本质，注定了讲述者要面对很多的障碍：讲述者是谁？是写下文字的我，还是故事中的“我”？这两者是如何分离的，他们又在哪个拐角重合？

我曾有过这样的尝试，在故事的开头，我尽量疏远熟悉的场景，让情节显得陌生，可当写到某一行的时候，故事自动发生了转变，熟悉的经验开始浮头，开始左右故事的走向。我试图隐藏、改头换面、顾左右而言他，可写下的文字仍然确切地呈现出了生活内在的真实，旁人也很容易就搜寻出其中的蛛丝马迹。当写作者顺风顺水，把故事讲得无比顺畅，这写作往往却是失败的；当在文字在推进中充满犹疑、反复、迷蒙不清，反而显示出了某种独特的品质。

长篇的写作，是长跑，参赛者可以在途中调整节奏、放慢步伐以及决定在哪个路段再开始冲刺。中短篇则更像是一百一十米的跨栏，不但需要保持速度感，更要在第一步就得找准起跑的姿势。长篇讲究一种整体的庄严感与大气象，中短篇却往往能发挥体裁的优势，做各种表达的尝试。我的中短篇写得并不多，收录在小说集《小镇》中有七篇，加上新近的一些创作，也不过十余篇。而这十余篇作品，是在接近十年的时间中断断续续写下来的，我能从那些词字的缝隙之间，看到我这些年的痕迹。《邦敦西里》中，我试图展示一种漂移感；《小镇》则用粗粝的表达，希望展示一种有厚度的力道；《我特意去看了看那条河》则更注重气韵的流畅；《风满庭院》里，我想表达一个想融入故乡的人只能旁观的疏离……想每个小说都产生改变，是不可能的，可若是丧失了对变化的追求，难免会陷入某种设定好的风格。我希望在每篇小说中保持不变的，则是对氛围的营造，让故事的场域，笼罩在某种难以说清的氛围里，人物有其行为动机，故事有其活动疆界。

讲述者除了会对"讲述者"身份的自我怀疑，也会对讲述对象、如何讲述、讲述的意义等问题充满犹疑。这种种怀疑，会成为讲述者难以割舍的忧郁，让其变得更加敏感，让其更容易对时空的变化感到无助——所有的敏感者，无非是对时间与空间缺乏安全感。写作对某些人具有那么大的诱惑，无非就是他要在时空易变中，找到某种可见的"安定感"，找到某种貌似永恒的手段。有没有在讲述过程中，保持某种"意识"，往往会决定一个作品的成败。我们看到多少作者，只愿意把故事编得天花乱坠；我们也看到多少作者，视故事为天敌，把小说写成了某种道理的言说，而不是把道理隐藏在情节的流动中。

在我们镇的一个村，有两兄弟，母亲是父亲买来的越南女人，后来在某一年失踪了——或许是跑回越南了。这两兄弟长到三十多岁也没结婚，更不愿意干活，两人每天偷砍一根木头，抬到镇上卖，吃碗粉汤，在镇上晃荡到下午再回到村里。他们的父亲七十岁了，县里开始每个月发几十块养老钱，这两兄弟为了逼迫老父亲把藏着的养老钱交出来，一个扭着父亲的手，一个拿刀准备捅，全村人也不知道怎么劝止。后来，有老人说，若是捅死了，县里就不发钱了。你们还想要钱，就得留着他的命。两人这才把父亲放了……当我把这个听来的真事转述给朋友听的时候，他们都认为这是一个很精彩的故事；而当我把这事当小说写下了，他们又一致认为那是一篇失败的小说。

转化的过程中，哪里发生了问题？

口头讲述时，母亲的越南女人身份、两兄弟的痴傻、每天抬着木头走进小镇、拿刀要捅父亲等画面，经过听者的想象，布满了歧义和生机；当我用文字敲下后，故事定型，想象被束，流动感停滞，讲述者的某种“自信”“胸有成竹”，只能产生一篇不堪入目的失败之作。讲述者忧郁的消失，让小说本该存有的丰富意义烟消云散。当然，我也渐渐清楚，写诗时所面对的“抒情”，并不因为转写小说而消失，“讲述的抒情”往往会贯穿一篇小说的前前后后。可在自以为清楚的同时，我又有疑问了，谁说诗歌就只是抒情了？诗歌中的讲述，就没有那种膨胀的力量吗？诗歌和小说，又有什么区别？

这种种的疑惑，让一个试图讲清道理的人，再次犹疑不定。

追回被阳光晒醒的夏日

大学毕业后的若干年里，我租房住在城市边缘的一个村子里。一栋栋村民自建的房子，朝向混乱，而且为了争取最大的空间，二层以上不断延伸，对门的阳台简直要吻到一起。住在这样的房子里，最大的感触是自由——毫无秩序感、杂乱的自由。不远处是一条贯穿城市的江，沉默地流入大海；江水过来，是大片大片的菜园；接着是村子对面正在修建的安置房小区；然后是对面二楼楼顶，有人养着一群鸭子……这些几乎是我每天被阳光晒醒后，最先在窗边看到的情形。

几年后，一切已经完全变了模样。

但我并没兴趣去书写视觉意义上的变化，而是更关注某种内在的失序——比如说，村子里的那座祠堂；比如说，村子里那些人的心事。随着城市扩张而来的，是村人处于变化中的各种状态，有人期待着一夜暴富，可也有人担心，高楼一旦袭来，村子里的祠堂很快将会失去它的意义，维系着村人情感的细线，会慢慢消于无形。祠堂，这安放村人内心与情感的容器，当然也就成了小说中最重要的场所。

但这远远不够，我不愿小说成为某种理念的道具，不愿它只是僵硬的阐释。我要努力在一篇小说中，把清晰的主题不断消解，让它情绪饱满却言语简约，让它若无其事又意蕴万千。诗意是不能通过评论家的概括、整理、打包和转述，抵达另一个没看过诗句的人内心的——

诗意的捕获，得通过阅读者在诗歌文本中发现。好的小说也是这样，拒绝内容简介和中心思想，拒绝所有想把它套进去的袋子。小说在某种圆融、通透的状态里，自然会呈现某种让人惊奇的囊括力，送达读者内心的，要远远超过试图阐释者的概括。

准备写这个小说时，当年那个村子的菜园和荒地，早已成了高档小区。我在一个热得发晕的夏日午后再次钻进喝椰子的小店，发现没有了砍椰子的海北公。

“已经不在了，摔了一次后，就……”海北公的老婆说。

当初和我整日流连在那个小店的友人，已散落各处，甚至有人已形同陌路。我知道，某些时光已经永远逝去——海南岛上看似漫长无边的时光，摧枯拉朽。捧着手中的冰椰子，我准备追回时光中的所有，追回那些被阳光晒醒的夏日。

失眠者的安魂药

我不是一个狂热的诗歌书写者。十几年来，每年产量不超过十首，这不是说我对诗歌要求苛刻，而是因为我写诗的方式注定了写不多。诗歌本身所具有的私人化的特性，并非每个人都愿意去展示，诗歌写了，就写了，一张纸就被塞在床头的某个角落，哪天再发现，随手敲进电脑里，权当个人的心灵档案。但这些年，仍是发表了一些，却并没有带来太多的发表快感——那种快感，我曾在发表第一部中篇小说、第一部长篇小说时感觉到。这并非我对诗歌的不在乎，恰恰相反，正是因为对诗歌的珍爱，才让我觉得在其身上进行任何索取都是不敬。

我一向觉得，诗歌并非创作——小说，尤其是长篇小说，需要一种浩繁的创作能量和坚韧的创作耐性——诗歌于我，是内心的起伏、血脉的流淌、目光的明暗和体温的凉热，是某个生命瞬间的直接流露，怎么能通过创作来获得？由于少年养成的坏习惯，我睡眠一向不好，我所写下的大部分诗句，都出现在下半夜，出现在天地漆黑、四周悄然的孤独里。我能从某行诗句中，看到我那一夜的辗转难眠，看到我当时熬红的双眼。给一个失眠者最大的褒奖，莫过于让他平静地入睡，诗歌——便是我在失眠之夜给自己开出的药方。我希望写下几行句子，耗尽心中所有的挂碍，换来后半夜的心平气和。

这药方大多时候是没用的，可夜那么长，不写几行字又能干吗呢？

很多不眠之夜，是一个字也挤不出来的，那就更难熬了，失眠者少了安魂药，就像受外伤的人缺少了止痛药。

在那样的夜晚写作，面对的只是自己，面对的是人如何在时间流淌中找到位置，面对的是如何在天地苍茫中安放心灵……这是不是反而更接近了写作的本质？这种写作，从内心自然流淌，所呈现的字句，和写作者的心跳频率、呼吸节奏是一致的；这种写作，更追求某种直接的抒发，故而不会在修辞的迷宫中缠绕沉迷；这种写作，自然也不会那么热衷于让别人读到，不会热衷于某种发表、传播所带来的快感。

这样的书写，会不会更纯粹？

随着年纪渐长，很多不平情绪，也慢慢变淡——但，谁知道呢，恶魔般的“不眠之夜”，随时虎视眈眈。可我已经不只借助“诗歌”这方子了，不息的夜雨、婴孩的叫唤、汽车的前灯、海浪的涌动……所有的这些，除了能搅乱内心，也能让内心获得平静。某些句子，也不一定非写不可了。而如何在诗句当中呈现某种空旷、湿润、阔朗的气息，呈现某种天海宁静而微风轻拂的远境——这，不过是我个人当前的偏狭追求。

所有故事的缘起

——长篇小说《暖若春风》后记

金江，居南渡江之上游，为琼西之重镇，澄迈县治在焉。自县治南渡而南，二三里许，有北潭村者，以江北有潭故名。其地稍隆起于广原中，以应南蛇北来之势。外则双流汇合，小桥通津；内则五池清晖，游鱼成队；红棉烂漫，俨同天半朱霞；绿椰参差，宛若云中翠羽。而园林错落，屋宇绵连，上下明光，左右映带，真不啻图画者也。村中大小计十有余姓。聚族而居，俗尚敦厖，人存厚道。土有朴茂之美，农无浮沫之累……

——我第一次看到这段话，是十几年前，在一个友人家。那本书叫《嘉怀年录》，从台湾带回来的书，纸张泛黄，印刷并不好。这段话是这本年录里的第一段，所写的北潭村，正是我友人的村子，正是我其时所处之地；写下这段话的人，是我友人的曾祖伯父。其时夏日炎炎，屋外能把人晒化掉，从二楼的玻璃窗口处飘来的，是种在屋子后院的番石榴香味，我有些不知今夕何夕。我曾试图在漫长的夏天里把这本年录翻完，却终究没有，所有的记忆，仍旧停留在开始的这第一段，停留在那位至死也没能归家的浪子深情回忆的起始。多年后，借助万能的网络，我曾查到友人的曾祖伯父是黄埔二期的毕业生。友人的曾祖伯父后来去了台湾，把弟弟也一同带去，但友人的曾祖母并未跟着去，留在了海南，一家人成了两家人，一个岛就成了两个岛。友人的祖父、父亲都是海南岛最普通的农民，正渴望着我那友人有一天能天高海阔，通过读书改变命运，重新唤回祖上曾有过的荣光。

那时候我们在读高中，属于最叛逆的时期，心比天高，对很多事情都看不惯，便看书、写诗，在另一个友人家位于幸福路的小茶馆里高谈阔论。那些年月里，无论寒假暑假，我并没有回到自己家里，而是寄宿在友人家里，空耗时日，空耗体内所有的青春躁动。每天夜里，我睡在友人家二楼楼顶，看着满天星光发呆，跟友人笑谈会不会有外星人乘着夜风而来。闲得无聊，除了看看友人买的文学名著，也翻阅着他家里满满几个纸箱从台湾带回来的资料：数不完的台湾邮票、成堆的蝇头小楷写就的册子、友人曾祖父在台湾出版的书……这些资料都是友人的曾祖父晚年时从台湾带回来的。当时，曾祖伯父已死去多年，孤家寡人、一直未曾再婚的曾祖父在两岸开始交流之后，终于回到海南，并最终死在老家，死在他哥哥年录开头如诗如画般的故土。友人的曾祖父带了一些钱回来，买了一块地，新建了一栋两百多平方米的两层屋子，把一直务农的贫困家人安置在内，可他并没有住多久，就过世了。在友人家的墙壁上，看到他曾祖伯父与曾祖父的遗像，都是英姿勃发之人，有着那个年代的人胸怀家国的庄重与肃穆。对于曾祖父的那段往事，友人并不清楚，我就更无从得知，可有时望着墙壁上的画像，总觉得那眼睛之中，隐含着太多想说的话。

友人高中时就写很漂亮的诗歌，多年后由于生活所迫，一直在外奔劳，写得越来越少，可他仍是我所认识的人里面，诗歌写得最好的人之一。更重要的是，写就写了，他从未有发表的欲望，从未要借助诗歌获取世俗的利益与声名。多年前他就给曾祖父写过一首《曾祖父》：

他死了
眼皮紧闭
正躺在祖祠
幽暗的顶梁下
穿着族长的清服
三天三夜，双脚如石

他的心脏
没有声音了
但岁月长存
同我强烈的爱
插入他魂灵出窍的
两个世界

他那远方的名字
第一次烧成灰烬
天空之上
生活打开
我看见他骨头冰凉
在春天肥沃的土地里
抽芽生长成我七彩的梦

友人大学毕业后，并没有和我一样，从事和文字走得很近的职业，而是开始北漂——不仅仅是漂在北京。他所从事的工作，是跟在大卡车上，与司机一起，把车厢里放置的变压器运送到全国各地。他当然也因此看遍了各处风景，看遍落日下的昏黄和夜里无边无际的荒凉公路。我曾让他把路上的经历记下来，但他除了在为数不多的诗歌里重现了那些场景，并没怎么提及那些在路上的时光。对于出生在海南岛的人来讲，要奔赴远方，需要更大的勇气，需要和身上不绝如缕的血脉牵扯、夜夜斗争。友人几乎是我们一群朋友中，唯一一个至今还远在他乡的，在娶了一位湖南姑娘后，我们都笑谈，他的儿女肯定不是海南人了。友人的家人不愿看到他离家这么远，但事实是，他也成为了家里人难得见上一面的浪子。

我倒是一直执拗地写着。在我写了很多文字之后，有一天，当年在友人家寄宿的很多场景开始浮现：友人耳背的祖父，整天拿着一张彩票图纸在画线，跟他说话要靠喊；友人的父母，每天要下田，有时会在家里腌酸菜；院子的番石榴树叶，总是随时吹来让人迷糊的香味；我们经常拐出巷子，到长安路上吃炒粉，喝无数碗酸菜汤；墙壁上总是欲语还休的画像……这些画面，最终交织在《暖若春风》里——当然，小说里远不止这些，小说里的故事要复杂得多，容纳的远不止这些场景。可重要的是，记忆中的这些残片给了这个小说最重要的东西：情绪。这种难以讲清的情绪，奠定了小说的基调、语言和故事，当然，也奠定了这并不是一个让人阅读了会觉得愉快的小说。

这并不是我第一个长篇，也不是写得最晚的一个，更不是我最满意的，但我宠爱它——好像它是我的小儿子。我们总是对大儿子板着面孔，对小儿子更加宠爱。这个小说完成时，我二十七岁，身上仍有着某种赌气般的倔强——没有想到，这种赌气让这个小说以及接下来的另一个长篇《关关雎鸠》，经历了某种坎坷。也正是这种经历，让我见识了生活中的某些人和事，也让我忽然决定消失几天，独自前往离开了接近二十年的故地，印证另一些记忆中的残灰——当然，这又是另一个故事了。

《暖若春风》从春风中开始写，一直持续到闷热无比的夏天。海口那条幽深小巷子里，我住的屋子在四楼，只有十几平方米，我一遍又一遍喝着冰镇的可乐或者冰红茶，双眼通红地敲着键盘。那几个月里，总有她陪在我身边，我敲击键盘时，她就在一旁安静地看书；完成一天的目标字数后，我们步行走二十多分钟，送她回家。她后来成了我的妻子，可当时，我们认识没多久，面对面坐着，也不多说话，各忙各的。这个故事开始书写于春天，当然也是它最终叫《暖若春风》的原因之一。

这个小说完成两年多以后，我比友人先得到去台湾的机会。临行之前，我跟他说，行程中有安排和在台湾的海南同乡会见面。他让我问问，有没有人知道他的曾祖伯父和曾祖父在台湾的事迹？后来，在台湾问起那些海南老乡时，认识他曾祖父的人没有，而他的曾祖伯父，因为曾任国民党陆军少将，因此即便已过世正好四十年，仍有人记得他的名字，可要说得上具体的什么事，仍是支支吾吾、语焉不详。

但，正是这些几乎散尽的记忆，在它消逝的地方，成为了小说的开始。我要讲的，其实是一个家族里的浪子不断离家与归来的故事。四代人，每人都有自己不得不面对的现实，这现实让他逃离，成为浪子；这现实也让他返乡，成为归客。在这个故事里，大部分都是虚构的，可那些零星的、被我隐匿的真实，是我不得不感恩的部分——因为，那是这个故事所有的缘起。

从生命的断裂处开始

——《海风今岁寒》创作谈

2007年，我处于某种慌乱之中，工作不稳定，飘来荡去，自己几年来买的一些书，随便塞进几个肥料袋里，放在一个朋友家阴暗的角落，落满了各种灰尘，甚至成为白蚁咬吞的美食。那年夏天，海口满大街都飘着从海南三亚走出去，在《快乐男声》爆红的陈楚生的歌声。陈楚生夺冠后，我所在的广告公司准备接下他在海南的首场演出。但最终我并没有参与这个活动，因为那年的下半年，我接到一个电话，问我是否愿意到北京鲁迅文学院去学习，我不知天高地厚地答应下来了。辞掉工作后，我无心去听满大街陈楚生的《有没有人曾告诉你》，我首先急需解决的，是我在北京四个半月的生活费。纯粹出于赚点生活费的理由，我接下了海南省作协关于苏东坡晚年流放海南期间的一个长篇小说的写作任务。

我开始看各种资料，并虚构苏东坡在海南的生活。这成了我最痛苦的一次写作，在前后一年的时间里，这件事无时无刻不在折磨着我。毫无疑问，这是一次彻底失败的写作，以至在作品完成、通过后，进入出版流程时，我临时撤稿，不把这本书出版。我把修改了多遍的文档打成压缩包，封存在我电脑的角落里。后来电脑换过几次，那个压缩包随着硬盘、优盘，不断迁移，我没有解压过。我不愿这个连半成品都不算的东西面世，以免让自己见到一次，崩溃一次。

但对苏东坡一些资料的阅读，也让我萌生了一些新想法，心想若是写一些苏东坡晚年行迹的短篇，倒是挺有意思的。“海风今岁寒”就是在这时候蹦出来的，苏东坡在海南写下的这个句子，我喜欢，可以作为短篇的题目。但那么多年过去，我并没有写下任何一个苏东坡的短篇——有些兴头，也就是想想，过去之后也就过去了。苏东坡的原诗是这样的：

黎山有幽子，形槁神独完。
负薪入城市，笑我儒衣冠。
生不闻诗书，岂知有孔颜。
翛然独往来，荣辱未易关。
日暮鸟兽散，家在孤云端。
问答了不通，叹息指屡弹。
似言君贵人，草莽栖龙鸾。
遗我古贝布，海风今岁寒。

这是他在海南儋州写下的《和拟古九首》中的其中一首，记录下他遇到一个黎族人，笑话他到海南还穿着儒生的衣帽，样子怪异还不防寒，并且大方地送给他一件古贝布织就的衣服，说今年海风很寒，得注意保暖。在这首诗里，我们当然能看到苏东坡当时的一些心迹：比如说，着装的不合时宜、语言的沟通不顺、天气的不能适应等；而我们不能看到却能感觉得到的，是苏东坡关于生命飘零的某种叹息。

定下《海风今岁寒》这个题目之后，好久也没找到一个合适的故事，去装在这么一个框子里。2012 年，我大概想到了怎么去写这个故事，可并没有一气呵成，只写了开头的一千多字后，便忙其他事情去了。到了 2015 年下半年，我把这个开头找出，早已想不起当初的构思，而小说里的“青衣”原型在海边的老家，早已在城市的发展中，变成废墟一片。这当然也就成了整个小说再开始的理由——但我哪里是要写拆迁的事呢，这事在文中只被简单地点了一下。

我想写的，其实是关于“生命断裂”的一些恐慌性的思考。这样的思考，早些年我也曾有过，但当我成了一名父亲之后，隐藏着的某种“求证之心”就愈加强烈了——若说万物总要灭绝，文明总要被抹平成尘，我们此刻的活着，意义又在哪里？我当然知道，这样的问题，是不可能有什么结果的，小说不是数学题，我也没有属于自己的标准答案。由这样的问题所引发，洋溢在句子当中的氛围、流淌在文字当中的情绪，说到底才是一个小说家所关注的。小说里，那个隶属于省城海口、早些年以烧陶闻名的小镇，是我妻子的老家。我曾跟她拜访过其中一些烧陶的老人，觉得那些满脸皱纹的老人“玩泥巴”，本身就是充满张力的故事。小说里烧制好、砸掉、掩埋以祭祀早夭婴儿的那种陶器，当然也是现实里有的，也正是这种陶器的出现，让我得以完成了整个故事的虚构。主人公青衣的女朋友多年前打掉的胎儿，成了多年后纠缠他的梦；烧陶老人不断捏泥巴，几乎要以女娲造人的方式，把自己溺水而亡几十年的儿子重新烧出来；“我”这个“单身狗”，在见证了这一切后，不得不卷入关于对生命断裂、延续以及夹杂在其中的悲欢的思考。

而苏东坡先生，作为这个小说最隐秘、最深远的源头，我并不想放过他，我想让他跳出来，在一篇以他的诗句为题目的小说里客串一把。于是，我的一些朋友在日常唱 KTV 时，常常会点唱的琼剧《苏东坡在海南》唱段，就出现在小说当中。唱段里苏东坡所唱的“一阵山风吹酒醒，椰梢月斜近五更……”的戏词，借由小说主人公之口唱出，算是和遥远的苏东坡先生，做了一个最为曲折的回应。

苏东坡当年被贬惠州，已经处于生命的某种断裂的境地，可他仍旧在那里写出“报道先生春睡美，道人轻打五更钟”这样洋溢着生命热情和幽默感的诗句，以至政敌章惇在听到这诗句后，觉得苏东坡还太惬意，把他继续南贬，终于贬到了海南岛。海南岛和苏东坡相遇了，这是两者的幸运，海南岛因此文脉开启，苏东坡也在绝境即胜境之中，焕发了晚年创作生涯的最后一春。来海南之前，苏东坡是抱着必死之心的，可走的时候，他已经说“九死南荒吾不恨，兹游奇绝冠平生”；也说“问汝平生功业，黄州惠州儋州”。到今天，他音容仍在，映照着九百多年之后的我们，他来海南之前所发出的生命断裂的叹息，我们今天仍能清晰地听到。而今天的我们，也会在新的时间、空间里，发出某种关于生命的思索和叹息。

我想说的是，在《海风今岁寒》这篇貌似有些灰暗的小说中，我其实是感知到了某种断裂处爆发出的强劲生机。2007 年，慌乱的我，遇到陷入某种生命断裂的苏东坡，我没能写好他，但不妨碍我和他以更别致的方式，进行某种呼应。2016 年年初，我完成《海风今岁寒》，和第一次见到“海风今岁寒”这句话，隔了整整十年，十年让很多事情发生了改变，生命有了某种断裂，也有着不绝的延续。

在苏东坡先生说“海风今岁寒”的冬日里，我们心中所期待的“无限春风来海上”（也是苏东坡在海南留下的诗句），已经离我们很近了。

所有新的生命，都从断裂处开始。

"中国故事"如何可能

——在第四届青年作家批评家主题峰会上的发言

福克纳、马尔克斯或者莫言，他们的大部分作品里的人物，都活动在一个边缘的角落里，这些作家不断把故事的生发地建构得越来越恢宏，直到在里面容纳了历史和世界。一些年轻的作家，仍旧试图书写、建构这样的世界，但我们现在都居住在面貌相似的城市里，更何况，在网络把一切抹平的今天，对某个边缘小角落的深挖，会不会变成写作者自我设定的围墙，会不会所有的故事，都只是作者的无限想象？我们所说的"中国故事"，仅仅是因为这些故事发生在中国，或者这些故事里有中国的人名出现吗？

我从海南岛过来，飞机两个半小时就到萧山机场。在古时候，不是这样的，那时的海南，是蛮荒之地，是"飞鸟犹需半年程"，一个人若是被贬到海南，基本上是抱着必死之心去的——即使以豁达著称的苏东坡，也以为自己会死在海南岛上。可现在，两个半小时，我们完成了以前两个半月的漫长旅程，时间感极大地改变了我们对世界的感知。由于太过便捷，有时我们出去旅游，仅仅变成了换个地方睡觉。我们在城市里的生活，如此大同小异，这也是所谓"城市文学"有时显得如此雷同，让人觉得不太满意的原因。

在大家的经历和心理状态都差不多的时候，搞文学有时是挺让人沮丧的事情，因为好像我们已经很难去提供一种新鲜的经验了。即使贾平凹这样级别的作家，他的《高兴》和《极花》的故事，也像是来自我们觉得眼熟的新闻报道。在此时，如何提供、书写新的经验，或者说面对世界的时候，如何使得我们的故事更加“中国”，确实是很困难的事。

两三年前的一次冬天，我从海南岛到天津，一下飞机，喉咙便一直痒痛，直奔药店买药，可怎么吃也没有效，直到回到海南岛，下飞机，一下全好了。那几天正是天津雾霾最猖狂的时候，而我已经适应了海南岛的蓝天碧水的身体，在这种突然的袭击面前，是毫无防备的。那次雾霾带来的，不仅仅是身体性的反应，也是心理的，见惯热带阳光的我，在连续好几天能见度不到十米的时候，心理基本上就崩溃了。飞机离开天津，穿过雾霾层，看到雾霾鱼缸一般把天津死死罩住，我有种死里逃生的感觉。我谈到这件事，并非说我的身体“娇贵”到有些“矫情”，而是说，当我习惯了海南天气的身体，如果不是因为瞬间移动到天津，而是每天在相同的重复里，是很难有这种体验的。在海南三亚的人，永远生活在烈日暴晒下，是没有季节变化的概念的，这样的时间感、感受力，和居住在北方，有漫长冬天的人是不一样的。但是，这样的不一样，得通过对比、通过反观、通过突然到来的袭击，才能感知，在日常的惯性里，我们是无感的。

对一个写作者来讲，在某种阅读状态、写作状态里待很久，也会产生惯性，感知变得麻木——即使身边已经发生了让人惊骇的故事，我们也不能意识到，这是很独特的写作材料。当前中国每天发生的故事，都如此离奇，但若这种故事只带给我们《高兴》《极花》或者《第七天》，是很难让人满意的——这种不满意，不仅仅是说这些作品的情节复制了新闻，更多的是我们在这些作品里，感受不到类似我在天津遇到雾霾时，身体、心理的真切反应；感受不到那种反应所折射出来的整个世界。

讲好“中国故事”的关键，不是说在中国的现实里，比别的作家更早发现一个让人闻所未闻的离奇故事，而是说如何在时间的流淌、空间的变幻和心灵的微妙变化中，用“中国式”的感觉，提供一个时代的投影。

最后，我想简单说一下我目前正在写的一个小说。在海南岛西北边，有一个很小的岛，距离岸边只有两公里，退潮时，上那个小岛就更方便。五十年前，岸边渔村的一个年轻人在海南岛中部的部队当军医，被当地姑娘喜欢上了——他在渔村早已结婚，那姑娘却不屈不挠。年轻人怕整天被纠缠，会出事，提出复员回家，可临走前一天，他被姑娘一口咬定说强奸。虽然没有证据，最后却仍然以破坏军民团结罪被判入狱十年。在狱中，他一直写信申诉，当然，都石沉大海。十年后，他出狱回到渔村，老婆已经带着小孩早改嫁了。而最痛苦的，是他的父母在他回来的几天之前，相继过世。这件事后，这位年轻人觉得人世无望，主动逃离，躲到渔村边上的那个孤岛上，每天去打捞沉船，寻找冤魂。他看过包公断案的评书，知道包公能招魂为人断案，他也想找到一个鬼魂为自己洗脱罪名。他一个人居住孤岛，在岛上寻找鬼魂，持续到了现在，有四十年之久。他从没发现鬼魂，他的冤情也无从洗清，可他却已经习惯了这种远离人世的生活。我去看他的时候，在那个小岛上，一步步去找他留下的痕迹，感受那种时间的流淌所带来的空间变化，他无聊时打发时间，捡岛上石头堆砌起来的鱼塘，一次又一次被台风摧毁，但那个从没真正堆砌完成的鱼塘，就像是一个人修建的一段长城——我能从那段残败的“长城”里，感到一个人的孤独、绝望、放逐和坚韧。或许这个故事会让我们想到鲁宾逊，但它和鲁宾逊完全不一样，这个主动逃离、寻鬼的故事是完全“中国式”的，我们能从一个孤岛上一个寻鬼人的行动里，看到那种“中国式”的悲欢，也能发现那种独属于“中国人”的思维和行为。

我想，只有跳出固有的思维定式，不是把注意力放在故事情节的独特，而是通过故事来真正感知中国人的时间观、空间感以及身体和内心真正的独特感受，我们所提出的“中国故事”才是有可能的。

生命的鸣唱

——联合文学课堂：长篇小说《关关雎鸠》研讨会开场讲话

感谢庆祥组织这么一次活动，感谢各位朋友的到来，尤其是李老师，为了参加这么一次小活动，专门改签机票，提前回到北京，让我这个海南人，在寒冷阴霾的北京，感受到一种友情的暖意。这是第一次关于我的作品的讨论会，以前没面对过这种情况，一想到别人即将对自己写下的文字展开讨论，就浑身不自在。这是我二十九岁那年写完的一个小说——为什么要强调一下年龄，是因为跨过而立之年之后，随着结婚、生小孩、工作愈加繁忙，陷入日常生活的泥潭里，我基本上不敢再去写类似这样长而重的作品。这部小说的故事，发生在一座有河流过的小镇边上，镇上每个人在生活中所发出的欢喜或悲伤的鸣叫，混成了一曲“关关”的交响，生命不止，鸣唱不息——这当然也是这小说叫这么一个题目的最初原因。

我老家在农村，但这部小说并非书写乡村，而是把目光放在一座边陲小镇上，这当然是由于小镇在中国社会里是如此独特。它不是城市，也不是农村，而是处于交叉地带，是农耕与现代的重叠处——我们从农村进入城市，要路过它；从城市返回村里，也得路过它。小镇是我们整个国家现代化过程中的驿站与半途，也就因此混合了人间百态。当然，能够完成这个小说，和我初中以前多年的小镇生活有关——我当过仪仗队的小号手；也看过隔壁的一个吸毒者，在我租来的房子里，当面吸毒到迷醉；我当然也见证了“装军”这一民间仪式的停办与重新开始……我的同学里，有不少人或者因为吸毒、或者因为犯罪，人生彻底毁了。小说中有一个叫潘宏亿的人，吸毒后被关在一个大铁笼里——那个原型就是我的堂兄。现实里的铁笼是我爸爸亲手焊好的，我在铁笼外给堂兄递过解闷的武侠小说，陪他说过一些心里话，就像书中的张晓峰对潘宏亿。

——就是说，当我开始动笔写这部小说的时候，所有的少年往事汹涌而来，但我需要做的，却并非仅仅要写少年的成长或者沦落，我有更大的野心，想写下从二十世纪八十年代中后期到二十一世纪初的二十多年里，中国发生了什么。小说的开场，流传数百年的军坡节仪式停办；小说的结尾，这样的仪式试图恢复。在“停办”和“重新开始”之间，发生了什么？这些身处其中的人，经历了怎样的挣扎与洗礼？

由于阻隔着一道琼州海峡，海南岛保存着很多地方性的民间习俗——也就是我们称之为“礼”的东西——这种“礼”在现代化的进程中，消失得比其他省市很多地方要慢。可也正是这种慢，让生活其中的人愁肠百结。旧的礼在消失，新的生活方式并没建立，于是我们看到，私彩横行、赌博疯狂、白粉泛滥、诈骗惊人……一个孤岛的小镇上，“礼”失之后，各种乱象与不安开始层出不穷，我们当然也可以看到乱象中生命的坚韧与不屈，却又不得不面对无奈的现实。老一辈骨头硬朗话语铿锵，可更年轻一辈，却难以避免地，要么在荒诞的现实里迷失，要么没法寻回自己的根——书中的张晓峰，就是一个无根而寻根之人。

老一辈的老潘和黑手义，以身上的某种老派的硬气，试图保全家族的完好，可他们往往只能无能为力。黑手义家的年轻一辈，在不断追根溯源、寻找身世；老潘家的年轻一辈，在不断丧失后路、前途迷茫。家族的延续对于中国人的重要性不言而喻，翻开一本本族谱，一个个名字孤零零地悬空，诉说了生命在时间长河当中的唯一痕迹——生命链条终止在哪一个环节上，都是一件让人惊心动魄的事。因此，这个小说，当然也是用这两家人，思考我们怎么来的，又得去哪里？当然，从某种程度上来讲，我之所以写了老潘和黑手义两个老人，不外乎心怀不忍，希望在这两个孤独的老人，在深夜面对空荡荡的小镇街头的时候，能有一个说话的伴，有呼叫、有应答，才是"关关"，才是和鸣，才是生命此起彼伏。

声音，是这部小说的一大元素，不仅题目，全书的结构也与此相关。书有五章，五个小标题叫《闹军坡》《南风云》《酬宴会》《弄手花》和《喜盈门》，都是海南民间的乐曲，在民间办喜事、丧事、斋事时常常能听到，这是和普通人的悲喜联系在一起的声音。小说的开始，就有"呜呜"的小号声响起，每一章的最后乃至全书的最后，声音一直贯穿。因为是这么一部贴着现实血肉的小说，我以声音协奏的方式，把结构隐藏其中，不让阅读者出戏。当然，也正因为这样，这部小说就显得有些沉重，不但增加了读者的进入成本，也成为了我这个作者，最不愿意重翻的一本书。

我知道，大家在读这本小说的时候，有一些关于习俗的描述，可能会让一些人会觉得这是写乡土的小说——可写乡土，哪是我的本意，我不过是想写下某些人二十多年间的悲喜，只是他们的悲喜，恰好和那随着时代飞速变化而飘零四散的以往的生活方式有关而已。自己谈自己的小说，总是想说的很多，也总是会无话可说，而且怎么说都觉得背离了小说本身——创作谈往往跟创作无关。下面，就听听大家的发言吧，今天大家在这里，讨论一个关于声音的小说，我很想听到各种声音，就像书中的那两个老人，作为作者，总是希望自己说出的话，是能够得到呼应的。

谢谢大家。

时代的风暴与人心

——关于小说集《海风今岁寒》

《海风今岁寒》一书里写到了很多场风，在这里，风暴不仅仅是自然，也是人心，是这个时代的投影。但很多时候，我们身处风暴的中心，是感受不到风暴的存在的。“风暴”是海南这个热带岛屿上最常见的自然现象，但这种习以为常里，隐藏着很多被我们忽略的真相——我这本书尝试呈现这一场场风暴下的悲欢。《海风今岁寒》一书里的七篇小说，都是有着原型的，我就谈谈这些故事原型好了：

《海风今岁寒》表现生命或者说传统的断裂。三个男人、被摧毁的渔村、行将消失的某种技艺……都是这个故事里很重要的东西。当面对某种生命链条的戛然而止时，我们能怎么办？面对时代面前被消灭的乡村、被消灭的技艺和记忆，我们又能怎么样？这个故事写作的时间很长，在写了开头之后，一度中断了两三年，后来又重新接上，可写作的心态全变了。“青衣”是我现实里一个朋友，名字都没变，他的老家也跟小说中一样，已然消失，再无痕迹。“海风今岁寒”是苏东坡在海南留下的诗句，我很喜欢这句话，很大程度上，我是先喜欢这句话，想为这句话找到一个贴切的故事，再去写这篇小说的，我最终找到的，是这么一个有点海风凛冽的故事。我一直以为，什么样的故事得用什么样的语言来搭，有着某种质朴内核的作品，太过轻浮的语言肯定难以压阵；本来就是一个飘逸的故事，用一些过于僵硬、沉闷的表述，当然也是有问题的。

《台风》是一个老人独自面对即将到来的死亡的故事。这基本上是现实里如实发生的一个故事，原型就是我的岳父。当然，现实里他并没有迎向那阵河里的大风，而是在那间老房子里过世。当生命的倒计时牌立起来的时候，我们要怎么面对这一切？这篇小说里，我很坦诚地记录，但一个面临死亡的人心里到底怎么想，我当然一无所知，只能交给自己的想象。

《丁亥年失踪事件》写一个年轻人失踪后，家里其他人如何陷入绝望和试图走出来。仍旧是一个有原型的故事。和小说中一样，我们镇上一个当兵的年轻人忽然之间就不见了，没有任何解释，剩下了的，就是家人如何试图接受这个结果。现实里，这家人要更加惨烈一些。在小说当中，我不断变换故事的讲述者，甚至连一个死者也跳出来讲述，是想在沉重之中，有一个逃离的姿态，让故事不那么绝望。现实里，那个失踪的年轻人仍旧没有再出现。

《抬木人》写两个我自己都不知道怎么说的兄弟。同样也是我们镇上真实的两个人，我弟弟跟我讲起这两个人的时候，我觉得这就是一篇小说，可当我把它写下来，一切都变得不真实。他们失踪的越南母亲，他们每天抬着一根木头到镇上——这好像更像隐喻而不是现实。

《夜雪堆积如山》写一个人的回归与逃离。原型是我的一个朋友，他的职业就跟小说中一模一样，整天跟着送变压器的大卡车奔跑在边疆的路上。连这个小说的题目，也来自他在路上写下的诗句。小说里，有一个以嘲笑主人公为乐的微信群，我就是那个群里的其中一个人。

《捧一个冰椰子度过漫长夏日》写城乡剧变与青春的躁动。处于城乡接合部的地方，在城市膨胀的过程中，发生了什么样的故事？这里面的很多事，就是我的亲身经历：经历过大时代却被人追债的房东、村里的庙、那间鬼气森森的房子以及那个卖椰子的海北公……都是我大学毕业不久之后，亲眼看到过的人物。我不仅仅想写几个年轻人躁动的青春，所以把海南建省初期的一些背景纳入其中、把一个村子在面临拆迁时的一些心态纳入其中，椰子是串联这一切的核心意象。我现在就住在离小说里写到的那个地方的不远处，周边村子几乎全部拆掉重建了，但那个村子到现在还在，那个在小说里被点了一把火的祠堂也还在，整个村子比之前更加热闹了。有时我从那里路过，感觉很奇特，好像我曾写过某些故事，那故事就真的存在过。将错就错、以假当真，是小说家为数不多的绝对权利了。

《夸父追日》写理想主义者在现实里的溃败，写青年人和“革命”之间某种隐秘的关系。我亲身参与过小说中那场游行，当年的告密者也是真有其人。当我想起当时那一张张雨水中的青春脸庞，忽然冒出一个念头：若是当年走在街上的三个人，一个理想到固执、一个现实到势利、一个在这两者之间摇摆，会发生什么样的故事？于是这个故事便诞生了。这个故事原本可以写得更加丰满一些，我曾全部把这个故事推倒，重新写了几千字，但我后来停住了，重新翻出这个版本。我知道这个版本的问题在哪，可要去更正那些问题，在这个时代，已经变得不可能。夸父追日者，最终能追到日吗？不过是倒地而亡。

我并不是那种可以凭空想象出小说的人，但毫无疑问，这些小说也并非跟现实一一对应，真正蕴含在小说里的东西，也不是一个个故事梗概能够囊括的。我很在意小说中流淌的气息，重视氛围笼罩下的情绪；作为一个同时在写诗的人，我很在意小说的语言，希望有更深广的诗意，在小说的表达之外。

这些年，由于编辑工作的繁忙和消磨，东西越写越少，偶尔写一篇，便是有着不得不写的理由，但那种理由，不是事后仍旧能够想得起来的。当这七篇貌似零散，在三四年里逐渐写成的小说，以一个整体的面貌出现的时候，我还是看到它们的某种整体性，其实也就是我这几年一直面对的一些困境：我们怎么与这个裂变的时代相处？

这本书首发时，我在书店的宣传海报上放了一句宣传语，叫：七场风暴，七段悲喜人生。其实也不太贴切，这里面并非只有悲喜，还有更多难以言喻的东西。有些省内的作家，说从这些小说里，看到海南的某些乡土风物，可我哪里是在写乡土、写风物？我在意的，是那些身处边缘又往往被无视的普通人，其身上折射出的这个时代的光影。作为编辑，我很清楚什么样的写作，更容易在这个时代获得掌声与喝彩，但作为作家，我并不愿意跟那些人一样，把自己的写作变得那么势利与污浊。

此前我的中短篇或者长篇，所表达的场域多集中在某个小地方——比如说一个镇子——从一个很小的角度切入，透露出整个世界的变化。但《海风今岁寒》这部小说集里，我有了更开阔的尝试，无论是小说里的空间、讲述的角度、主题的挖掘，我都试图做更多的探索。现在太多小说写得琐碎、僵死，我希望进行一种诗意的书写，我希望写一些有韵味的东西，而不是对生活的刻意模仿。小说毕竟不是生活的复制品，而要有超脱的那部分，小说里没那么现实的部分，才是最迷人、最有想象力的。在《海风今岁寒》这本书里，《海风今岁寒》里难以说清的梦、《台风》里老王的“幻听”、《捧一个冰椰子度过漫长夏日》里的老屋子等，我在写作时也觉得很有意思。我甚至觉得，一个小说要没有某些可意会不可言传的东西，也太笨拙了。这并非是装神弄鬼，而是卡尔维诺在《美国讲稿》里谈到的那种“轻逸”，好的小说需要厚重与轻逸的互补。我们需要某些飘飞起来的东西，来打开某种更开阔的表达。

从某种程度上来讲，编辑工作对写作是有着某种“伤害”的。一个是大量接触的不那么成熟的废稿，败坏了胃口；一个是清楚了杂志的出版流程，知道一篇稿子怎么变成作品的过程，神秘感消失了，就像是窥探了魔术的奥秘，那种发表的成就感也就消失了，有时便会觉得多写一篇少写一篇都一样。当然，从另外的角度来讲，其实是对自我的要求更高了，如果不是自己特别满意的东西，就不会让其发表出来，这其实是在强迫自己要不断提升。更好的作品的召唤，总还是可以让我激动万分，愿意去尝试。《天涯》杂志和国内其他文学杂志都不一样，它刊发不少关于思想、文化、艺术的稿子，甚至也有不少原始的民间资料，这对一个同时也写作的编辑来讲，是一种全方位的开阔视野，避免了仅仅读小说、散文的所圈养出来的那种狭隘目光。每个作家总是希望着手头写下的这本书能够完美，但有时又不得不面对现实，希望更好的下一本仍旧在前方召唤。焦虑的作家们，永远活在故事的折磨之中，写下一个个悲伤的故事之后，还得跳出来告诉别人，这些故事是怎么写下来的。

重建一种文学的问题意识

最近，有一个挺揪心的信息，就是青年作家胡迁的自缢身亡。这个消息出来之后，毫无例外，很多人又开始了一轮“造神式”的怀念——这是一个极其坏的风气，那就是，当每次有诗人或者作家自杀，无论是自杀者的旧相识还是媒体，都开始美化、神化死者。我之所以说这种风气极其坏，是觉得，这种美化、神化，遮蔽了真正发生在这位死者身上的问题，也让很多定力不强、本身也在摇摆的作家产生一个错觉，那就是：只要我去死，我也能成为谁谁谁。每个人的非正常死亡，当然都是让我们悲伤的事，但过度美化，甚至为了卖书故意炒作，就把错综复杂的事件，完全简化成了所谓“理想和现实的冲突”，那些附着在这件事上面的作者自身的问题、周边环境的问题就被我们全部忽视了。

这些美化里有一个逻辑，那就是，这个自杀的个体是完美的，围绕在他周边的环境，则是千疮百孔的。造成这个印象的原因，在于，我们把时间过多地关注到我们自己身上，而忽视了这个时代、这个世界发生了什么。我们中国的文学，在很多年里，都在追求一种对人的挖掘、书写，以摆脱那种特殊年代，政治对文学的过度干预和束缚。但现在我们面对的情况则是，大多作家那种自恋式的自我关注，使得他们眼中只有自己，自己永远处于聚焦的中心，而整个世界的复杂性，被轻易地放过了。我在这里不是说文学不能展示自我，恰恰相反，文学最核心的，当然是对人的关注，我想说的是，人与社会是没法抽离的，因此观察、书写人，那种纠缠在人身上的社会性，当然得成为我们思考的对象。鲁宾逊在孤岛上一个人，但他的眼光，则带着人类文明世界的所有筛选，孤岛的背后是整个世界。

我们看到大量年轻作者的作品，可以用自恋的梦话写上二十万字，可那么长的篇幅里，我们却看不到他们对时代的忧虑思索，看不到他们对呈现这个时代的雄心。倒是有一些人，没有关注当前的时代现场，把目光投向了明朝、投向了更遥远的时代，可他们是书写历史吗？没有，他们更多地，是要在一个架空的地方，开始更加孤绝的自语与独白，彻底扯断和时代的关系。他们的写作，把自己从历史与现实中抽离出来，变成了飘浮的一代。于是，我们在这些作者身上，很难再看到那种历史、时代的浑厚苍茫，看到那种起伏的命运感，而仅仅看到一个个孤魂般的身影。

现在太多年轻作家，很喜欢那种书写情绪的文字，通篇文字下来，只有情绪的流淌，看不到人，看不到这些情绪冒涌出来的社会背景和根本原因，这种架空了的世界，造成了我们跟当前世界的巨大割裂。中国的网络文学已经有那么大的读者基础，甚至成为“文化输出”的排头兵，很多国外的网友，自动加入了免费翻译中国网络文学的队伍，可即便是在这种情况下，在很多作家眼中，网络文学依然不具有所谓的文学性？这仅仅是一种纯文学的傲慢与偏见吗？我想，更大的原因，可能还在于，网络文学基本上都发生在一个架空的社会中，在那里，所有的人物都只是故事的道具，所有的故事发生，只是为了宣泄某种“爽”的情绪，缺少了对这个社会的观察和思考。同为通俗文学，金庸的武侠小说，基本上完成了经典化的过程，为什么？类似《笑傲江湖》和《侠客行》，基本上也是一个架空的背景啊？可我们要清楚的是，在这架空的背景里，金庸完成了对很多现实问题的介入和思考，《笑傲江湖》中，个体自由与政治环境的摩擦、权力对人性的异化等问题，仍然是我们当下的难以摆脱的挣扎；《侠客行》里，没有名字的主人公，一辈子都在追索“我是谁”的哲学命题，并以一个文盲完成了对所有识字者的超越，带着某种对文化的巨大嘲讽。这些，其实都是金庸在讲好故事背后的思考与对时代的关注。

当前文学作品里最大的一个问题，就是人死了。不知道从什么时候开始，文学的很多功能在被一层层剥离：比如说，文学的教化功能失去了。在今天，如果谁还要在作品当中宣扬某种道德感、价值观，往往会被讥笑为“毁三观”“情怀癌”。价值立场，在文学作品中被一步步驱逐，直到彻底退出。现在到处在说“IP”这个概念，什么是“IP”，其实就是知识产权，可现在在大众的认知里，IP 变成了一个故事原型，围绕着这个原型，就可以打造电影、游戏、电视等，也就是说，只有适合转化为经济效益的，才是一个好 IP，价值观是不能卖钱的，只好在 IP 时代死去了。还比如说：文学的审美功能失去了。在一些经典作品那里，文字自身是能传扬出美感的，可现在，文字只剩下一个功能——吸引眼球。大家刷一下朋友圈，就会看到，文字所传扬出来的，和美无关，倒是和恐怖与表态有关，和传谣与自我麻木有关——大家看看那些“不转不是中国人”的帖子。

我们看那些经典作品，其实是通过文字，看到背后一个个悲欢离合的人，看到他们的欢笑如何通过文字抵达我们的嘴角，看到他们的悲伤如何通过文字来到我们的眼眶。可现在，文学作品当中，我们再也看不到人的活动，倒是满篇充满着作者的自恋与哀怨，他们笔下的人，不再具有独立思考的能力，不再具有起伏的命运感。很多人物，仅仅被简化为一个活动的符号，成为作者宣泄个人不满的道具，他们的哭与笑，都已经不能再打动读者，他们的每个举动，带来的，仅仅是读者的嘲笑。这么些年来，当代文学作品中，诞生了哪个让我们挂念在心的人物呢？

人物之死，使得所有的事件，成为了一团虚无。

因此，我想说的是，即使完全是对自我内心情绪的书写，也不能缺乏对这个时代的思考，也不能少了一种对现实关注的问题意识——只有有根的情绪流动，才是值得阅读者相信的。很多年里，我们的作家都对这个时代感到茫然失措，没法把握，所以干脆退回了个人内心的真空世界，开始喃喃自语。我所在的《天涯》杂志，一直有一个办刊宗旨，那就是“道义感、人民性、创造力”，其实讲的不外乎就是一个问题意识，我们得通过发现一些问题，了解这个时代，来真正了解我们自己。

在大多数人有意、无意屏蔽这个世界的时候，作为写作者，是应该重新建立一种问题意识了，而不是把屋檐下、玻璃窗内躲避风雨的“小确幸”当作最大的追求。

我们为什么要读经典？

这是一个并不新鲜的问题——是不是可以这么说，这是一个经典的问题？若是细究，其实我们会发现，某些没有生命力的东西，在形成定论以后，更加迅速地被遗忘了，而反复被我们怀疑、辩驳、发难、纠结的问题，反而永远在自相矛盾、左右为难中，一次次推动着我们思想的更新。因此，看到这个问题时，其实我想到的是，或许这个问题问的是：在当今，在移动互联网技术飞速发展，以至人人手握一部无所不能的智能手机的时候，在音频、视频以更多元的方式刺激着我们感官的时候，我们为什么还需要对经典的阅读？

要搞清楚这个问题，或许还得搞清楚那个更原初的问题——什么是经典？在现代的语义里，经典有时变成了一个形容词：一部经典的电影、一首经典老歌，甚至某款经典的手机游戏等。但或许我们这里所谈及的，是“经典”作为经典本身的那个意思，也就是它所谓“具有典范性、权威性的著作”的那个语义，甚至更狭隘地说，就是某些具有永恒价值的书籍。而说到什么是经典，很多人当然会想到卡尔维诺那句著名的话：“所谓经典，不是你正在阅读的作品，而是你正在重读的作品。”这句话说到了经典之所以是经典中很重要的元素——被反复阅读。可有时我也想，经典一直被重读，但总有第一次接触的时候吧？因此，或许卡尔维诺这句话的意思，除了讲经典值得被反复重读的意思，也蕴含着它被大多数人检阅过的意思。

一本书被反复阅读，它应该要蕴含着某种值得我们深思的价值。其一，当然是作品本身所蕴含的不被时间所改变的永恒价值。很多宗教经典或者类似《易经》《道德经》《论语》《诗经》《圣经》这样的作品，其内里蕴含着某些恒久的理念和思想，这些思想不会随着社会的变化而烟消云散，这些作品本身就是一种究竟天地运行法则，探讨永恒人性和情感作品，无论在任何时代，这样的思考，都有其意义。其二，是作品当中所拥有的对各个时代的“普适性”，任何时代的人谈及这部作品，并不是谈论某种已经被束之高阁的东西，而是对当前时代有着某种推动或者阻止的力量的，也就是说，经典作品有着与所有时代的互动性。这两种也就是经典作品里“不变”与“变”的部分。

理解这些以后，我们便可以来说一说，我们当下为什么还得阅读经典？我想到的原因有四点。

第一，充实个人，感染身心。经典之所以是经典，当然就是因为经典所提供的那些价值，仍旧能够感染人、提升人。这样的感染，更多的是眼界、境界上的。这样的充实，就是基于前面所提及的经典当中所蕴含着的那些永恒的价值，那些变与不变的思想和理念。这是阅读经典最为基本或者说最为“经典”的一个理由。

第二，节省时间。互联网到移动互联网的转型，最深刻的改变是人人手上一部智能手机，而随着人工智能的崛起与万物互联的即将到来，人接触各种信息越来越方便、快捷，但这背后更大的隐忧却是，我们离真正有用的东西越来越远，我们被切割得越来越零碎。互联网让世界变成了一个集合场，可在这里发现真正有意义的信息，变得越来越难。从早些年的论坛、博客，逐渐到微博、微信，我们可以看到，公共的讨论逐渐收缩、狭窄，可谣言仍旧是最横行的东西。每天点开微信，满屏的“不转不是中国人”“××吓尿了”“惊奇，××原来是这样的"这种标题，你就会感觉，我们被信息垃圾给包围了，而且这种包围占有我们的时间越来越长。某个公共事件爆发，真相还未清楚，各种意见相左的讨论已经满天飞，各种咒骂和站队撕裂朋友圈的时候，你更感觉身处非人间。在这个时候，对于某些有自我约束的人来讲，放弃喧嚣而无用的信息垃圾，退回到安静的房间，捧起一本经典，安静地阅读，变得如此稀罕。经典的价值，在信息垃圾场的包围中，显得更加鹤立鸡群，更能濡润人的身心。甚至可以说，对于一个还有一些对自己有基本要求的人来讲，阅读经典最重要的一个原因，不外乎节省时间。在垃圾信息萦绕的时候，探寻那些有用的信息变得如此困难，阅读那些经过千百年漫长时间筛选的经典作品，是最省时省力的。经典作品中所提供的坐标系，也更容易让我们在当下找到自己的位置。

第三，这是人之为人的某种特质。除了垃圾信息的围绕，各种新技术的崛起尤其是人工智能的跨越式发展，让我们对人类自身的认识变得十分可疑。这几年，人工智能在人类引以为傲的围棋甚至诗歌方面进步神速，各种科幻小说风行，关于人工智能有没有自我意识的忧虑一直存在。在《普罗米修斯》《银翼杀手 2049》《复仇者联盟 2》等电影中，造物者和被造物之间的关系一直在被讲述，也就是说，技术的发展并没有使我们的生活变得更加便捷，相反，我们面对的前所未有的挑战是：人之为人，成为了一个让人忧虑的问题。在人工智能迅速在我们的生活中成为可能的时候，作为人，要找到人自身的价值甚至人自身的定义，也变得如此困难。人能做的，人工智能能做吗？人身上有的，人工智能有吗？一层一层剥离掉两者的相似性，剩下的那个最核心的"人"的本体是什么？在这种境况下，对人本身的思考，不仅仅是面向未来的，也是面向过去的，而这其中，对经典的阅读，无疑是其中很重要的一点。毫无疑问，经典之所以为经典，正是那些作品当中，充满着一代代前人殚精竭虑的对人的思考；正是那些作品当中，人的形象从未缺席。在技术主义的时代，经典当中，蕴含着人类不被技术所分解、分化、分离的某些整体部分。人工智能是不需要分辨某些信息经典与否的，它们只需要一个扫描仪，就可以获取所有的信息，而阅读经典，主动寻求精神上的超拔，或许是人类所剩无几的特质了。马云在一个演讲中谈道，在未来，工作最先被机器取代的，反而是那些技术工种，而文学艺术由于需要天马行空的想象，反而成为了最有独特意义的某种行业。而从事文学和艺术，寻找到人的自身，对经典的阅读和反思，也就必不可少。

第四，感受无用的意义。经典的某些价值，可能没那么明显，但仍会潜移默化地影响着我们。比如说，我们在经典当中感受到的某个灵光一闪、片刻宁静、内心触动或者干脆是脑袋空空，都并非是没有价值的，它可能已经通过那个瞬间，进入我们的内心深处，在那里长期隐藏、孕育，等待着某个时刻的开花结果。当我们谈为什么要阅读经典时，其更重要的原因可能却是，经典在更多的时候是无用的。人类社会充满了各种有用的价值衡量，充满了各种可以量化的尺度，永远不知道该用来干吗的经典，反而成了无用之大用。在更多时候，经典的阅读，或许仅仅是在让人能暂时从一个被有用占有的世界中逃离，让我们能够以一种内心空空的状态存在那么一个片刻。那个片刻不需要多长，但总要有，才能提醒我们，或许我们所生活的这个世界，一切都并非理所当然；我们所生活的这个世界，也需要有人徒劳无功还义无反顾。

第三辑

声音震荡的生命尊严

——关于电影《我的诗篇》

从“你”到“我”

2014年1月，苹果公司推出了iPad Air平板电脑的新广告《你的诗篇》，在这段广告里，电影《死亡诗社》的主演罗宾·威廉姆斯在电影中朗诵诗歌的经典桥段重现了，同时出现的，还有美国著名诗人惠特曼的诗句。《死亡诗社》是一部关于诗歌的著名电影，苹果公司把电影桥段移植到广告片里，当然是想呈现其产品的人文气息，在这段广告片里，各行各业的人，都在使用苹果的产品，并以此创造属于每个人的“诗篇”。

当我们了解这个背景后，再来讨论2015年的中国纪录电影《我的诗篇》，其对比就尤其强烈。在苹果的广告片里，画面是唯美的，衣着华丽，色彩明丽，而《我的诗篇》里，所有的唯美面具被撕下，我们见到了生活背后那些血和火、见到了肮脏中的尊严，见到了华美背面的残酷。值得注意的是，《我的诗篇》里跳楼自杀的九零后诗人许立志，正是在苹果公司深圳的代工厂富士康工作，他由于受不了工厂里的高压，在苹果这条《你的诗篇》广告片推出八个月后，选择跳楼自杀。苹果产品的使用者和生产者，无论在影片里，还是在现实中，其命运都有着天壤之别。从《你的诗篇》到《我的诗篇》,从“你”到“我”,被类似《你的诗篇》这样的广告片所遮蔽、粉饰的全球化消费链条的华美外衣，被撕扯了下来，背后的真相，得以显露。对于每个普通人来讲，由于视野的局限，我们很难看到更多，那些由于分工不同而从事着危险度极高的工作的人，其实为我们每个人，承担了生活所需要的风险——在这个意义上来讲，我们甚至需要反省，在商业法则里，被不断刺激消费欲望的我们，每年“双 11”“双 12”的疯狂购物，真的是购买生活的必需品吗？有些消费行为，难道不是一些人对另外一些人的压榨？这样的生活方式，是不是该得到反思？

在我看来，纪录片《我的诗篇》的拍摄者们，绝不仅仅是要呈现几位打工者、几位经历坎坷的诗人的生命历程，也绝不仅仅是想给日渐精致却也日渐缺少生命体验的中国文学提供一份另类样本，他们还试图呈现，在一个全球化背景下，被强势话语所掩盖的弱势者的生存境况。被掩盖的境况，不只是这些农民工，放大开来，相对于强大的西方话语，中国所发出的声音，也是不被重视甚至无视的。

在《我的诗篇》中，我们能听到各种声音，朗诵诗歌的声音、煤矿电梯滑向地底的声音、熨烫衣服的声音、撒骨灰的声音、婴儿出生的声音……这些声音，平时不被我们所听到，当它们在电影里形成某种交响时，所迸发出来的力量，就显示出了摧枯拉朽的力量。或许，我们在中国电影里见多了无病呻吟、自恋、无底线恶搞、放弃思考，当一部认真的电影摆在面前时，我们便顿然失语，对着银幕一片茫然。事实上，这样的电影，由于在商业上不被看好，以至在院线上没法排片，制片方不得不走了众筹路线，在某种夹缝之中，试图让更多人听到电影里所传达的声音。

灵魂的大白话

在以往的观影过程中，一句两句好的台词，会被观影者频频提起，《我的诗篇》中，那些貌似简单却蕴含着无数力度的句子，当然也会随着影片的不断放映而流传开来。二十世纪八十年代，诗歌曾激动过很多中国人的心，可后来沉寂了，诗歌沦为被嘲笑的对象，诗人更是一种尴尬的存在——就像《我的诗篇》里的乌乌乌，想以诗歌谋得一份工作，这个错位让我们觉得搞笑又悲伤。当然，随着这几年微信的风行，诗歌的境况好转了一些，甚至出现了某种热潮，比如 2014 年年底开始红遍全国的余秀华。

微信的技术助力，让诗歌的平民化得以实现，好些年里一旦出现便被嘲弄的诗歌，有了很正面的转变。“为你读诗”“诗人读诗”“诗刊社”等微信公众号的火爆，并非偶然，对于很多人来讲，每天晚上十点，微信里传来的读诗的声音，是最好的催眠曲——诗歌安抚人心的方面,无限放大。这种放大,甚至引起我们的担忧,若诗歌只剩下“睡前催眠”的作用，若诗歌只被每晚十点那音质不同却都平和温顺的声音朗读，诗歌会不会被简化成“心灵鸡汤式”的自我抚慰?

只要稍加留意，便会发现，现在很多年轻人的诗歌，都过度专注于修辞的锤炼、专注于意象的隐晦，却缺少了那种直接的、明丽的、打动人心的力量。这几乎是一个不可逆的趋势，很多被注意到的年轻诗人，大多从高校冒头，其学院背景与翻译诗歌的影响，让他们的诗歌不可避免地更注意修辞，而忽略了刻骨的生命体验。我们当然希望看到各种诗歌面孔,但却往往发现诗人间的面目是如此相似。电影《我的诗篇》中，我们看到了与“精致却无力”的诗歌完全不同的诗歌面貌。在电影里，每当一首诗被念出来，我们就注意到，原先以为和普通人有距离的诗歌，却都是充满细节、真实感的写实，比如说陈年喜给父亲理发、邬霞熨衣服等，都不过是生活化的细节，但给了观影者很大的震撼。

著名作家韩少功，在包场《我的诗篇》观影后，和导演秦晓宇的对话中，提到这些诗歌的一个特点，那就是“灵魂的大白话”。这些有痛感的诗人，把那些身体、心灵所感知到的悲痛，用直白的话说出，却由于拥有刺痛灵魂的敏锐，而充满坚硬的诗情。《我的诗篇》的六个诗人里，乌鸟鸟人很羞涩，甚至不太懂得人情世故，但他的诗歌却有着某种机器的铿锵之声；邬霞爱穿吊带裙而不能，在诗歌中把祝福送给那些穿上她缝好的裙子的陌生姑娘；陈年喜以中年人的担当和责任，直面着生活中的痛，用缓缓深情的话语来述说生活；老井直下地心数百米，被煤渣涂得一脸黑，可他清醒地认知到他书写下的每一个字的纪录意义；吉克阿优这个大山里出来的人，不得不在他的诗歌里，表达着大山面对现代生活的溃败；自杀的许立志，在死之前，把自己安排得井井有条。这些影像里，我们看不到他们撕心裂肺的控诉，他们内敛、讷于言，却送出祝福，死后也为活着的人着想——正是这样满怀善意地对待世界，让他们说出来的每一句“大白话”，充满了动人的诗意，他们的大白话里溢满着血泪，也饱含着尊严。

生命的尊严

《我的诗篇》这部纪录片，在普遍缺钙贫血的中国电影中，显得如此异类。这几年，“粉丝电影”、真人秀电影版，所有这些影片，都以票房为第一目的，于是我们见到了那么多缺乏常识却票房奇高的电影。那么多电影不断拉低底线，以无知、恶搞为乐，在某种意义上，是和现实里的某种力量联手，逼迫我们放弃思考。《我的诗篇》并非一部多么伟大的电影，它的制作、拍摄，当然存在着很多问题，可难得的是，它把目光聚焦在这些诗人的时候，没有放弃思考，并尽量把思考传递给更多的人。他们的思考很平和，没有为了表示某种态度，为了站队，传达一种偏激的理念。

——甚至可以说，《我的诗篇》就是一部讲了一些常识的电影。

在中国，常识都变成稀缺物的时候，这部电影便也就显得如此可贵。电影的制作方大概也知道，“感动”和“眼泪”有时是廉价物，有些人在影院中，用眼泪完成自我抚慰之后，仍会投入眼前的醉生梦死而没有反省，因此，在这部电影中，表达其实是很克制的，并没有出现那种过度渲染的煽情。也正是这份克制，这份静默无声的留白，把思考的主动权交给观影者，让很多人在走出影院之后，至少有那么一段时间，会思考生活中“他者”和“自我”的关系，会思考很多貌似和我们无关的人，为我们的生活奉献了什么。

中国改革开放的三十多年，那么多的身影投入城市化的进程里，但他们沉默的声音，从来不被听到。相对来说，电影中这些会写诗的农民工，其实足够幸运，毕竟，汉字所组成的诗，让他们的声音被听到，更多不懂得表达的沉默者，只能把所有的悲欢离合，都压进五脏六腑，自我消化，被时代所忽略。几十年里，有多少亿万人的悲欢，被我们选择性忽视了？

电影里的这些诗人，之所以写诗，无非是诗歌能让他们在某个时刻，重拾生命的尊严。这种尊严感的获得，使得他们能从繁重的体力劳作里超越而出，在精神上获得满足——说他们用诗歌获取尊严，并非是一种修辞上的形容，而是再简单不过的事实。

值得我们注意的是，这部电影在全国众筹上映，各地展开的讨论也不少，但我们几乎很少看到组织者、发声者之中，有一些成名诗人的身影。全国那么多诗人，天天微信晒诗、读诗，参加诗会，四处喝酒，到处领奖……但很少有人愿意对一部关于诗歌的电影发声。这是不是说，很多诗人，不太愿意把电影里这些过于“直白”的句子称之为诗？这是不是说，在他们看来，电影中的诗人固然值得同情，但他们的诗，实在没什么可说的？

描写诗人的电影，被诗人们忽略了，他们退回到微信、诗会、领奖台，没有说话。

《我的诗篇》的制片方，借助互联网的力量，众筹上映电影，这是一个很有意思的举措——若在以往，这样的片子只能遭遇不能与观众相见的命运。粉丝造就了“粉丝电影”，《我的诗篇》制片方也借用那些热情的、关注工人群体命运的热心者的相助，在各个城市发起了众筹上映。这种开先河的方式,也许可以为今后那些由于缺乏所谓“商业价值”而不能公映的电影，提供一条探索之路。这种探索，是自然而然的，我们能看到全国各地上映后，有不少深度的观影反馈，这些反馈正一点一点改变着这部电影的命运。我之所以对这部电影抱有敬意，就是因为无论是电影中对六位主角的刻画，还是制片方在众筹中所持有的态度，都是不卑不亢的，他们很自然地面对着这一切。他们很清楚地知道，获得尊重，靠的不是降低身段的乞讨，而是姿态平等的对话。

我们在这种自然、平等的姿态中，看到了这部电影对于生命的尊重。

生命的日与夜

信心与焦虑

自《马桥词典》开始，韩少功每隔五六年就会拿出一部重要的长篇作品。《马桥词典》是1996年，《暗示》是2002年，《山南水北》是2006年，到了2012年的下半年，海南的朋友就已经在传着，韩少功有一部长篇作品即将完成——他不急不躁，闲庭信步般地写着自己的东西。在中国文坛，像韩少功一样淡定的作家已经越来越少，很多已经成名成家的作家无比焦虑，几乎是以每年一部数十万字的长篇的速度来抵抗读者的遗忘。那些浮躁的作者内心发虚，在作品的后记中，不断地强调：我这部作品写坏了三百多支笔、我这部作品花了十多二十年的时间、我手上一不拿着钱就觉得心慌……

韩少功则经常在重要的作品中，省掉了前言后记，让文字自己言说——在《山南水北》中的第95章，他甚至省掉了内容，只留一个孤零零的标题《待宰的马冲着我流泪》，让读者感受空白纸张上的言外之意。拒绝自我诠释，让他的作品显得自信而又意蕴万千，甚至散发着某种孤傲的气息。韩少功在边缘的海南工作，还每年返回湖南乡下避居，在2011年，他彻底从工作岗位上退下，更让熟悉他的人，期待着他会捧出一部什么样的作品。

2013年，他六十岁，我们见到了《日夜书》。

印　记

《日夜书》最早的名字叫《后来》，最后却换了《日夜书》这个更庄重而纠缠的书名。但从这两个题目来看，“时间”无疑是小说的主题。这部书在他六十岁的时候出版，对他当然也有着很大的意义。到了耳顺之年，所经历的如水时光，不断重复的“日”与“夜”之间，生命没法躲避。“多少年后，大甲在我家落下手机，却把我家的电视遥控器揣走……”有意无意，关于时间含混纠缠的故事开始了。少年时期经历的知青生活，几乎成了韩少功最重要的写作资源，《马桥词典》《暗示》《山南水北》和他早期的一批中短篇，都绕不过这一段——他的写作，有时也成为另一种意义上的“青春写作”。他在海南居住二十多年，海南的风物仍旧难以进入他的写作视野——青春时期的那一段强硬的生活印记产生了强大的排斥力，拒绝着后来生活的浮光掠影，拒绝着那些没有进入身体和心灵的“日子”。

长与短

关于知青题材的小说并不少见，可有独特思考的，又是那么少见。我们所能见到的，多是一些自哀自怜、满纸怨气的“知青故事”——好像历史把本来与他们无关的事强加到了他们身上，他们永远是受害者，永远是那张哭哭啼啼的脸。韩少功显然不愿讲那么一个故事，他讲了后来成为了官员、先锋艺术家、流亡者、民营企业家等一代人的故事。在这些故事中，韩少功随意出入十分自由，你甚至能从字里行间感到他写下某句话时露出的微笑。沉重的题材，却被处理得十分容易阅读。

如果稍加留意，读者就会发现一个有趣的现象，韩少功的中短篇小说常常显示出某种“滔滔不绝”的言说快感，可他的长篇却每句话都无比节制。比如说中篇《山歌天上来》《末日》《方案六号》《报告政府》等，都有一种扑面而来的汹涌；而《马桥词典》和《暗示》等，则节制内敛，《马桥词典》中，甚至布满了类似“刀光一闪，春天就来了/三月三是刀刃上空气的颤动”这样诗意盎然的句子。《日夜书》中，没有《报告政府》的倾泻，也少了《马桥词典》那种往内收的气质，整体上也没有“词典式”那样的“严谨”结构，可这部书当中，你可以在很多章节中看到关于身体、欲望、精神方面的描述，这种与“革命”“生活”息息相关的联系，被韩少功拎了出来。他不愿只讲知青的经历、不愿只讲知青们后来所遭遇的种种转型，他还要写在更深处与我们有关的身体与心灵。

舒服与煎熬

《日夜书》很流畅，甚至过于流畅了。这种流畅是作者追求的效果，对于他这样的作家，老老实实讲一个风生水起的长篇故事，有时会成为某种“煎熬”，这种煎熬来自被故事情节的绑架，被起承转合的推搡，于是，他更愿意尝试一种开放式的写作，更愿意享受写作中那种一行行文字被敲下的过程。

于是想到了《白鹿原》和《你在高原》，翻看这两部书，你能感受到的是作者在写作过程中经历了无数的心灵挣扎，他们有着直面沉重的魄力，有着某种翻上一座“原”之后的苍凉感；韩少功的《日夜书》显然走的是另外的路子，作者更愿意让记忆盘根错节，更愿意让语言随意萌发——很多网络语言也进入了他的叙述——这种流畅甚至

"搞笑"的语言，和作者的写作心态有很大的关系：历史当然是沉重的，可我们是不是非得要沉重地叙述历史？我们是不是可以用"貌似轻松"的语调，来述说一个时代的沉重和荒诞。

过于追求流畅，在写作过程中过于追求"舒服感"，造成的后果是，有时我们在《日夜书》中，觉得很多段落不过瘾，眼看着某种情绪的累积即将成为爆发点——我们期待着某个让人震颤的场面到来——可没有，笔锋一转，作者的兴趣转了，前面所累积的，顿时四散。作者的"舒服感"与读者的"舒服感"，很多时候成反比。而作者在写作中饱受煎熬，有可能，读者有福了。

记忆与现实

《日夜书》中，关于知青的描写，当然是艰苦的，可是其中笼罩着一股诗意。记忆过滤了一些东西，美化了一些东西。故事到了当下，总显得有些无聊。在韩少功的长篇作品中，叙述当中的"我"很重要，又不那么重要。《马桥词典》里，那个"我"不知名姓；《暗示》里也模糊不清；《日夜书》中的"我"倒是有名有姓了，却有时不知道讲话者是陶小布还是韩少功——为了叙述的方便，为了更容易、顺畅地表达，韩少功的声音时常在自己的小说中出入。

韩少功是中国作家之中少见的以理性著称的，可他也常常在作品当中，闪耀着一种诗意，《马桥词典》中的《清明雨》一节，《暗示》中的《月光》《记忆》《乡下》等章节，《山南水北》中的《月夜》《时间》《老地方》《在天空》等段落，《日夜书》中的第20章、第51章……在这些段落里，韩少功时常跳出主线，让诗意随意流淌。在这些段落里，有时是"我"的喃喃自语，有时则是对着"你"的倾诉——那个"你"，也是"我"吧？——在这些章节里，韩少功和小说中的“我”合二为一，其实，他也从来没有把讲述者与作者本人理得那么泾渭分明。

或许，写作者插入这些貌似脱节的章节，只是为了在漫长的写作中途停歇一会儿，舒缓一口气，也让读者在故事主线之外，有一些走马观花的自由。这些章节常常是关于记忆、时间、梦、生死的，大多写的是“虚”的东西，可是这些“虚”，却让我们看到了文学本身的质地。作为读者，我注意到这些章节，还有一个原因：一个理智的人，在他诗情洋溢的时候是怎么样的？很多人也发现，韩少功早期的作品中，是很少写爱情的，《日夜书》里写了，甚至还写了性爱场面——当然，很节制，我们甚至能看到写作者在试图放纵时的些许急促。

——我们太想看到一个自制力很强的人如何失控。

——我们又想看到一个常常失控的人，如何节制而内敛，比如面对莫言。

真实与虚构

《日夜书》里有好些情节，不能不让人联想到某些真实的人，比如说那位老和“中央军委”“国务院”通电话的陆学文。关于真实与虚构，已经是太老的话题，可我的兴趣在于，真实以什么姿态进入虚构，才能自然而贴切？陆学文出现的情节是第“28”“29”章，这个人在前文没有出现过，后面也没有再出现，孤零零地夹杂在小说的中间部位，有些位置的尴尬——这，是不是也是作者的有意为之？在这两章里，陶小布和陆学文有了一些惊心动魄的“政治斗争”，有着自己坚持的陶小布，却换来了自我怀疑：“我是不是看事物太夸张了？是不是像二姐说的，变态了，Out了，有点没事找事，在一件小事上赌得毫无意义？”

这两章斗法，没前没后的陆学文突兀又让人难忘。

日与夜

过去是日，后来是夜吗？

历史是日，虚构的历史是夜吗？

记忆是日，现实是夜吗？

身体是日，心灵是夜吗？

少年是日，老年是夜吗？

生是日，死是夜吗？

……

把这些疑问的前后两个词对调个位置，发问仍旧不会有结果。

你是在一个深夜抑或清晨，敲下“多少年后”？又是在哪一个深夜或清晨，敲下“多么美好”？最后一章，新生儿诞生了：大人眼中的污秽之地，却是初生婴儿的天堂。你的白马湖不断缩小，是不是已经成为一个可以忽略的点？那么多个日日夜夜，痛入骨髓的劳作，化作了虚无的记忆；冠冕堂皇的言论，也变成让人哭笑不得的妄言。日和夜因为彼此而存在，一个“书”字在后面，是要写下关于时间的一切吗？

敲着键盘还是拎着锄头，更能让你心安？

刚印好的一部沉甸甸的书，还是瓜架上灿烂的花，更能让你欢喜？

年轻的经历，顽强地占据着你的记忆，存储空间已满，中年以后的事是怎么发生的，发生了什么事，好像从不存在。这是不是一个咒？

遥远的白马湖，湖心露出水面的那棵孤独的草给你暗示了吗？你是否顺着湖边，就走回了马桥，也想起明天要去一趟太平墟？你在

《山南水北》中写过《瞬间白日》："一天深夜，东山放亮但月亮还没有出山，天上倒是繁星灿烂，偶尔还有三两流星划过。一件奇怪的事在这一刻发生：就像夜晚突然切换成了白天，世界万物从黑暗中冒出来，变得一览无余甚至炽白刺目。近处的人面，远处的房屋和山水，刹那间千姿百态、五颜六色地一起凝结和曝光，让我和家人面面相觑，不知发生了什么事情。"

那一刻是日还是夜呢？

马孔多在哪里

为什么是马尔克斯?

二十世纪八十年代，马尔克斯的《百年孤独》曾在中国掀起了一阵阵的文学旋风，几乎所有的中国作家，都被他笔下的世界马孔多所吸引；每一个舞文弄墨者，言必称“魔幻现实主义”。陈忠实、莫言、韩少功、贾平凹等作家，都或多或少在自己笔下，旁逸斜出地流露出某些马尔克斯的蛛丝马迹。在文学圈内，很人都谈及马尔克斯丰沛甚至可以说是癫狂的想象力，那神乎其神又像模像样的情节，让很多中国作家叹服不已。中国作家发现了，一直被所谓“写实”所充溢的文学世界之外，还有着更为广阔的天地——只有经过无限苦旅，才能抵达的心灵世界。

很多中国作家把马尔克斯等作家为代表的拉美文学风暴归功于“魔幻现实主义”，却可能忽略了其中很重要的一点，那就是：《百年孤独》是如何击中中国作家的心的？仅仅是因为那种玄乎的想象力？若是从作品本身出发，就可以发现，想象力的背后，其实还有一个隐秘的理由：马尔克斯是被翻译成中文的作家中，最执着于描写家族史的。中国人的族谱，有着一条延绵数千年的血脉线；中国人的建筑，可以看出辈分的大小；中国人的聚散变迁，其实就是一个个家族的兴衰和演变。“一荣俱荣一损俱损”“光宗耀祖”“荫蔽子孙”“株连九族”“一人得道鸡犬升天”等词语，都和家族有着密切的关系。也就是说，以家族方式生存的中国人，血液里就喜欢讲述和倾听关于家族的故事。无数中国老人，可能会这么跟自己的子孙讲述：“那一年，你们的某某先祖，英勇极了，仅凭一人之力……”中国最经典的文学著作《红楼梦》，也是讲述家族的兴衰。或许因为这种隐秘的基因，马尔克斯以他外公、外婆等故事为原型的《百年孤独》，让中国作家如梦初醒。

文学最微妙之处，就是表达出了人人可感却又无人能言的感觉。马尔克斯几乎凭一己之力打通了大部分中国作家的任督二脉：文学还可以这么写，文学还可以写这些！于是，我们可以看到，陈忠实的《白鹿原》中，家族故事与历史情怀相互纠缠，民间传说又若隐若现；我们还可以看到，张炜的《古船》、莫言的《生死疲劳》、刘醒龙的《圣天门口》，一直延续到当前，葛水平的《裸地》、冉正万的《银鱼来》等作品，几乎都在家族的变化之间，闪烁着某些马尔克斯的微光。瑞典文学院给莫言的诺贝尔授奖词，也点出了其受马尔克斯的影响。

福克纳笔下邮票一般大小的故乡，深深影响了马尔克斯，马尔克斯笔下一次次被提及的马孔多，则成为了无数中国作家解渴生津的泉眼。二十世纪八十年代，中国尚未加入世界版权组织，对马尔克斯作品的翻译，便都成为了“盗版”，以至马尔克斯愤怒地说有生之年不会授权出版中文版作品。可是，这几年，正式授权的马尔克斯作品在不断被翻译，重新出版。马尔克斯，却患了老年痴呆，陷入了他无比孤独的马孔多。

马孔多在哪里？

在《百年孤独》中，马孔多从一个小村庄慢慢变成镇，变成城市，最后衰败了，被一场风暴卷走。在马尔克斯笔下无数次出现的马孔多，其实是以他小时候生活过的外公家为原型，对比《马尔克斯传》，你会发现，马孔多所发生的故事，无论貌似多荒诞无稽，其实都有着原型，有着一一对应的深刻往事。上校是有原型的，吃土的丽贝卡是有原型的，腾空的神父是有原型的，关于内战的故事是有原型的，香蕉公司是有原型的，甚至连上校一直制作的小金鱼，也是有原型的——小说中那个有着秋海棠长廊的家，和马尔克斯童年生活的外公家一模一样。在马尔克斯的传记里，你会了解到，他二十多岁就开始写一部漫长无度、没有边际的小说，叫《家》，在十多年断断续续的写作中，故事越来越庞大，他几乎失控了，这个小说也派生了好多中短篇。快到四十岁之时，他才找到了一种叙述的语气，《百年孤独》便诞生了。

只有经历过写作煎熬和历练的人都清楚，每个作家心中，都有着一个源源不断的"故事原乡"：所有的故事，都会在那个越写越熟悉又越写越陌生的地方，互相纠缠源源不灭。即使写的是和"原乡"远隔千万里的故事，也总有一条线，牵连着最核心的位置。马尔克斯的马孔多如此，莫言的高密如此，作家们绝非有意创造一个"虚构的故乡"，而是当他们试图离开这个"原乡"时，所有的故事、人物、语言，都变得不再真实有力，显得虚假，他们不得不回到自己的马孔多或高密。马尔克斯的作品第一次出现"马孔多"这个地名，是在小说《枯枝败叶》中，这是他二十八岁时的作品，你可以在这个有些炫耀技巧的故事里，发现《百年孤独》的痕迹，上校、香蕉公司、注定衰败的马孔多等元素，已经成为叙述的焦点。多年之后再对比，马尔克斯自己也肯定会有些感慨：所有兜圈和迷路，都是为了抵达至美胜境；所有犹疑和反复，都是为了接近内心最想写的那部书。《家》最终没写成，他写成了《百年孤独》。

若是打开心灵，你会发现，《百年孤独》写的当然不仅仅是家族史或者哥伦比亚的内战史，这甚至可以说是写了整个人类的兴衰史：从混沌初开到发展兴盛，接着盛极而衰到归于寂灭。这是关于所有文明的预言，是中国人所说的太极、易和物极必反，是佛家的无常。一个由真实地点所虚构出来的“马孔多”，已经不仅仅是一个故事的发生地，而是所有意义的出处。若是从这个意义上来讨论马孔多，你会惊觉，马孔多无所不在，离我们最远也最近，和我们毫无关系又息息相关。

2011 年，中国以天价引进了《百年孤独》中文版，随即在国内的阅读市场上掀起新的阅读风暴，这本书和厚黑学、成功学摆在一起，成为超级畅销书。在浮躁无比的阅读市场上，马孔多这个地名再次渗透进很多人的记忆。每一个读过《百年孤独》的文学爱好者，都会发现，这本翻开任何一页都可以阅读下去的书，总有某一点，深深地触动了他的心。很多在进行写作的人，在读完这本书后，惊呼自己某扇闭塞的窗被打开了。

有人专注于语言，有人则对故事的整体架构更加注意，甚至有一个诗人说：“《百年孤独》中有一个很奇怪的现象，你发现没有，书中同一个家的人，几乎是没有对话的！”深入阅读，你会发现，《百年孤独》是一个没有水分的故事，作者不纠缠于细节，而用一种“高度压缩”情节的写作，不断挑战着我们的阅读。他把多余水分挤掉，没有密集对话，没有纠缠的心理活动，用“故事梗概”般的叙述，构建了一个让人叹为观止的阔大世界。跨度百年的故事，由中国作家来写，可能需要一百五十万字，可他只用了二十万字。这种信息量极大的叙述，让读者没法跳过任何一个字，被他紧紧按住，一个字一个字地往前爬。放慢的阅读，使得这部字数不多的长篇如此漫长浩大。小说开篇不久就出现了“失眠症”，当你看完这一章，会暗暗替作者着急，故事都写成了这样，还怎么往前？但他总有本事，让故事流淌如常。

被讲述欲折磨的作家们，会不断遭遇写作危机，会不断面对同一个问题：我要写下怎样的句子？马尔克斯经过无数的痛苦纠缠，深情地唤醒记忆，走回他的童年，走回魂牵梦萦的秋海棠长廊。在那里，小金鱼在上校的手中游动；在那里，外婆神神道道地吓唬他；在那里，“马孔多”成为了他所有情感的容器。

——“马孔多”就在记忆的原点。

忍把浮名，换了浅斟低唱

看到了古龙去世二十周年的纪念。心开始沉了下来。我错过纪念他的时间。读古龙是在很早之前，当时小镇上租书的地点找不到别的书，我把能够找得到的古龙的小说都读了，很少读别人的。当时已经能够辨认出来他的东西了，那些书就好比他笔下的人物，在潮涌的人海中也一眼就能看见那些泛着寂寞的神情。然后读古龙成了一种瘾，金庸当然也是读的，可金庸一直如良师严父，古龙更是能像朋友一样大醉、一起出入大街小巷、醉倒在晓风残月不管明天生死的挚友。

少年时期看《流星·蝴蝶·剑》，整个天几乎都是昏暗的，那还是盗版的版本，书名也不是叫这个，但我有隐然知道那是古龙的东西。查了一下他的书名，确定了自己的猜想。更加想到多年前新加坡一部电视剧《莲花争霸》，把这《流星·蝴蝶·剑》和《笑傲江湖》合在一块改编，却全然没有意境，让人只想扁人。

《七中武器》《楚留香》《陆小凤》《边城浪子》《绝代双骄》《三少爷的剑》《武林外史》……都是在那个时候看的，酒和浪子跟随了我整个少年时代。高中后更是变相着看古龙,那成了一个休养生息的事情。《多情剑客无情剑》的背景都是落雪，从开始的回关，到一系列的大起大落，雪一直都没有停过，只有到了最后的长亭告别，路边的长长而衰败花草林木才透出春天的绿意。高中时候买到了古龙的散文集子《谁来跟我干杯》，在长夜无眠时正成了枕头的书。

酒

古龙死时，他的朋友们给他买了四十八瓶 XO，准备让这个一生酒色的浪子不在尘世也能大醉，后来他的朋友们又怕酒埋下去后，那些酒的名贵会让古龙的尸骨在盗墓者的挖掘下曝寒在阳光下。于是那 48 瓶酒终于是洒在他的墓前。古龙在他的散文《浪子情怀总是酒》中写自己和朋友在海边比赛喝酒的往事，他说：

> 大家提着酒瓶，躺在凉冰冰的水泥堤上，躺在亮晶晶的星光下，听海风吹动波浪，听海涛轻拍堤岸，你把酒瓶传给他，他喝一口，他把酒瓶递给我，我喝一口，又喝了一轮之后，大家就开始比赛放屁，谁放不出就要罚一大口。
>
> 随时都能够把屁放出来绝不是件容易的事，身怀这种“绝技”的只有一个人，他说放就放，绝对没有一点拖泥带水的情况发生。
>
> 所以他拼命放屁，我们只有拼命喝酒。

《欢乐英雄》中，郭大路和燕七喝酒用的是倒挂在树上的方法，结果是燕七喝得很惬意而郭大路让酒从鼻孔里面冒了出来。但这个喝酒的方式也只有古龙和他的朋友才能想出来。梁羽生是传统文人，自然知道酒能乱性的道理，因此不会多喝；金庸是一代宗师，当然也不会乱酒，而古龙浪子情怀，喝酒无度早已经成了习惯。古龙笔下的主人公，即便是女的，也是酒量惊人。因为古龙本身是一个无酒不欢的人，在他看来，一个连酒都不喝或者喝得不痛快的人是不值得交往的人。他的《谁来跟我干杯》中，喝酒也成了一个人逃避的渠道。或许在他眼中，很多纵情酒国的人只是因为心中有放不下的包袱，在孤单无人时候，自己面对暗黑的小巷，除了想哭就剩下倒下去不再起来了。他自己说："一个人如果沉溺于酒，必定有他伤心的事，而伤心的人必定是多情的人。"

酒是要喝的，他对酒甚至达到了需求无度的地步，他在自己的文章中回忆了自己因为第五次喝酒受伤进医院时候，医院的护士和医生都和他熟悉了，集体来看他，说要送他最佳勇气奖。《多情剑客无情剑中》，梅二先生劝李寻欢不要喝了：

> 梅二先生凝注着他，忽然问道："你这咳嗽的毛病，已有多久了？"
>
> 李寻欢道："好像已有十年了吧。"
>
> 梅二先生皱眉道："如此说来，你还是莫要喝酒的好，久咳必伤肺，再喝酒只怕……"
>
> 李寻欢笑道："伤肺？我还有肺可伤吗？我的肺早已烂光了。"

古龙写到这里的时候不知道有没有心一跳的感觉，借别人的口来说自己的话实在不是让人愉快的事情。古龙是因为酒而活的，他的文章都透着浓烈的酒意，《酒界转生》这样的题目谁想得出来？古龙却是因酒而死的，酗酒让他身体败坏。没有酒，没有古龙；有了酒，没有了古龙。

酒来必干的古龙却有一次因为拒绝喝酒差点丧命，当时他在酒楼上拒绝了一些黑道的邀饮，当场就被刀砍到送入医院急救。出院后，有朋友问他怎么酒量不比从前了？他哈哈大笑，我身体里超过一半的血是我的朋友的，他们的酒量都不如我，我怎么可能还能喝？这是他的痛处，也是他的骄傲。在内心的最深处，我是希望古龙能真正把酒戒掉——或者就少喝点，一个健康的古龙在二十年中能给我们留下多少魂牵梦萦的故事？

可他如真不喝，那他还是他吗？如没有了酒，他的故事还会让人这么怀念吗？

歌

“暮春三月，羊欢草长，天寒地冻，问谁饲狼？人心怜羊，狼心独怆，天心难测，世情如霜。”——《萧十一郎》中这几句悲凉的歌声从萧十一郎口中沙哑地唱出来的时候，谁还可以无动于衷？很多人宁愿弃庙堂而近江湖，也许是因为看得太透彻了，太多的虚伪都逃不出这一双伶俐的眼，宁愿江湖夜雨也不要烛光醉罗帐。

而最让人销魂的还是《多情剑客无情剑》中，在远处有夜笛在伴着悲歌，凄凉的夜笛如思如慕，卖唱人唱了上半段歌：“何必多情？/何必痴情？/花若多情，也早凋零。/人若多情，憔悴，憔悴……/人在天涯，何妨憔悴，/酒人金樽，何妨沉醉。/醉眼看别人成双作对。/也胜过无人处暗弹相思泪……/”在深夜的路边摊听到这样的歌，你会是怎样的感觉？李寻欢接下去唱了：“花木纵无情，/迟早也凋零，/无情的人，也总有一日憔悴。/人若无情，/活着还有何滋味？/纵然在无人处暗弹相思泪，也总比无泪可流好几倍。/”笛声犹低回不已，他却已突然大笑了起来。他是笑了，但笑有时候比哭还让人伤感。

古龙说自己是不听音乐：“我是古龙，不是古聋，说到文化，我多少总还有一点的，可是我不能接受音乐，因为对我来说，音乐并不是音乐，而是一种痛苦……我怕音乐，它总是会让我想起一些不该想的事。它总是会让创口复发。”一个对音乐逃避到这样的程度的人，内心会有什么样的伤痕？

看古龙朋友的回忆文章，可知道他并不完全拒绝音乐，当年罗文演唱的《小李飞刀》的主题歌风行天下的时候，他曾经很喜欢这个歌，因为里面有几句歌词诸如：“……人生几许失意 / 何必偏偏选我……”写的就是他的心。

伤心往事才会让他不敢听音乐，而在他早年对世界和人生还充满希望的时候，音乐对他来说，是美丽而让人神往的：

> “黄昏时，你言辞优美，化作歌曲。”
>
> 有一个年纪比我大一点的女孩子，有一对小小的眼睛，一个小小的鼻子，一张小小的嘴，在黄昏的时候，总是喜欢唱这支歌。
>
> 她唱，我听。
>
> 刚下了课，刚洗完澡，刚把一身臭汗洗掉，暑日的酷热刚刚过去，绚丽的晚霞刚刚从远山那边吹过来，风中还带着木叶的芬芳。
>
> 我陪她走上复兴岗的小路上，我听她唱，轻轻地唱。
>
> 她唱的不是一支歌，她唱的是一个使人永远也忘不了的梦。
>
> 现在想起来，那好像已经是七八个世纪以前的事情，却又好像是昨天的事。

在这篇叫《黄昏时的小夜曲》的文章中，我们看到了古龙年轻的一面，那时的他应该还没开始沉迷酒国，有的只是年轻人的情怀，敏感、淡淡的忧郁……但人生还是美好的，“黄昏时，你言辞优美，化作歌曲”。这些穿越过七八个世纪那么长后，仍旧消除不去，或许在纵酒哭笑的时候，只是掩盖自己早年的美好和现实的落魄。每个人都会因为一首歌而心神大乱！你呢？当某一段曾经是你少年时期背景音乐的歌曲想起来的时候，你是想起来了某个不敢再见的人？某件不堪回望的事？

朋 友

朋友是古龙笔下写得最让人心动的一种情感，他为友情说了这么一句话：“朋友就是朋友，绝没有任何事能代替，绝没有任何话能形容——就是世上所有的玫瑰，再加上世上所有的花朵，也不能比友情的芬芳和美丽。”我们于是见到了他笔下无数令人血热的朋友。

李寻欢和铁传甲相依多年，也许没有人能比铁传甲更加了解李寻欢，当李寻欢在成了兴云庄的李园见到林诗音的时候，叫了她“大嫂”。铁传甲比任何人都知道他这一声大嫂叫得多么辛苦。铁传甲在受人污蔑的时候，并未和铁传甲交往过的阿飞却跳出来为他拼命，这种友情又是另外一个境界。在所有人都把李寻幻当成梅花盗时，也只有阿飞站出来千万人吾往矣。

阿飞的父亲沈浪有一个铁骨金刚般的好朋友熊猫儿，也能把惊才绝艳的对手王怜花变成自己的莫逆，一起隐居海外仙山，成了武林中一个不世的神话，连后来的阿飞——沈飞也为追寻这帮人而足迹天下。

楚留香有胡铁花和姬冰雁。四条眉毛的陆小凤更是有着大帮可爱到极点的好朋友：花满楼、西门吹雪、司空摘星、老实和尚……这帮人比楚留香那几个更让人怀念不已。无论如何，胡铁花和姬冰雁派头多么大看起来都好像是楚留香的跟班，何况楚留香因为鼻子有问题而把自己身上弄得花香馥郁，实在有点小白脸的感觉，虽然他常常自命风流！而四条眉毛的陆小凤可以给司空摘星挖蚯蚓，也曾为了请西门吹雪出手帮忙而答应西门那玩笑似的刁难——把其中两条眉毛，也就是胡子给剃掉。

叶开的杀父之仇让无辜的傅红雪背负了二十多年，叶开一直把他当成朋友。傅红雪说，我没有朋友！可当他说出这句话的时候，心中应该是热的吧？他的脸是惨白的，漆黑的衣服、惨白的皮肤下，他流着的是热的血。他们一直没有说过朋友之交什么的，但他们的友情却也是一段让人心跳的故事。友情有两种，一种是彼此珍重互相往来的；另一种是来而不往的。叶开和傅红雪无疑是后面一种。但细细追究来，来而不往的傅红雪只是表面不往而已，他心中涌动着什么只有他自己知道。因此，或许友情只有一种：彼此珍重互相往来。

在古龙的眼中，朋友一直比情人重要，他可以为了朋友抛弃情人，这就是他交情天下而许多女人却对他爱恨交加的原因。古龙说："世上有比友情更令人感觉温馨的吗？""好酒难得，好友更难得。"真正喝酒的人都知道，喝酒是要找对人的，真正的知己，可以醉了不担心一起横卧街头的那种。他死了，朋友用 48 瓶 XO 为他送行，48 瓶，代表他醉在人间的 48 个年头。

有比和一个好朋友喝酒更加让人愉快的事情吗？

有！那就是和很多个朋友一起喝酒！

有人死了还能和很多个好朋友一起大醉吗？

有！那个人叫熊耀华，但更多的人叫他古龙。

爱　情

水木年华的一首在歌中这样唱道："爱是什么？我不知道，我不懂永远，我不懂……”古往今来最好问也最会问的元好问问了一个所有人都无法回答的问题：“问世间情为何物？”所有的人都想回答这个问题，可没有人能真正回答。古龙自己最喜欢的一部武侠小说是金庸的《神雕侠侣》，里面杨过和小龙女的爱情惊天动地无疑是其中最重要的一个原因。

古龙是一个浪子，过惯的是风花雪月、露水情缘的生活，爱情于他，只是一个遥远而虚幻的梦。他说：“爱情本就是最不可捉摸的，有时痛苦，有时甜蜜，有时令人快乐，有时却又令人悲伤……最痛苦的人，可能因为有了爱情，而变得快乐起来；最快乐的人也可能因为有了爱情，而变得痛苦无比。”他在《却让幽兰枯萎》这散文中说：“直到现在，我才发现我这一生中竟然从来没有循规蹈矩地依照正统方式去交过一个女朋友。”很多人说古龙把自己的笔下的女孩子写成“那个样子”，一定是因为他曾经被女孩抛弃，受到过伤害，甚至连心理都有点不正常了。

他自己这样解释：

> 我之没有交过正常的女朋友，大概只因为我过的生活一直不太正常，别人还正常（背着书包上学去）的时候，我已经“落拓江湖载酒行”了。
>
> 风尘中的女孩，在红灯绿酒的互相竞映下，总是显得特别得美，脾气当然也不会像大小姐那么大，对男人总比较温顺些，明明是少女们不可以随便答应男人的事，有时候她们也不得不答应。
>
> 从某种角度看，这也是一种无可奈何的悲剧。
>
> 所以风尘中的女孩心里往往会有一种不可对人诉说的

悲怆，行动间也往往会流露出一种对生命的的轻蔑，变得对什么事都不太在乎，做事的时候，往往就会带着种浪子般的侠气！

对于一个本身血液中就流着浪子血液的男孩来说，这种情怀，正是他们所追寻的，所以一跌入十里洋场，就很难再爬出来了。

可他还有没有爱情的梦？李寻欢因为一次相让，造成三个人——应该是四个，还有一个龙小云——的一生痛苦。古龙常常为朋友放弃情人，这故事里写的是否就是他自己？会不会因为他的所谓的朋友，造就了很多人一生的痛苦？在同一本书中，阿飞因为爱的是林仙儿，天下最快的剑也终于没有刺给自己最爱的人，所谓的多情剑客无情剑，说的也就是阿飞。林仙儿和所有的人上床，除了真正爱她的阿飞。等到阿飞也忽然想通了，林仙儿回头才发现自己居然也是爱着阿飞的，她那般折磨阿飞不过是因为阿飞爱她太真、太深、太诚了，她反而瞧不上，她失去了他，在青楼里过了下半生。

风华绝代的风四娘喜欢上了萧十一郎，沈璧君也喜欢上了萧十一郎。在我看来，这两个女子一直是两个性格完全相反的女子，风四娘在小说的开场时在众人面前沐浴依旧神情自若，沈璧君是一个风吹就倒的大家闺秀。但我们都和萧十一郎一样，被这些外表蒙上了双眼。风四娘潇洒的外表下，藏着她的敏感和脆弱；温柔的沈璧君是有夫之妇，爱起来却天崩地裂、勇往直前、不管门户地位，宁愿跟着一位江湖大盗跑。最后他们都没在一起。古龙说，曾有人提建议让他把萧十一郎改写成为沈璧君而死，那样会更加有震撼力。古龙拒绝了，他说，故事的结尾他们虽然走不到一起，但毕竟还活着，这就是希望！而在古往今来的三角恋中，没有一对能真正圆满，古龙留给我们的希望是什么？古龙留下了生命的希望，爱情的希望却解决不了，所谓的希望，不过是从此萧郎是路人而已。

古龙到了医院里都不会忘记勾引照顾他的护士，据说古龙死前说的一句话是："为什么我的女朋友都没有来看我呢？"这么一个人还会有相信爱情的时候吗？他在《飞刀又见飞刀》的结尾让李坏和自己的妻子决斗，两个人只是为了家族的荣誉而已，李寻欢如知道自己的子孙为了虚名而放弃幸福，不知道是否会气得给自己咽喉一把飞刀？古龙也意识到自己让相爱的两个人决斗太无情了，他终于没有把故事的结局写出来，那书的结尾是这样的：

> 生死存亡是一刹那间的事，可是他们的情感却是永恒的。
>
> 无论李坏是生是死，是胜是败，对李坏来说都是一个悲剧。
>
> 无论月神是生是死，是胜是败，对月神来说，也同样是一个悲剧。
>
> 生老病死，本都是悲。这个世界上的悲剧已经有这么多了，一个只喜欢笑，不喜欢哭的人，为什么还要写一些让人流泪的悲剧。
>
> 每一种悲剧都最少有一种方法可以去避免，我希望每一个不喜欢哭的人，都能够想出一种法子，来避免这种悲剧。

他给李坏和月神留下了希望，也给我们读者和他自己留下了希望。但这又给爱情留下了希望吗？世界上唯一不能勉强的事情就是爱情，"别人看他轿中的美人冰肌玉骨，风华绝代，也许他心里牵肠挂肚的，却是另外一个平凡的女孩。"爱情，就是如此。

古龙自己的话是："每当我看到黄昏日落，林荫树下，一对白发苍苍的老夫妻，手挽着手，互相依偎着轻轻低语时，我就希望自己能有一种权利——让天下有情人都成眷属。”

江 湖

“人在江湖，身不由己。”是古龙流传最广的名言，在某个年代，那是每部香港电影里面必然出现的台词。谢晓峰委身青楼当奴也避不了江湖恩怨，最后还是出来和燕十三进行了那场输了却活下来的决斗。《三少爷的剑》是古龙江湖人系列中的唯一一本，却不只是唯一一个身不由己的故事。

你要想跟外国人说清楚江湖是一个什么样的地方几乎不可能，在他们看来，river 就是 river，lake 就是 lake，绝对不像中国人那样，把一个简单的名词赋予那么多解释不清楚的含义。

温瑞安说他写小说时，会把现实中人写进去，看到不痛快的，一刀砍掉，干净利落。于是，所谓的江湖不过是现实的影子而已，江湖不过是一个人人互相伤害的地方。寄托在小说里的梦依然是梦。

> 王孙公子裘马轻，马后仆从众如云。
> 鞍前一壶雕花酒，行前轿中是美人！

别人看到的也许只是你的人前如此风光，这些风光背后隐藏的是什么，只有自己心里知道。活在一个身不由己的世界，没有人是快乐的。

傅红雪生来就背负着上一辈人的仇恨，可这仇恨根本就不是他自己的，他背负了别人的仇恨前半生，埋葬了所有年轻的幸福。李坏背负一个家族的荣誉，那些本不应该由他来承担的担子让他只能和自己的爱人握刀相搏……即使所谓的公子羽这样的武林霸主，也因为极尽心机，三十六岁就宛如暮老。每个人都背负着枷锁，卸也卸不开，你活着一天，就要背负一天，仿佛蜗牛，驮壳前行。

所有的武侠故事都有人初入江湖，也有人为了逃避而远离江湖。小时候看到他们刀剑江湖，总是梦想自己有一天也如此行程，当这一天真正来到，我们终于明白了，从一出生我们就已经活在江湖中，没有人能逃避，没有人能退隐。所谓的江湖，其实就是人生，只要你活在这个世界上一天，你就身处江湖中。逃匿不可能，面对又勇气不足。他自己这么说：

> 人在江湖，身不由己，我相信自古以来，就有很多人有这种感触，只不过由我先把他从思想变为黑字，印在白纸上而已。
>
> 人在江湖，固然是身难由己，其实人不在江湖，又何尝能够由得自己呢？如果一时觉得气闷，就放歌纵酒，唯有令亲者痛，仇者快。
>
> 我也曾是酒徒，我也曾在生死间来去，我又何尝没有一些尖锥般的感触刺在心里？如今虽然自甘寂寞，远避山上，但却依然时常会有些身不由己的悲哀。
>
> 可是最近我已经懂了，人生本来就是这样子的。

找一个词，写一大段！找一个词，写一大段！我可以一直这么写下去，没有尽头。可即使那样，我仍旧不能把一个带着酒意的灵魂说清楚。而且我发觉，我说的是他，说的也是我自己，说他的酒和歌、友情和爱情还有人生，也是说我的酒和歌、友情和爱情还有人生，这没有尽头的叙述除了让我一个人在深夜感到寂寞外别无他用。古龙说：“我靠一支笔，得到了一切，连不该有的，我都有了，那就是寂寞。”而我用键盘想写下关于他的一切，该写的我没有写完，不该写的我也不再去写，可即便就如此我也感到了自己连不该有的都有了，那就是寂寞。

最后要说的是，关于古龙遗言的另外一个版本是这样的，他把柳永的词改了，成了下面这么一句话：

陌上花发　可以缓缓醉矣

忍把浮名　换了浅斟低唱

2005

九十年代之后的诗歌道路

——读《九十年代以后》

作为当代汉语诗歌研究中心的成果，正如书名所表达的，这书对中国诗歌进入二十世纪九十年代之后直到现在做了一个总结。进入九十年代之后，由于经济的发展等一系列社会变革，诗歌甚至文学都在经历了八十年代的狂欢之后进入一个相对低潮的阶段。可在大多数人都感慨写诗的比读诗的多的时候，中国的诗歌其实一直都在暗潮涌动，并不如外表那么冷静，尤其到了网络横行之后，诗歌更是以席卷的姿势出现，加上近几年各种民刊的复刊，中国诗歌已经隐然有点王者归来的味道。而经历了八十年代之后，九十年代的诗歌写作者有了更多的理性思考，没有八十年代诗歌那样打着时代风潮的烙印，呈现出更多的是个人化和多元化。

书的前半部分是《诗论和诗评》。开篇是王光明的《在非诗的时代展开诗歌》，对整个九十年代一个相对宏观的观察，中国诗歌中国诗人面对的各种问题都做了一个很全面的论述，除了总结，更重要的对以后的道路做一个探讨式的指引，强调“包容”这个老而永不过时的说法。周瓒则专门对女性诗歌做了全景扫描，看到了当代女性诗歌孕育着的比八十年代相对单一的面貌有着更为强大的力量，在一个呈现更多个人自由的时代，没有了八十年代那些大潮流，女性诗歌也有了更多的可能，八十年代的诗歌大潮中，女性的声音相对微弱，而今天，她们有了更多的表达自己声音的自由。李润霞则对诗坛太多喧嚣的争吵声音以至使得口水大于诗歌的现象表达了自己的看法，在貌似不可调和的“知识分子写作”和“民间写作”之间，看到多种诗歌存在可能，在最后他说：“从‘非诗’回到诗歌本身，从诗之外围回到诗之内核，这种精神和心灵的回归是一种艺术的回归，但并不是回到所谓的民间或者知识分子，也不是回到诗人。”这个说法也印证了前面王光明先生所说的包容。一行则以《口语诗：可能性及其限度》对口语诗专门做了一个研究，以国外的观点来验证和看待当代普遍存在的口语诗。

细心看书的编排，可以看到书中文章的观点从巨至细，慢慢进入对个人诗歌的论述，向卫国从多多的诗看到融合中西两大传统之后带来的震撼，后面这些诗歌评论，还有对吕德安、江非、叶丽隽各自不同风格的诗做了一个很透彻的解读，从中可以看到这些在九十年代比较出色的写作者中各异的风格，也可以看到这各异风格中一些内在的相通，他们的诗都从个人感受出发，表达的就是各自对身边人事细节的强烈情感，呈现淳朴而真实的诗意。

相对前半部分过于僵硬的论文口气，后部分《诗人与诗》对诗人的评传多了对诗人本身的关注，可以看到某个诗人之所以成为这个诗人有了更多感性的认识，可以从诗人的诗歌之外看到他们的诗歌之内，这“传”比“评”多的文章，看起来立体丰富，真实可触。《诗中的道路》写的是莽汉李亚伟生活和诗歌密不可分的道路。《杨键小传》中，我们看到自小多灾难的杨键对他二哥的强烈情感，后来的吃素，诗歌中悲天悯人，都可以从他生活之中看到。对江南才子潘维的记录中，我们可以看到少年的潘维孤寂甚至傲然的表情。伊沙的《不惑之年的自供》从生日到自己的命运做了一个自白，其中有坦白有自负甚至有对自己妻子的感谢，依然是伊沙的经典文风。雷平阳的《1966年之后》

中，真诚地记下了身边的小事，出生地、饥饿、亲人、少年……这些他诗中的主要元素，依然还是他散文中的主要元素，而他有意忽略掉了八十年代那些虽狂欢却大同小异的历程，更多地袒露自己少年情怀。这些或他人或本人撰写的个人色彩浓烈的文章中可以看到诗人的诗之外更人性化的一面。

后记是主编者李少君的一个访谈，在这个访谈中，他对当前诗歌面临的问题做了一个总结。观察这些年的诗歌发展之后，他在大力推广新诗同时，感到新诗的发展在经历九十年代之后低潮中暗自摸索后，慢慢成熟，已经到了给新诗树立一个标准的时候了。他在自己所提出的草根性之外并不排除其他诗歌理念的存在，他强调新诗到了现在，是应该告诉读者和诗人自己，什么是真正的好诗歌的时候了。用主编者自己的话说："应当倡导对话与讨论，打破隔阂，寻找和探讨某种共识和尺度，树立更高的诗歌标准……"从这书中，我们可以看到九十年代后诗歌模糊万变的道路渐渐被整理出一条清晰的道路来，而也希望在这个书之后，更多的人关注近年开始回归的诗歌，在多人的努力下，中国的新诗能变得成熟多向，在确立自己诗歌标准的同时有更多的好诗、更多的好诗人出现。那才是中国诗歌王者归来的时候。

这些满沾尘土的诗句让我们感到震颤

——读《雷平阳诗选》

一方水土养一方人——把“人”字换成“诗人”也是一样的。对比了一下云南诗人雷平阳和樊忠蔚，发现这两人的诗句有着一种内通的气质，想象力与用词，都相同；不同的地方在于，樊忠蔚更重于内心的追问与自省，而雷平阳则偏向于把笔触放在脚下的这片土地，每字每句都带着浓厚热烈的尘土迹，云南的景物人物，都在他的笔下，活了起来。在他的诗句里，浓郁的尘土味挥之不去，而这些夹带着的尘土，恰恰是生活与生命最本真的东西，这也恰好是他诗歌里面最迷人的地方。向来表现地域性的诗歌并不少见，雷平阳与一般乡土诗人的不同在于，他能把一个地方不断深入，把其中最深蕴的部分挖掘出来，展示在我们面前。

翻开《雷平阳诗选》，第一首就是《亲人》：“我只爱我寄宿的云南，因为其他省 / 我都不爱；我只爱云南的昭通市 / 因为其他市我都不爱；我只爱昭通市的土城乡 / 因为其他乡我都不爱……/ 我的爱狭隘、偏执，像针尖上的蜂蜜 / 假如有一天我再也不能继续下去 / 我会只爱我的亲人——这逐渐缩小的过程 / 耗尽了我的青春和悲悯。”如同他诗句里面说的，这是一个不断缩小的过程，而我们也随着这个不断缩小的过程，慢慢渗入那内部当中，感受那狭隘、偏执的爱。我们不会对这狭隘与偏执产生鄙视，相反，这不断感同身受的过程，让我们也体验到了那浓烈，这浓烈耗尽诗人的青春与悲悯，也让我们心灵震撼。

雷平阳爱在诗中把他走过的地方的地名列在诗里，最明显的一首就是《澜沧江在云南兰坪县境内的三十三条支流》，这首诗后来在《羊城晚报》引起了很大的讨论，对这首诗的讨论分成了两个极端，要么很喜欢，当成经典；要么很讨厌，认为只是一种机械化的列举。对于这首诗，我倒没有那么极端，雷平阳用如此笨拙的方式来叙述，或许只有一个解释，在他面对这条一意向南的河流时，这是他能找到的最好的表述方式，在如此震撼人的自然面前，所有的表述都会变得笨拙。面对这如此笨拙的诗句，诗句的作用已经失却了，诗人只能把自然本身体现了出来。相比这首诗的争议，他以同样的方式书写的《杀狗的过程》却获得大部分人的认同。

《杀狗的过程》以近乎白描的手法把主人五次挥刀把狗杀掉的过程写了出来，很多人却从中看到了雷平阳那带着尘土的语言下面，是对生活与生命的清澈认识，对人性的静默悲悯。主人的残忍挥刀和狗的“像一个回家奔丧的游子”形成一个奇异的对比，在这对比下，那插在狗身上的刀，也插进我们心里。说雷平阳的语言带着尘土气，只是说他用词方面的日常化，由于他视角独特的缘故，他的诗句又褪尽了尘土，带着刀子一般尖锐的锋芒，在不经意之间，插入我们的内心。

来自土地上的文字总是带着厚重感的，雷平阳也在不断把这厚重端上来，让我们一起感受，除了土地与亲人，雷平阳写得最多的是情感与人生。比如《归去来兮辞》：“东方不可留，冷风萧瑟 / 南方不可留；遍地霜迹 / 西方不可留；天降大雪 / 北方不可留，雷霆赶着暴雨 / 尹红龄兮归来，我在昆明等你！ / 尹红龄是韩旭老友 / 传说遁入了空门 / 那夜，在故园餐吧 / 韩旭大醉，长发飘飞 / 为尹红龄招魂 / 我、朱雷华、倪涛为之垂泪。”在这些诗句里，我们总能体悟到一些什么，却不能把这些说清楚，这也许就是诗歌的魅力，让我们沉迷其中不能自拔。

一个真正懂得诗歌的人肯定是一个敬畏自然与生命的人，雷平阳的诗句中，这一点表现得很明显："像被大火烧毁的古代建筑群 / 这些被齐腰砍伐的树 / 是一根根寂寞的石柱子，横切面 / 全都覆着高原上最普通的红土"；"多少根青草才能长成衣跟羊毛 / 多少亩红土才能约等于一张羊皮 / 多少个春天，多少条河流 / 才能换取羊肝、羊肺和羊心"；"知道敬畏和知道感恩的人 / 一样少。在金沙江的一条支流上 / 我们都被这清澈见底的流水感动了"……如此这般的诗句在雷平阳的诗句中不断涌现，越来越城市化的我们已经渐渐远离了乡村与自然，甚至忘记了太阳如何升起与降落，风如何吹拂与停息，青草如何变黄，花木如何生长凋谢，我们大多人看到自然只能通过那些冰冷的墙上的画框，过的也是车来车往高楼挡月的生活，我们已经忘记自己应该敬畏什么、爱护什么、感激什么。在很多时候，我们其实已经忘记了土地的颜色，雷平阳至少用脚步把土地丈量过，然后用笔把它写出来，这是我们那些西装革履的城市人不愿意沾染的，因为那满是灰尘，不干净。很多城市人便因此失却了很多能够带给感悟的东西。包括那永远值得我们感恩的土地和那些生活在我们周围的生命。

一个对土地和亲朋怀有深深情感的人，在很大程度上是一个满怀乡愁的人。我们来看看雷平阳怎么写乡愁："如果返回故乡 / 必须排队，我愿排在最后 / 甘愿做最后一人 / 充军到云南，几百年了 / 也该回去了，每个人怀中的 / 魂路图，最后一站：山西，洪洞。"（《望乡台》）在这里，无论是云南还是山西洪洞，都是他不可忘却的故乡，几百年前的移民，他乡和故乡早已经分不清。但很多时候，故乡是哪并不重要，重要的是我们至少有故乡可以怀念，有乡可以望，一个真正没有乡这个根的人，总是断线的风筝，没有牵引，也不可能会飞得高。

《雷平阳诗选》的封底上有雷平阳自己的话："我希望看见一种以乡愁为核心的诗歌，它具有秋风与月亮的品质。为了能自由地靠近这种指向尽可能简单的'艺术'，我愿意成为一个茧人，缩身于乡愁。"雷平阳诗歌里满沾的尘土，也是他身上满沾的，这些尘土带着他所敬畏的土地的浑厚，带着他对生命的省悟，带着对乡愁与亲人的怀念，两百多页的诗选，我不能用几段话就能把从他诗歌里读到的表达出来。我把诗选翻完，合上，抖一抖，希望从这书里掉出来一些灰尘，让那灰尘染上我身，而我，对这些灰尘，不会挥手拂拭去。

丁燕的意义

丁燕的《工厂男孩》书中的一部分，最先在《天涯》杂志刊发，后来《北京文学》还对这部分进行了转载，产生了不小的影响。丁燕的这部分作品，是在《天涯》杂志的“天涯·现场”栏目刊发的，这是我们杂志这两年新设的一个不固定栏目，丁燕的这篇《工厂男孩》，可以说是这个栏目所推出的一篇重要作品。

我们为什么要设定“天涯·现场”这一栏目？对《天涯》杂志稍有了解的人都知道，在二十世纪九十年代中期，《天涯》曾参与、引领了国内思想界的一个著名事件，那就是新左派和自由主义的论争。这个事件，曾打开、拓展了国内很多讨论的空间，我们都希望，论争之后，能够有一些富有建设性的东西出现。但这次论争十多二十年之后，我们看到了什么呢？是交流与融合吗？我们到新浪微博上刷十分钟，就可以看到，当前中国、当前中国人的思想，充满了各种撕裂，任何一个能够引发民众思考的事件，到了最后，都会被各种杂音，淹没得无影无踪，理性的讨论无法进行，只留下满目狼藉。我们在编辑刊物的过程中也发现，无论是当年那些参与论争的主将或是后来的年轻学者，这些年内，也并没有多少有新意的见解出来。在这样的情况下，作为办刊人，我们意识到，或许中国现实的复杂程度，已经远远超过了某种理论的概括，用任何一种说法去统摄，都难免显得无力。

也正是这样，我们倡导，我们应该“深入走进历史的现场，耐心细致地观察与跟踪各种现象的缘起，完整地把握其非线性的因果效应，洞明这一时代的世道人心”。

丁燕的《工厂男孩》，在这个背景之下，无疑就有着它难以替代的意义。

中国目前两亿多名的进城务工人员，每年在中国的大地上进行各种迁徙。他们改变着整个中国，可在很多时候，他们的故事并不为我们所知，他们的内心，无法被我们所了解。我们在媒体上看到一些与他们相关的新闻，也仅仅变成了一个谈资而已——富士康十几连跳的时候，我们除了看到跳楼人数不断增加，还看到了什么？那些跳楼者经历了什么事情，我们知道吗？他们跳楼之前的内心活动，我们了解吗？新闻事件描述的，仅仅呈现了“什么事情发生了”这样的粗线条，这样的新闻，却往往是对真相的遮蔽。在这时候，在新闻终止的地方，文学就有了它不可替代的意义。

丁燕的《工厂男孩》和她之前的《工厂女孩》一样，是非虚构作品，她深入工厂的一线，为我们记录下了很多年轻而鲜活的生命。这些年轻生命的群体那么庞大，可在此之前，他们竟然没法发出自己的声音，这是多大的一个遗漏。我们多少人对他们的悲欢自动过滤与屏蔽，可丁燕用她的脚去寻找，用她拿笔的手，把这一切记录下来。我们都知道，由于这个群体太庞大，要想完整的记录，是完全不可能的。但任何一丁点对此刻现场的记录，都有着历史意义。若没有对这些工厂女孩、男孩的真实记录，或许多年以后，社会转型完成，这一段充满血泪悲欢的历史，将被我们所遗忘。

现在也有一些小说在写工厂，比如王十月，他以他现实而又魔幻的书写，记录下了他所亲历的一切。但非虚构的意义，并非小说作品所能完全替代的，非虚构本身所具有的真实，让中国当前的种种复杂和纠缠无所遁形，以至有时我们不需要多好的文笔，仅仅是记录，就有着自身的意义。

去年至今，以表现打工诗人为内容的纪录片《我的诗篇》，在全国各地以众筹的方式，不断上映，也引起了诸多的话题和讨论。《天涯》杂志也在海南发起众筹上映，组织观影分享会，组织作家韩少功、蒋子丹与导演对谈等，就是希望对这一群体持续关注。这个电影为什么在全国各地成为话题？就是因为，这个电影在揭示一些打工诗人的生存状态的同时，也记录下了这个时代，甚至揭示了中国在全球化链条中的某种地位。用着苹果手机的人，在享受着科技带来的神奇与便捷的时候，没法看到生产这些产品的富士康工人，在用连续不断的跳楼，进行着某种抗争。丁燕的《工厂男孩》，可以说就是文字版的《我的诗篇》，我们在看到一个个工厂男孩，在经历了那么多艰难之后，仍旧保有某种对生活的热忱与渴望，是不是也就看到了他们身上那种不可抹杀的“诗性”？

作为一个编辑，我们也会对这样的作品，有着更高的期待，但有时书写却并没有继续深入，觉得有些遗憾。这种遗憾是怎么来的，是丁燕没有深入吗？或许是，但不仅仅是这样，一个作者的精力，不可能在面对这么庞大的一个书写对象时，能够自由而又深入的书写——或许有时，连她的采访，也是充满各种阻挠的。

丁燕一个人完成不了的，我们期待能有更多的人去参与，不仅仅是作家或者记者的采访，若能有工人本身的记录，也就更加丰富而动人。无论是现实还是思想，中国都处于一个瞬息万变的时代，在变化如此之快的时候，在没法用一个公式、一条理论去把握的时候，记录本身，就是意义。

丁燕的意义，就在于：她的书写，给历史留下了清晰、真实的人证物证。

与自然、社会、内心的和谐

——读《天涯》精选本《山居心情》《符号的角逐》《秋华与冬雪》

《天涯》杂志有自己潜在的传统，细心的人便会发现。比如每年第四期有一个诗歌精选，比如多年来的卓尔不群的封面设计都出自韩家英，比如每年都推出杂志的合订精装本，比如每三年便会出一套《天涯》的精选本……这些潜在的传统其实是来自一种内在的坚持与自信，它与轻浮的喧嚣无关，有着自己的沉稳力道。今年是《天涯》自1996年改版以来的第十三年，故而我们便看到了第四套《天涯》精选本的推出。这一套精选一共三本，分别是《山居心情》《符号的角逐》《秋华与冬雪》，这三本书拿到手中，便感到了其沉甸甸的分量，这分量自然是来自这三本书里沉甸甸的文章。

《山居心情》封底的文字是：“作为大地，它有责任安放每一个落地者，不分尊卑高下。”这一本精选的文章，多是关于我们作为“人”，如何面对植物、动物、大地与自然。比如开篇是韩少功的《山居心情》便是关于隐居山中的所见所思，对田地、劳动、草木、天空等有着敬畏和尊重，有着与当前汹涌的城市化浪潮有着不一样的思考，在这样的文字面前，我们便会对自己提一个疑问，在越来越同质单一的城市生活面前，我们是不是还可以选择另外一种更符合自然天地的活法？迟子建的《简朴生活回忆录》也让我们读到那些看似落伍、与目前的繁华无关的日子其温婉深情的另一面。蒋子丹的《双向的沉重》、戴锦华的《狗道与人道》、沈睿的《动物与人：西方动物权利思想的来龙去脉》、摩罗的《我们对于动物生命的错误态度》等，则是关于人与动物尤其是宠物如何相处的思考。当前社会，人与人之间相处的问题严峻，人与动物之间，也是暴露出种种让人忧思的矛盾，而这些问题的暴露，原因大部分在于我们人类自身而不是动物，故而对这样的危机四伏的矛盾，最好的方法是面对、思考与解决而不是选择回避。汪晖的《金沙江之子》、于坚的《闻虎跳峡修水电站有感》、汪永晨的《我与怒江的三次接触》等文章，则是直面人与当前生态环境的境遇。生态的问题目前已经与每个人都息息相关，我们也都感到了在人类索求无度面前，生态是一天不如一天，如何改善当前的生态，也是作为自然一部分的我们的责任。大地有责任不分尊卑地安放每一个落地者，那落地者是不是也有责任善待与安放我们自身的大地母亲呢？

《符号的角逐》的封底语是："清算中国人的精神生活，重新认识历史与大地。"南帆的《符号的角逐》、朱大可的《色语、酷语与秽语》、肖慧的《超级女生的几个关键词》等，是对当前的社会潮流的反思，在社会潮流的汹涌之下，究竟掩盖着怎样的背景和心态，将来的走向及对社会的影响如何，都是这些文章阐述的对象。金安平的《全球化：一个时代咒语》、沙西·萨罗尔的《全球化与人类想象》、巴尔加西·略萨的《全球化：文化的解放》等，则是对当前的全球化浪潮带来的正面与负面影响，进行一个梳理，这些梳理固然不能阻挡目前的全球化，但至少也在给我们提醒，我们在前进的时候，有时候也要停下脚步，想想看看走过的路，而不是一味闷头儿向前。《符号的角逐》里面的其他文章，对理想主义、自由主义、知识分子、社会公益、人文思想、权力、消费、历史、精神生活等重要的问题，都有不同程度的阐述，而这些看似陌生而悠远的社会问题，早已经和我们每个人息息相关。

《秋华与冬雪》封底上写的是："呈现近十年来中国文化思想界的真实状况及思想深度。"这一精选本里的文章，更多地关注个人自身的精神世界。张承志的《秋华与冬雪》重新阅读革命和革命者，挖掘理想和力量；韩少功的《情感的飞行》谈的是音乐和情感；孔见的《我们的不幸归咎于谁》探讨与生俱来的困惑……蔡翔的《底层》、刘继明的《我们怎样叙述底层》、李昌平的《贫苦不是穷人的错》等文章，则对活在底层的社会地位卑下者的生存状况和精神层面都展开讨论。王晓明的《L县见闻》、石勇的《被"文化"殖民的农村》、摩罗的《我是农民的儿子》等，讨论的便是在社会高速发展面前失衡变形的农村，我们这个以农业立国为传统的国家，农村却处于一个前所未有的尴尬地位……

猛地看来，这三本书讨论的多是一些宏大而复杂的问题，很多人认为这些问题该交给专家学者去思考，作为普通人的我们，想下去只会惹得头大如斗。其实不然，我们当前所倡导的和谐社会，说到底，也就是倡导一个我们与自然、社会以及自我内心的和谐社会。在目前自然、社会、自我都难安的时候，把这些矛盾的根源纠出来，做一个清理，找到解决的法子，事情便会朝着好的方面而去，而只有真的正视这些已存或将现的问题，我们才能在定会过去的痛苦挣扎中，迎来真正的和谐。

悲痛而喑哑的狂欢

《黑镜分身术》是青年作家陈崇正 2017 年出版的中篇小说集，当然，和当今很多不断打破文体边界的作品比起来，这部小说集也可以当作一部长篇小说来读。这部作品的阅读体验十分怪异，甚至把这种怪异的感觉说出来，都有些困难。这部作品很显然是作者生活经历与各种阅读、观影甚至电子游戏体验的杂糅。这种杂糅如此怪诞，甚至也可以说这种杂糅是有些夹生的，但它仍旧有着某种魔力，把我们的目光紧紧吸住，能让我们跟随着那些杂乱之人、杂乱之事，畅快地一读到底。这部小说集集中了各种元素，而这些元素被装在“乡土”这个中国人有着某种固定审美的盘子之内，就显得尤为怪异。由于这小说的奇特面相，进入这个小说的路口，也就有无限多条，本文侧重梳理其与乡土有关的部分。

乡土：一个巨大的容器

《黑镜分身术》这部小说集由《离魂术》《分身术》《停顿客栈》《黑镜分身术》《葵花分身术》五个中篇组成，这五个故事都发生在半步村和偶尔会提及的碧河镇，这两个虚构的地名，装纳下了这些神神鬼鬼的故事。半步村和碧河镇，是陈崇正试图构建的个人文学地标，他曾在另一本小说集《半步村叙事》中，书写过那更加贴近现实的半步村和碧河镇。在那个集子中，半步村、碧河镇是可以跟现实中的某个村、某个镇相对应的。

到了《黑镜分身术》这部书里，很显然陈崇正希望打破所有的现实束缚，做一次义无返顾的尝试。这种尝试的结果，是呈现了一个怪诞不经却又经得起分析的独特文本。在这本书封底上的推荐语里，著名评论家李敬泽点评道："世界正在剧烈的颠簸中失去形式，而陈崇正力图创造一种似乎源于萨满或精灵的幻术，使不可能的看似可能，使不可理解的得到讲述。由此，他开出了一条幽暗的隧道，你行于其中，期待着阳光照亮洞口。"这句点评可以说是相当精彩，但我感觉，除了所谓"萨满"和"精灵的幻术"之外，陈崇正这部书，在以乡土为依托的背景下，容纳进了民俗、历史、武侠、科幻、玄幻、穿越、推理、网络文本、电子游戏等各类元素，这些元素的杂糅与乱炖，使得乡土成为了一个巨大容器。弗洛伊德在《图腾与禁忌》中说："一般人都认为，原始民族对自然界现象的臆测造成了灵魂的思想，然后，将它推衍到外界事物上。"陈崇正有点反其道而行之，把外界的所有事物，都容纳到半步村这一乡土容器中，并在里面随意组合，变幻出了各种怪胎般的情节。

在这个容器里，我们能看到历史的残留，比如说"文革""逃港事件"等。我们也能看到一些现实本身的荒诞，比如说南方不少地方，把原生林砍掉，种上毒性极强破坏土地的小叶桉。比如说我们能看到乡村巫婆神秘、安详、真假难辨的面孔。我们能看到"且帮主""停顿客栈"等武侠小说的元素，且帮主在水井中的一壁挖了个洞，躲在里面的情节，很像是致敬了古龙《流星·蝴蝶·剑》里同样躲在井中的老伯；停顿客栈和《龙门客栈》《新龙门客栈》《龙门飞甲》等电影，当然也有着某些对应和互文。可以吸取人的记忆的"魂机"，则把对当前人工智能的忧思包含了进去。可以把人分为三个的“分身术”，既可以看到李白诗句“对影成三人”的古意，也可以看到其对物理学界、西方科幻电影中“平行宇宙”的借鉴。人变成树、变成公鸡、变成年龄不同的三个人，也可以看到好莱坞漫威电影《X 战警》中的某些原型和投射……也就是说，有着乡土生活经验的陈崇正，在面对他曾经生活的乡土的时候，所能感知到的，已经和所有书写乡土的前辈作家完全不一样了。鲁迅、莫言、韩少功、贾平凹、阎连科等人的作品里，乡土往往是衰败却又有着某种独特的野生蛮力的，他们的乡土也很复杂，但他们的复杂，是所有从乡土中国走过来的中国人，都能确切感知得到的，中国读者面对这些作家的乡土写作，往往发出或叹息或赞叹的理解——这样的理解，属于一个乡土中国的内循环。阎连科在《仰仗土地的文化》一文中也说 ：“鲁迅小说中的故土，沈从文笔下的湘西，包括萧红描绘的呼兰河，这些作家几乎都在小说中仰仗、依赖土地文化。我们只要打开他们的书页，就能闻到一种湿漉漉的乡土气息，能在手指上沾染一层深秋后微白微腐有如枯枝败叶上的霜毛似的颜色。”而陈崇正面对的，早已不是可以自洽、可以畅通无碍的乡土了，在陈崇正的眼前，乡土有着历史真真假假的残留、有着现实荒诞的投影、有着独立于无神论世界外的乡村巫术、有着少年读书观影的心理叠加、有着各种诗文经典和前沿理论的交织、也有着消解了一切崇高的后现代目光……这些知识同时冲击着陈崇正，让他的乡土观念，变得如此怪诞与复杂，包罗万象却又被局限于小小的“半步村”，是的，半步——连一步都没能跨出。

学者、评论家张柠在其著作《土地的黄昏》中说道 ：“城市以一种人为的方式消除了黄昏的景观，改写了黄昏的经验，它没有黄昏。在一个城市经验和城市价值支配的世界和时代，真正的‘黄昏经验’，或者说与之相关的土地经验、乡村经验、农民经验正在迅速消失。这就是我所说的‘土地的黄昏’。无论人们为此找到什么样的理由（自然的理由、社会的理由），如果说它不是悲剧性的，那么至少也是无奈的。”张柠这个精准而又带着某种不舍情感的论断，同样适用于陈崇正的这部《黑镜分身术》，在陈崇正的眼中，“土地的黄昏”早已到来，前辈作家眼中的那种丰沛、完满却单纯的乡土再也没有了，黄昏过去以后，乡土笼罩在一片驳杂、溃散、光怪陆离、难以言说的黑暗迷雾之中。

理解这个前提之后，再来翻读陈崇正的这部小说集，我们就会找到更容易进入的路径，小说中的种种炫技般的故事狂欢背后，隐藏着作者本人也无法抵达、理解、容纳和阐释的“新乡土”。这个“新乡土”无所不包，或许我们不愿接受，但它确实已经直愣愣地存在了，它吞食着万物，长成了我们难以辨认，或者说不愿承认的一副怪模样。

离魂与分身

离魂术与分身术，是陈崇正这几部小说的内核。

所谓离魂，在小说中，是借助于一部苏俄产的、青蛙模样的“魂机”，把人的记忆吸纳其中，加以管理。而所谓分身，则要复杂得多，它是且帮主分化出的悟木、悟林和悟森；也是被矮弟姥一分为三的莫吉，一个身体内住着两姐妹的谭琳；更是《葵花分身术》里错综混乱、所有人不能摆脱的一段历史。

《离魂术》这一篇中，破爷拉着魂机回到半步村，在一步一步的安排中，他重新成为了一个乡村能人。多年前，他曾力推在半步村种植可以造纸的有害树种，导致生态恶化，很多人患上了树皮症，病重的人，最后会变成一棵树。破爷的魂机，据说可以治愈树皮症，但被治愈的人，也会丧失生殖能力。种种怪诞的背后，破爷试图利用魂机所做的，是收集半步村所有人的记忆，把这些记忆加以归类、总结，以某种“大数据”的方式，重新建立半步村的“信仰系统”。这种乡村能人的形象，我们当然都能在各自的不同生活经验中，找到对应的人。破爷的复杂性在于，他是一个为了利益不顾一切的人，正是他当年的狠，把树皮症遗留在了半步村；而重回半步村的破爷，仍旧是狠的，他以救人的面孔出现，利用魂机治疗树皮症的同时，收割半步村人的记忆。他试图利用魂机重整乡村早已混乱的信仰秩序，只是，由于践行这一理念的是破爷，导致了这注定是一个悲剧的结局——破爷最后也患上树皮症，长成了一棵树。破爷看到了半步村所有的问题所在，希望在根子上、在信仰层面解决掉这个问题，可他注定没能完成这一重任。因此，离魂的含义，或许是人心、信仰与身体的剥离。

分身术贯穿在《分身术》《停顿客栈》《黑镜分身术》《葵花分身术》这四个小说当中，“分身乏术”这个成语的不可能，就是陈崇正追求的可能。陈崇正用分身术，把人一分为三，少年、中年、老年，重新给生活建立了一种新的可能。当然，这种可能也是有代价的，比如说，三人同享一个人的寿命，人的生命便只剩下了三分之一。把身子一分为三，是过去、现在、未来三种时间观念的暗中统治，而有着这种想象的，不仅仅是陈崇正一人。美国作家约翰·斯坦贝克曾说：“我把自己裂成三个人。我知道他们长什么样。一个思考，一个提意见，第三个设法从中撮合。常常打起来，但在打打闹闹之间，整个一周的工作就出来了。在我的脑袋里，争吵以对话的方式在进行。它是一种奇怪的体验。”陈崇正在小说《分身术》中，让且帮主分化成悟木、悟林和悟森三个人的想法，几乎跟约翰·斯坦贝克的想法几乎一样，小说中，“悟森年轻，负责研究古今中外的书籍，思考如何让三体合一；悟林负责郊游赚钱，支撑悟森的实验；悟木研究佛学，广积佛缘……”在且帮主的分身故事之外，是施阳和徐静的一段旅途之爱。《停顿客栈》中，余大乐寻找儿子到了半步村，住在停顿客栈，在固定空间内，各种各样的人开始穿插、各自欲望的故事开始展现，最后当所有患了鸡鸣病的人都住进了停顿客栈，早上一起打鸣的同时，停顿客栈这个“病态、封闭的空间”让人毛骨悚然，而结束这一切恐怖的，则是治疗鸡鸣病的解药——鸡屎。鸡屎的出现，把整个故事的氛围进行了一个翻转。《黑镜分身术》中，一向沉迷于讲故事，较少流露感情的作者陈崇正，对乡村的巫婆矮弟姥这个人物，捧出了极大的感激和温情，在整部书的荒诞之中，这片段的温情，显得如此难得，我认为，或许陈崇正在生活中，就亲眼目睹过这么一个人。我的猜测得到了印证，陈崇正在一次对谈中说到，小说中的傻正（陈崇正曾用笔名“傻正”）所经历的被矮弟姥以玉佩刮后背治病的场景，是他的亲身经历。小说里，傻正和身体里住着两个灵魂的谭琳有了“分身之爱”，哪个都不舍，哪个都想要，可当爱需要确证、独占，会如何？小说的结局颇为惨烈。在这里，我们也可以看到某些周星驰的电影《大话西游》的影子，电影中，青霞、紫霞两根互相纠缠的灯芯，同占着一个“朱茵”的身体，和陈崇正的这个故事颇为类似。到了《葵花分身术》，陈崇正则希望更进一步，讲述历史和现实的“分身”与纠缠，于是，曾经在历史上轰动一时的“逃港事件”，成为了这个小说最核心的部分，在这里，人如何处理自己与历史、与现实的关系，被陈崇正严肃地提了出来，经历了前面几个故事的插科打诨，陈崇正希望用一个有历史厚度的故事背景，来安放前面的讲述。

离魂，是身体和记忆的分离；分身，是不同的身体共享相同的记忆。——陈崇正用一双对应的意象，来构建了他的这部书，这部书中互相交杂的人物和事件，当然也是写作过程中的某种离魂和分身。

记忆、时间、历史和现实

记忆：《黑镜分身术》是一部记忆之书。从魂机的吸取、保存记忆开始，这部书就一直在讲各种荒诞现实与记忆的关系。陈崇正利用了推理小说的某些技巧，抛出悬念，吸引着读者不断探寻，在这个过程中，一些往事慢慢浮现，和现实交织在一起，形成了某种真假莫辨的魔幻感。类似的写法，在拉美作家那经常出现，《佩德罗·巴拉莫》《百年孤独》里，这种手法的运用已经很多了。陈崇正在借鉴这些手法的基础上，加入了很多时代的气息，网络、人工智能（魂机）、平行宇宙等概念的出现，让书中的人物，陷入了更加驳杂的境况。书中的不少人物，通过平行宇宙，看到了自己的过去、现在和未来同时存在，思维和行动也因此得到了拓展，前沿理论和巫术奇特地交杂在一起。记忆在这里，不知道是得到了确信，还是更大的质疑？

时间：必须说明的是，这部小说集中的五个故事，其时间是凝固、混乱、拧成一团的。第二篇的人物提到第一篇的时间线的时候，说了很多年以前之类的话；第三篇的人物提到第二篇的时间，同样也如此。作者用的是一种模糊的时间处理方式。可是，细究整部书的细节，就会发现，五个故事几乎处于相同的时间段。无论是书中人物所使用的手机、互联网、魂机、《时间简史》等带着时代气息的东西，还是提到的现实中的歌手王菲、陈奕迅、汪峰等，都在说明，这些故事发生的时间基本上是相近的，虽然作者用了“很多年之前”“很多年以后”之类的话。小说中所渗透着的历史和现实的痕迹，也都在说明，故事的时间线，其实就是当下。

历史：毫无疑问，在这部小说当中，作者本来是想摆脱历史，纯粹放飞想象的。这从前面的叙事努力，就可以看得出来。不过，当小说讲到最后，人物越来越飘忽、故事越来越模糊以后，陈崇正很显然希望能够在小说当中，加入历史的成分。作为广东作家，历史上曾发生过的二十世纪五十年代开始八十年代方才结束的“逃港事件”，进入了陈崇正的思考视野，他把这一段历史拎出，让当年参与过此事件的人物返回当下，进行了“分身术”式的讲述，就是想在过于荒诞、轻盈的讲述中，加入历史的沉重分量。当“分身术”不断在书中进化，如何让它仍旧保持一种现实的扎实根脉？陈崇正抛出历史这条绳索，当然也就抛出了一个问题：在历史之中，我们如何分身？

现实：陈崇正的荒诞讲述的背后，其实是现实。虽然他并没有过多的描述，但这些现实之事，是所有荒诞讲述的本源。书中提到的大面积种植毁坏生态的小叶桉树种，不仅仅书中所暗指的广东有，海南岛也有过一段把某些山头的原始植被砍伐一空、种植小叶桉的经历。这种对生态破坏巨大的事件貌似荒谬，但其背后不过是某个造纸厂从利益出发，搞定了相关部门，运用行政之力，进行了强制推广而已。同样，魂机的诞生，是因为作者发现了，记忆之沉重、信仰的缺失已经成为了当前乡村十分严峻的现实。只不过在陈崇正的讲述中，把这些现实藏起来说，若故事分阴阳两面，现实对于陈崇正的这些小说，就是潜藏的、阴的那部分。

黄昏之后的狂欢

土地/乡土的黄昏之后，怎么办？

也就是说，当陈崇正试图用这部小说，来处理他所感知的乡土现实的时候，我们看到了什么？我们看到的是某种未经过处理的、万物交杂混合的一场狂欢。可惜的是，这场想象力爆棚的狂欢过后，剩下的空虚感也变得无比巨大。詹姆斯·伍德说："文学跟艺术一样，能抵制住傲慢的时间——让我们成为习惯长廊里的失眠症患者，并主动从死亡那里挽救事物的生命。"可读完这个小说，给我最大的惋叹在于，在这个故事中，我要挽救哪个人、哪件事物呢？我的手要向书中的哪一页、哪一行伸过去？

对于这个小说，我觉得最大的问题，在于作者处理人物的时候，把人物过于漫画式了。在这种描述当中，几乎所有人物都失焦了，当我试图找到一个人物来让我疼惜、感动、担忧的时候，竟发现很难找到。除了那个曾让作者陈崇正也流露出某些温情的矮弟姥之外，其他人物全是一些道德感模糊的人，这使得我在阅读过程中，无法选择一个人来为其悲伤与欢笑。打个比方，当我们看一场足球比赛，若不能选择其中某个队来加油鼓劲，而是谁赢谁输都无所谓，那种投入感是要大打折扣的。

我并不是说，小说中要树立伟光正的人物，可是，当所有人都失去了向上的精神力量的时候，读者只是在一场故事狂欢中看到各种情节的展示，没有真正为一位人物投入情感，这样的故事是难以立得住的。当代小说中，往往把人物性格、道德感模糊化了，可全部模糊化与全部简单化，是一体两面，都是对小说本身的伤害。

哈罗德·布鲁姆在《西方正典》里说："人们读和写的动机大多不尽相同，这常常使最有自我意识的读者和作者都迷惑不已。"哈罗德·布鲁姆的这个说法，或许，作为读者的我和作为作者的陈崇正，从一开始，就处于两个完全不同的动机上面。这部小说集当中，或许陈崇正的追求、渴望表达的情绪是：在一个如此荒诞的世界中，在离魂术和分身术泛滥的情况下，没有人不是一种被摆弄的道具。或许，在陈崇正看来，这种荒诞下，出现一个让人牵肠挂肚的“正人君子”，才是小说的逻辑失控。

但，作为读者，我仍旧会想，难道我们仅仅止于荒诞吗？当土地的黄昏到来之后，当夜色掩盖、各种霓虹灯闪耀，光怪陆离的表演频繁登场之后，还有什么？仅仅是绝望的永夜吗？难道我们真的丧失了追求黎明的那束光的勇气、丧失了追求那束光之后白昼抵达时的光芒万丈的勇气了吗？陈崇正用一部书来表达的这场狂欢，无疑是悲痛而喑哑的。熟悉陈崇正本人的人，肯定会发现他在生活中是一个随和、简单的人，可这种性格的温和跟作品的怪诞相互纠缠、如此错位，就使得阐释《黑镜分身术》这本书，变得愈加地困难。而我也只能在这场怪异的阅读体验之后，期待他能写出更加超拔、高迈，真正能迎风飞翔的作品。

诗意与荒诞

——浅淡朱山坡长篇小说《风暴预警期》

朱山坡的《风暴预警期》是一部有诗意而荒诞的小说。诗意有时是一个很宽泛的词，当我们不知道怎么表达的时候，就把这个词塞一下，但在这里，诗意指的是朱山坡并不愿意还原日常生活本身，而是有着自己超越性的追求。虽然朱山坡希望写出在风暴来临之时难有完卵的“蛋镇”上的一切，但他的这些书写，都是经过个人夸张、变形甚至想象之后，一种抽象的还原。早些年朱山坡在《天涯》上发表他的代表作《陪夜的女人》，还不是现在这种风格，在那个小说里，情绪更加迷离、纠缠一些，有着难以说清的缠绕，到了《风暴预警期》，朱山坡在经过多年的写作之后，越来越倾向于用一种貌似简单明了其实却暗藏玄机的方式来表达。他现在的笔法越来越散淡，但这种散淡里隐藏着一种幽默、一种荒诞、一种现实里不太可能却在他小说里自成一体的逻辑自洽。这或许和他多年来一直喜欢读诗、写诗有关，潜移默化之中，他的小说语言锤炼得越来越挑剔而富有韵味。比如说《听电影的人》这一则，题目就带着某种强烈的错位的诗意，电影如何听？朱山坡用一个偏执听电影的人的故事，揭示了一段不无惨烈的人生。

看到《风暴预警期》，当然会让我们想到奈保尔的《米格尔街》，此类以成系列、主题相关的短篇来组合成的长篇。蛋镇那些人，跟米格尔街上的人一样，无望却又不得不坚韧地活着，以至慢慢地竟然活出某种沾满灰尘的光辉。风暴在这里，首先是一种自然现象，会带来泛滥成灾的雨水和摧枯拉朽的毁坏力。“蛋镇”这个地名，总是给人一种台风中摇摇欲坠的感觉。其次，风暴是一种心理现象，犹如笼罩在蛋镇人头上的诅咒，难以摆脱。风暴最让人忧心的地方，不是它到来的时候，而是它即将到来的时候，是它的预警期——到来之前，在每个人头上悬起一把刀，在每个人心里扎进一根针，所有痛苦的记忆，在台风来临之前被唤醒。作为南方人，我更能体验到朱山坡这部小说里所书写的那种场景，在蛋镇上手忙脚乱的每个人，何尝不是我在海南岛上所见到的那些人？小说中所弥漫着的那种潮湿、纠缠、难以言喻的气息，让我感到亲切又心疼；那种风暴将至前的蠢蠢欲动、辗转不安，我也能深刻体会。

朱山坡当然也写到了历史，但历史在这里是夸张、变形的。在这部小说的后面几篇里，他涉及了历史上的一些战争、运动，那些不无惨烈的画面，在他变形、夸张的讲述下，有着让人痛哭的荒诞感。他笔下的人物，内心积蓄着力量，这些力量有时是有出处的，有时则来源没那么清晰，这种力量说不准在什么时候就会爆发出来，左右人物的命运。

《风暴预警期》里提供了大量精微而又经过抽象处理的细节，这些细节让朱山坡这位作家的面目变得清晰。不少七零后作家渐渐沦为一种“理念先行”，再去找材料填充这种理念的写作，他们的目光紧紧盯着评论家们的话语，试图从他们的口中找到一两个所谓时代的关键词，以此扩充成一个小说——他们在写作之前，就替评论家们想好的评论的角度和话语。朱山坡不同，他是被气息和细节唤醒的，他不断地把身体和心理所感知到的那种细微的东西强化，直到可以支撑起一个个活灵活现的故事。朱山坡的《风暴预警期》里，我们能看到如何从二十世纪六十年代、七十年代、八十年代、九十年代一路走过来的中国的小镇面貌，他在这个小说里，把很多随风而去的记忆，唤醒过来。

时代的狂欢和个人的隐痛

——作为小说家的李少君

一

看的第一篇李少君的小说是《蓝吧》，在1996年的《天涯》杂志上，那本《天涯》的封面是蓝色的，很光滑、有些花哨，和后来的牛皮纸封面的简约高雅不可同日而言，依然隐约可从那里看出那个时代的喧闹与浮躁。《蓝吧》在那样一种情况下出现，正好是一种时代的暗合。李少君的小说集《蓝吧》出版已经是2006年初了，这之间已经过了十年，十年已经足够改变很多事情，包括人生的态度。

据说1988年之后的好几年中，海口是一个让人狂欢的地方，可惜我晚生了好几年，在他们那代人疯狂挥洒自己的青春的时候，我只能从他们的书中找到我想要了解的曾经离我不远的地方、曾经发生过的疯狂与浮躁。曾经在一本叫作《海口过客》的小说中，曾经在潘军的《海口日记》中，我看到了那时这个海岛上发生过的美丽与丑陋。现在，又在李少君的小说集《蓝吧》中，我再次印证了那些间接记忆，好像我也曾经经历过那个疯狂的时代。

洪治纲在评论李少君小说的时候，把他的创作归结为“感伤的救赎”。李少君也多次强调自己身上有着与生俱来的感伤，他说过：“无论面对过去，还是现在，抑或将来，我的反应只有两个：我伤感，我痛。”李少君在自己平静的叙述中，感伤和不安的情绪始终在贯穿，可若是究根结底地寻找，我们或许能找出这种感伤来源于对时代变幻的不安与对人生的虚妄，这是每个人都在面对的问题，但各人在处理的时候却有不同的方法。李少君在小说《1999 年的 A 城》中有一句题记：我忧郁的时候就想写小说。

“单个的人难得疯狂，疯狂出现在群体、社团和国家里”，李少君的很多小说都在反映着一个疯狂时代那难为外人道的隐痛。《蓝吧》中的我和蓝吧的主人蓝林，《海口之恋》中千里南下的林君，《废墟》中阳痿了的杨晨，《说不定什么时候出错》中的西林，《人生太美好》中的顾扬……每个人都在不能把握的现实面前精神漂流，个人的力量在不能把握的潮流中，显得可笑而可怜。

《蓝吧》中，“我”是这样一个人“小白脸，穿得挺时髦，两眼无神，满不在乎地迎接你的目光”，“我失眠，每天晚上，翻来覆去睡不着，差不多要折腾到凌晨天快亮时，才能闭一会儿眼睛。我才二十多岁，却夜夜失眠，这是我当时唯一的苦恼”。苦恼中的“我”后来发现了一个可以打发时间的地方：蓝吧。这个家庭好却没有生活目标的“我”喜欢上了蓝吧，在蓝林的鼓励下，“我”办花店的念头大起，最后却因为母亲的一句话，所有的热情消失殆尽。依旧是整日晃悠，在和蓝林一起看到一胖一瘦两个人在蓝吧里面殴打一个不肯过来陪酒的女孩后，心中敢怒却不敢言，终于是当了长脖子的看客。在那个时代和人都一样疯狂的时候，握紧的拳头最后也总要松开，笙歌不灭的地方，映照出了可怜猥琐的影子。

《海口之恋》故事很简单，简单到可以只当爱情小说来解读，但若只把这小说看成爱情的记述，我们就忽略掉了很多背后的东西。大学毕业后林君在长沙的一个机关单位上班，在收到老同学刘义和大学里曾经交往过的女生于晴在海南给他的信后，对特区有了一份向往，他带着激情到海南，希望在这个充满希望的地方找到激情和爱情，最后却发现往日的故人早在物欲横流的地方也迷失了方向，他落荒而逃回到长沙，心灰意冷之下随便找了本单位一个女孩结了婚，断绝了和特区的联系。

《废墟》中，杨晨在结婚前因为妻子好朋友刘露暧昧的一掐，这短短的一瞬，让杨晨遐思无限，曾经对性生活需求无度的杨晨好像忽然变成了阳痿。“当杨晨意识到问题的严重性，已过了好几个月了，杨晨和丽丽好几个月没有做爱了，而且，更要命的是，两个人似乎都没有这方面的需求了。”后来在刘露到他家的时候，杨晨压制不住要和刘露发生关系，刘露落荒而逃。之后一个让杨晨心动的明星出现，杨晨依然未能恢复性能力，有一天他却在妻子工作的地方发现她和别的男人在做爱。

《说不定什么时候出错》中，李少君用了两条线索的复调形式来叙述，但无论是西林和余虹、杨青几人的纠缠不清的感情纠葛还是罗强、刘国民、梁珠几人利益纠缠，偶然出现的杨青，失踪不见的刘国民，带动了整个故事的向前，没有人在最后是赢家，所有人都在不能把握的环境中迷失本性，最后失去了一切。

……

我们没有必要把每篇小说都来分析一下，却也可以看到李少君的这些小说中，主人公们在淡然的叙述中，承受着多大的灵魂负重，在现实得那么现实的现实面前，每个人都渺小而无力。我不清楚李少君是有意或者无意，他的语言始终都是淡淡的，用对话、用人物不经意的表情，透露出每个人都密而不露的心底。

斯坦尼斯拉夫斯基在《我的艺术生活》最后一章中说：“人必须与敌人作斗争。我们的新角色不如我们以前所担当的老角色那样动人。

但是每代人都有他自己的界限。我并不抱怨。”李少君小说中每个人都有着纠缠不清的宿命般的感伤无奈，这并非只是由于环境与人生的不可把握，更加是由于每个人不甘心被环境把握而希望去改变自己所处的境地，希望自己的努力会给自己带来幸福。若是真的甘心接受了，宿命感也不会那么强烈，在我们每个人都碰得头破血流后，我们才更知道石头的硬和伤口的疼。

二

孔见在《种瓜得豆——关于1988年的海南岛的我的零碎的回忆》中说：“机会似乎到处都有，但它转瞬即逝。人们雄心勃勃，跃跃欲试，心事重重又魂不守舍，走在路上眼睛注视着远方。我的一个同事在横穿马路时被撞得头破血流，但是，直到爬起来，他都不清楚是什么东西把他撞了。”李少君则在自己的文章《何谓感性生活——以海口为例》中把1988年那件事称为“‘十万人才下海南’的青春大放纵”。他说：“爆发过后是长久的极端的散漫与颓废，甚至有一点堕落的因子。”就是这么一个欲望疯狂成长的时代，身在其中的每个人都无法置身事外，等到时过境迁之后，回头看去，这个时代的疯狂已经在我们的疯狂中变态了。改变是不可能的，能做的也不过是把这些事情记下来而已。

“爱的呻吟和垂死的呻吟是何等相似”，李少君小说中的人在呻吟时候谁能分辨那是爱的呻吟或是死亡的呻吟？何况这两者本就没有多大的区别。在整个时代狂欢的时候，作为个人，想要在这欢呼声中保持自己的安静的一隅无疑痴人说梦，网络中曾经流传一句话是：孤独是一个人的狂欢，狂欢是一群人的孤独。在这欢呼喧闹中，谁会在乎个体的隐痛？

我们回头过来看小说。《蓝吧》中，“我”在整个特区建设热火朝天时，却是一个悠闲的浪荡子，他看似以一个旁观者的身份在看着这场动荡不安的变革，可其实他也身在其中不能自拔。《1999 年的 A 城》中，李少君试图用一个全景式的描述展示一个城市繁华背后的糜烂。我查了一下小说后面的附表，这居然是发表于 1995 年《椰城》上面的小说。于是可以想象，所谓 1999 年世纪末 A 城的城市万象只不过是海口某个年代的缩影。小说中，高和卖衣服的小姐在帝豪商业大厦九楼的初次见面就在更衣室引发欲望的战火，黄小姐、红小姐、章老板、长发诗人，所有的城市边沿人物纷纷登场，在这个叫作 A 城的地方尽享繁华，最后死的死，抓的抓，而“1999 年 A 城的这种浮华气息不知还将延续多久”？《无事生非》中，莫林泡上王虹甩不了手，居然设计让自己的朋友阿亮在王虹醉晕的时候进房间，他自己再进去，狠抽王虹一耳光后说：“你干的好事！”《说不定什么时候出错》中，各色人物更是用尽机关，在欲望下不辨方向，人的感情在其中居然是那么脆弱虚假。

每个人都受到伤害，没人得到救赎，所有人都输了青春，那赢家是谁？李少君从来不掩饰自己对诗人多多那首《青春》的喜爱甚至是偏爱，这是因为诗中有这么几句：“在我疯狂地追逐过女人的那条街上／今天，戴着白手套的工人／正在镇静地喷射杀虫剂。”在他的小说中，主人公们大多都是处于风华正茂的青年，正因为年轻，当美好失去之时才更感可惜与无奈，当青春被杀虫剂灭绝时，才让人无话可说。

这话让我们感到绝望，但当事实真的曾经这么绝望过，我们有什么办法来挽救？

三

一个人不可能只有一种记忆，也不可能只有关于某件事情的记忆。经济特区海南有对李少君很重要的记忆，却绝非他唯一的记忆，我尝试去找他的心底的别处时，发现了两篇在小说集中很不一样的篇章，一篇是《梦醒此时》，一篇是《酒中岁月》。

《梦醒此时》发表在 1991 年的《天涯》,《酒中岁月》却是 2003 年发表在《安徽文学》的作品，这么把相隔时间列出来，方便我们对着两个小说解读。《梦醒此时》写了一段从高中到大学的爱情，夹杂着主人公一直做的一个梦。“每天,我在梦中尽情地哭泣,放肆地哭泣，但醒来时，脸上泪渍皆无。”姗姗的死，让主人公在大学里面行为疯狂又清高自傲，美好青春的破灭加上早已苍老的旧梦，感伤不已。

《酒中岁月》的结尾是吓我一跳的。一群临近毕业的大学生，终日烦恼在毕业分配的事情上，只得借酒消愁经常寻醉，一直被当成第一主人公描写的梁云始终是有想法的人，最后却因为分配问题，用和姗姗虚假爱情的关系，得到了本该是他好朋友的分配名额。小说从头到尾都在写着各个人各次喝酒中似乎可以忽略的谈话，而结尾猛然转折，前面的描述忽然就让人伤感起来，一直无意识中埋下的伏笔，所谓的青春，在利益面前，居然破碎得那么直接、那么快速。

“只有人能抵抗地心引力的方向：他在向上堕落”，在没有特区灯红酒绿的诱惑下，依然有着别的诱惑在引诱着李少君小说中的人物，在向上爬的借口下，一切堕落，一切和地心引力相反的堕落来得这么让人感伤而无望。

四

洪治纲说到李少君小说时，把他小说中的人物归结为一种感伤的救赎，一种沉沦之后的自我复原。我们若只是在这自己造成的感伤和无奈中不可自拔，那人生就真的无望了。更多是作为一个诗歌评论家而不是小说写作者的李少君曾在多个场合表达了自己对“上升的鸟减轻了我们灵魂的负担”这句诗的喜欢。他也曾在多个场合表示，诗歌能让人灵魂减压，小说让人对生活绝望。他的意思大概是这样的，我们的生活已经足够颓废糜烂了，而很多小说中人物的生活居然比我们还要颓废糜烂，这真他妈的绝望。

自称“我忧郁的时候就想写小说”的李少君若一味在自己营造的小说氛围中沉迷，也不会是一个让上升的鸟减轻灵魂负担的人。《蓝吧》中的“我”和蓝林最终还是找到了自己的位置。《人生太美好》的结尾：“‘人生太美好。’顾扬喃喃地念了一遍。飞机一阵呼啸，腾空而起。”有了飞翔的结尾总比沉没要好。《西安未眠夜》中放纵的感情成了灵魂的归属。《海口之恋》中的林君或许真对特区绝望了，但回到原先的单位过平稳日子难免也是他最好的归宿……

爱米莉·狄金森说过：希望是种长羽毛的东西。这是否说明希望和上升的鸟一样，可以飞高，减轻我们灵魂的负担。伍迪·艾伦则说：永远的虚无没什么所谓，如果你为之穿着适当的话。这好像让我们觉得，其实无论希望是否能减压，若真的当成没所谓了，好像一切就好办得多。可若都如说得这么简单，我们也不会有那多的纠缠与无望。

在经济大潮、社会大潮中，我们既然都无法把握一切的方向和人生，能够保持心底一丝的准则已经是不容易了。近年来对诗歌有着更大关注的李少君心底自有不能改变的准则，他活在物欲横流的特区却并不为物欲所左右，我曾经在网上找过别人关于李少君的记忆，看到了下面一段颇带暖意的记录，作者是谁我没有找出来，也没有找出来的必要：

> 湘乡李少君，现为《天涯》杂志社主编。
>
> 约在1989年下海南，比其他湖南文化人早一步立定脚跟。

二十世纪九十年代初期，尤其小平同志南巡后，全国掀起新一轮南下狂潮。不少湖南文化人像洪水一样往南冲，席卷广东、海南。

这股泥沙俱下、鱼龙俱下的狂潮中，很多人都满怀着一种堂吉诃德式的盲目英勇。

结果很多人在或妖魔化或神圣化的大风车前，头破血流，晕头转向，以致在广东、海南茫茫南方璀璨星空下，竟无一可立足之地，更有身份证等各类证件丢失者，种种狼狈情形，不可一一名状。

李少君因先下海南，早已立定脚跟，在此非常时期，乃空出一屋，专供湖南或武汉大学校友各落难朋友居住，甚至供以饭食。

曾在饭桌上听昔日落难者，讲起李少君的义气。称，此举可誉为“一饭之恩”，虽“涌泉难报”。故李少君在湖南颇多真正的铁哥们。

今日，与长沙里手同饮于东风路“大碗厨”（长沙一餐馆），里手召来他的同事朋友李舟军教授，此人即为李少君之兄。偶亦稍稍谈及此事。问，当时李少君“车马衣轻裘，与朋友共”，可他自己住在哪里，是否家人啧有怨言。

李舟军答，我弟住在他岳母娘家。自己的房子内开四五张床，专供朋友们休养生息自由出入。亦与前言相映证也。

在这里大段引用别人的文字，好像已经脱离了小说谈人物，可按照传统的说法，或许《蓝吧》中整天逛悠的“我”是李少君的另外一面，蓝吧的主人或许也是另外一个李少君；《海口之恋》中的千里南下的林君是不是也是当初带着梦幻南来又曾破碎的李少君呢？李少君在自己的文章中这么回忆："1993 年的高潮之后是急转直下的滑坡，我刚刚亢奋起来的心绪随即跌入失望的低谷。"这些他们那代人大都经历过的事情出现在他小说中，可李少君却走着和他笔下的人物不一样的道路。他在自私横行的时候，可以慷慨仗义，在环境无奈时候做出了能够做出的反抗。于是心底保存诗意的李少君在经历理想破灭后依然能够站起来，而一些人不是死了就是倒下了。

五

每个人都有自己秘而不宣的心事，别人或许永远无法理解那身在其中人的想法。很多不为外人道的隐痛或许不只是一个狂欢的时代造成的,因为在一个狂欢的时代,有人哭着自然也有人笑,从开始到最后,总有一些该死该倒下却一直没死没倒下而比任何人活得都惬意。在一个狂欢的时代，许多人希望破灭了，更多的人在别人的破灭之中狂欢。

多少人在这场失去理智的狂欢中能保持一点自省？

李少君在小说中表达的不只是关于一个迷乱时代的记忆，又或许他一点都没有表达这个的意思，一切被我强加进去的解读只是我为了试图了解那个时代被我生硬地想象出来的，那只是我的误读。前面说过的斯坦尼斯拉夫斯基在说过前面那句话后，接着的句子是："我只是叙述事实。抱怨在我们看来是罪恶。我们曾经生活过。我们更应该感谢上帝，容许我们用眼睛望见未来的蒙？景象，望见我们身后将出现的世界。"

试图从小说中看清楚一个时代是一种痴人说梦的幻想，作品不是生活的复制，即便复制也已经不是原品，亲身经过的人也不清楚自己到底经过了什么，正在经历着的我们也无法说出我们正在经历着什么。所谓的《海口过客》《海口日记》《蓝吧》，或者曾在中央电视台热播的电视剧《没有冬天的海岛》都只是一些人零星不完整的回忆，把这当成那个时代的全部，自然只能看到一种模糊不清的变形。

近来更多从事《天涯》编辑和诗歌评论、随笔写作的李少君身上更多的是理性和智性，年轻时的狂乱毕竟只是那个时代不成熟的表现，海南发展经过泡沫经济后也在稳步上升，当年那些和海南一起经历泡沫的年轻人自然也已经长大成人。李少君在《从莽汉到撒娇》中说："到了九十年代，经历了理想的破灭与激情的骤然降温，经历了商业化的彻底洗礼与改头换面。尤其到了九十年代中后期以后，我们的年纪不过增加十岁，体重却增加了几十公斤……在一般人眼里，也是社会中坚了……可是夜深人静之际，半夜梦中醒来，却总觉得缺少点什么，还有很多设想尚未实现，还有很多壮志未酬……"可设想未实现又如何？壮志未酬又如何？时间地点人物事件都已经不和当年一样了，心中不甘也只是不甘而已，能够在深夜面对自己读几行诗，已经足以让激情沉淀。

《圣经》中有这样的话：我们这里有指望，如同灵魂的锚，又坚固，又牢靠，且通入幔内。

无论时代是否狂欢，无论青春是否虚妄，无论上升的鸟是否能减轻灵魂的负担，只要在我们生活的每一地存着指望，坚固而牢靠，是时代狂欢造成个人的隐痛还是个人的狂欢造成时代的隐痛，都已经不重要了。

一个人的二十年

依照某些人的方法，大概李少君的简介如下：湖南湘乡人，1967年生，1989年毕业于武汉大学新闻系。现任海南省作家协会常务副主席，《天涯》杂志主编，华东师范大学、海南大学等校兼职教授。1997年获海南省第二届“美兰杯”青年文学奖，1999年“海南省文学探索者三十强”称号。主要著作有《南部观察》（随笔集·南海出版公司1994年版）、《岛》（散文集·南海出版公司2002年版）、《那些消失了的人》（诗歌评论集·南方出版社2004年版）、《蓝吧》（小说集·海南出版社2006年版）、《天涯琼州》（散文随笔集·青岛出版社2007年版）。

不过我现在决定不这么列举，我想通过他经历的生活和思考，介绍一下他另外一个侧面，或许这样的写法会带着强烈的主观意识，但谁敢说我们看到了人物的全面？我们能看到的，往往只是我们所见识的和认定的。

一

没有骆驼也要看海去

骆驼却带我们到了沙漠

——李少君《看海去》

二十世纪八十年代末九十年代初，海南是中国青年一个向往的地方，年轻人汹涌而来一个海岛，为了理想中的理想，那是想到也让人热血沸腾的事情。李少君也几乎是第一批的闯海者，从湖南到海南。李少君到海南来，源于大学时候写的一篇文章——《大学个人主义之潮》。当时主编《海南纪实》的韩少功觉得这文章视野开阔，反映了那个时代年轻人的生存状态，就在《海南纪实》上以长篇幅发表了。韩、李两人的结缘便从此开始。武汉大学毕业后，李少君经过一阵考虑，决定和那个时代的年轻人一样，南下海南这个全国最年轻的省。李少君在后来的文章中，把这一批初来海南的人归结为二十世纪中国青年最后的青春大逃亡,又称这是中国知识分子第一次大规模“下海”。这里面含有浪漫的成分，却和现实拉开了距离。

后来有人总结闯海人的时候，把闯海的人归结为三批人：第一批是满怀热血南下的大学生或年轻人，他们怀着二十世纪末中国最后的理想主义，在这里的现实面前碰得七零八落，伤心离去；第二批是流氓、骗子、恶棍的混合，他们的到来，使得整个热带海岛看似繁荣，却也带着浮躁不安的情绪，但他们很快地就站住了脚跟，在这里呼风唤雨花天酒地，以他们的大胆，成为了改革开放的受益者；第三批是一些平庸之辈，既无第一批人的浪漫理想，也没第二批人的脸厚心黑，加上南下较晚，位置大多为第二批人占尽，处于一个尴尬的地位。海南后来的龙蛇混杂，很大情况和第二批人有关。

李少君恰恰是第一批，满怀理想而来的，几乎一个简单的看海的理想也让他们这代人义无反顾。

初到海南的李少君，并没待在海口，而是到了下面偏僻的县城当小记者。后来回忆起这一年多的工作经验，李少君说受益匪浅，因为这在很大程度上磨炼了他的耐性，当时整个海岛都笼罩在一股浮躁的气息中，能沉下心的人很少。九十年代初是言论初开的时代，李少君身处海岛，却成了国内第一批写专栏的作家，最多的时候曾在武汉、广州等地六家报纸同时开设专栏，以年轻人的眼光发一些惊人言论，后来这些文章大部分收集在了《南部观察》这本书里，从那些文章里可以看到，他的眼光和笔触涉及了社会方方面面，现在回头看，可以看作那个时代社会现象的缩影，留有着当时的时代印记。时至今日，娱乐和娱乐记者泛滥成灾，大多人或在娱乐至死的热闹里，李少君玩笑似的说，其实他也是国内最先做娱记的那批人。

这些满怀理想的生活并没能持续多久，特区经济大潮的汹涌，加上前面所说的第二批下海南人的兴风作浪，海南其实处于一种泡沫般的繁荣中，外表看来浑圆丰满，在阳光的照射下还泛着五彩的光，可一触到，便可能“啵”地破掉了。在这番经济潮流中，李少君做了不少事情，他也经商过。因为一个人，晚上无聊时他时常和朋友去看香港电影，这个时候的海南社会，在一定程度上和香港有相像的地方，李少君喜欢周润发的电影，他几乎把香港电影尤其是周润发的电影看了一个遍。他曾跟朋友合资开了一个播放镭射电影的场子，后来差点被砸。这些事情他再说起，听者犹如听着电影上的故事，作为一个听者，我希望李少君有一天，用他的笔，把这个时间段的故事用小说的形式写出来，让希望了解那个时代的人，可以看到当时真实生活里的真实情感。

李少君毕竟是较早来海南的，总算是站住了脚跟，曾看到有人在回忆他的文章里这么写：“很多人在或妖魔化或神圣化的大风车前，头破血流，晕头转向，以致在广东、海南茫茫南方璀璨星空下，竟无一可立足之地，更有身份证等各类证件丢失者，种种狼狈情形，不可一一名状。李少君因先下海南，早已立定脚跟，在此非常时期，乃空出一屋，专供湖南或武汉大学校友各落难朋友居住，甚至供以饭食。

曾在饭桌上听昔日落难者，讲起李少君的义气。称，此举可誉为‘一饭之恩’，虽‘涌泉难报’。故李少君在湖南颇多真正的铁哥们。”

1993 年是一个转折点，李少君在自己的文章中这么回忆：“1993 年的高潮之后是急转直下的滑坡，我刚刚亢奋起来的心绪随即跌入失望的低谷。”经济泡沫大潮过去后的特区有点满目荒凉的味道，这时期的李少君属于情绪低落期。这一点在他的小说《蓝吧》里表现得淋漓尽致，里面的主人公是这么样的一个人：“我失眠，每天晚上，翻来覆去睡不着，差不多要折腾到凌晨天快亮时，才能闭一会儿眼睛。我才二十多岁，却夜夜失眠，这是我当时唯一的苦恼。”泡沫破灭后，第一批来海岛的年轻人中，已经有一大批回转其他地方了，第二批的或者携款远走，或继续留下兴风作浪，这使得第一批身怀理想前来的人积郁难舒，李少君在这个时候开始写小说，散抒郁气。

二

我忧郁的时候就想写小说

——李少君 1995《1999 年的 A 城》

“但是，我不是没有过苦闷与寂寞。1995 年以后，海南日趋萧条，很多一同来海南的朋友都离开了，包括同甘共苦的一些患难之交。我因此变得越来越封闭，深居简出，把自己埋在书籍和文字中。可是，孤独常常会趁人不注意的时候悄悄爬上心头。”李少君在自己的文章《为未来而回忆》中这么说。

到了 1995 年的经济泡沫后，海南已经从之前的热火朝天变得萧条荒凉，社会的变迁也让李少君发生了变化。李少君的大多小说都是在海南的泡沫经济后写的，这时候的他和很多同时期来到海南的年轻人一样，现实让理想破碎，或者说找不到理想的时候，生活便变得无比苦闷，在这苦闷得不到抒发的时候，他开始用小说来把心中的郁气抒发掉，所以他这一时期的小说，都是他当时的精神世界的反映，《蓝吧》《人生太美好》《海口之恋》《说不定什么时候出错》……这些小说，反映的是那个时候他的内心世界，却也在无意中，记录了一个时代的浮躁和狂欢，也把那个时代个人的无力感，表现了出来。

或许身在其中的他当时也不会明白他为何会陷入这样无边的烦恼当中，其实当时他生活得也算不错，经济、家庭、工作也好，可还是陷入了这样无边的迷茫中。后来他回忆起的时候，他自己认为这和当时社会变革有很大关系，海南这个最早开放的地方，在社会转型期中，大起大落，都给刚刚工作几年的他内心引起重大的波澜。

李少君没有多说这个时期的事情，但其实我们只要回头翻翻他在这个时期的小说，就可以看到他这段时间的心路历程，《蓝吧》中的"我"、蓝林；《人生太美好》中的顾杨；《海口之恋》的林君……这些都可以看作这个时期的他，他在变换着不同的身份，说着自己的心事。这些小说都无疑染上了同一个色调——伤感。

李少君是这样回忆他写《蓝吧》的过程的，早上动笔，写到一半的时候，有电话过来，说晚上有聚会，他便匆匆赶着，在下午六七点出发前，把稿子写完。

——这或许说明，即便在沉迷或抒发伤感的时候，依然有某个声音，在催迫我们前行，沉沦于生活。

三

在黑暗中它亮如一道白光

——李少君《神降临的小站》

在海南岛陷入荒凉和狂欢后，李少君除了写小说打发时间消散无聊，也开始了哲学和社会学的阅读与思考。开始这方面的阅读和思考的原因其实很简单，在现实里遇到的困惑无法得到解答，情绪也难以舒缓，能够做的便是进行理性的思考，然后把它解决掉。早在韩少功1993年给李少君《南部观察》做的序里面，他就说："他力图在平面中显现深度,在世俗中闪示神圣,不时表现出求道者的机锋。他来自'文革'式的文化空白，目光中却透出学养的凝重；他身处商潮叠起时风多变的文化迷阵,却暗暗执着于独行的步履。"对哲学和社会学的深入，使得今后的很长一段时间内，他写出了一系列关注社会思潮的文章，诸如《通向毁灭之路》《印度的知识分子》《我所知道的NGO》等都是引起过强烈反响的名篇。《印度的知识分子》更是先后有四十多家报刊转载，在晏阳初乡建学院还被当作教材，有一次北大两个研究生跑来找他，夸张地形容这篇文章他们那里"人手一册"。

深入地接触哲学和社会学，对社会思潮进行思考，除了个人为了剔除人生困惑外，还跟一个杂志有关，那就是《天涯》。很多人都知道《天涯》每年有一个诗歌专辑，这几乎成了国内诗歌界的盛事；很多人也都知道十几年来，诗歌专辑的唯一编辑便是李少君，便认为，李少君和《天涯》与韩少功的结识便是因为诗歌——其实前面已经说过，李、韩两人的结识还是李在大学时便开始了，不过可以这么说，两人开始共事，确实是因为《天涯》每年的诗歌精选。

《天涯》自韩少功1996年接手改版后，立即从一个小的地方性文学刊物，变成了全国知名的人文刊物。改版后的《天涯》有好几次深具影响的讨论，比如"本土国情与什么样的发展观""自由主义与新左派""生态问题""三农问题"等，由于近水楼台的方便，李少君在这些讨论里都能够以近姿态参与其中，在贴近《天涯》和个人的思考当中，也使得他的个人思想渐趋向成熟。

社会思潮给个人带来的影响，也是他一直注目的焦点，从之前的白领讨论到后来对底层的关注，他都在这些讨论中完善自己的思想，他渐渐从之前的感性变得理性。

如同后来他诗中的句子，社会的变革带给个人疑惑的背后，通过自己之力把困惑解开，生活便犹如他诗中缓缓流淌的额尔古纳河，在黑暗中亮如一道白光。

四

林子里总有一条让人迷失的小路

——李少君《麋鹿》

当因为某事困惑，我们总是千方百计把事情的死结解开；可当我们看清楚后，发觉自己总是无能为力，那种有心无力的无奈，同样也可以把人摧毁。李少君在聊到他思想转变的时候，说，若他一直在《海南日报》，对《天涯》有一些距离，也许他会一直保持着对社会思潮变换的兴趣，可恰恰是他进入了《天涯》，以一个编辑的身份，近距离之后，言论是发表出去了，问题却没能得到改变，顿然便感到个人的无力。比如生态问题的讨论后，生态的破坏依然存在，并且越加猛烈；比如三农问题的讨论后，三农的、弱势群体的悲剧还是不能减少。

每当此时，便会对自己所做产生怀疑感，觉得也许个人所做的努力全然只是白费。在黑暗中，一道白光是远远不够的，要照亮个人的夜空，单单从年轻时候的感性变化成成熟的理性还远远不够，还需要有历练之后带着睿智的智性。智性和理性不同，理性是可以冷静地看待周围变化了，智性是在周围变化后，做了自己所能做的，外界依然没能改变，但自我内心却能得到调节和抚慰。内心的调节和抚慰并不阿 Q，而是不让无奈化为绝望。“林子里总有一条让人迷失的小路”，在让人迷失的小路面前，抚慰掉失落无奈，更方便前行。

抚慰心灵的方法有很多，有人以音乐，有人以美术，李少君用的是诗歌。

和诗歌牵手的过程，使得他由一个诗歌的关注者变成了诗歌写作者——诗人。

五

由大河，把这些都带到了远方
并在远方，以及更远方
传散开来

——李少君《河流与村庄》

李少君对诗歌的关注，并不是到后来寻求内心安宁才开始的，而在更早，甚至在大学校园就开始了，大学时候，他就是一帮校园诗人身边的诗歌评论家——到后来他还是继续以这个身份出现的。不过他与诗歌有深交，还是因为《天涯》的诗歌选辑开始。1996 年《天涯》改版后，李少君和《天涯》交往渐密，和韩少功交流过当代诗歌后，决定在 1996 年 7 月的第四期《天涯》上推出一辑九十年代诗歌精选，他也是从这个时候开始到《天涯》当兼职编辑。韩少功建议给这个诗歌专辑加上“寂寞的诗人，被文坛和市场拒绝的诗歌”的标题，李少君同时以“南君”为笔名，配上一篇《九十年代诗何在？》的评论，果然在当年引起很大反响。这次之后，他得以每年编选一期诗歌精选，这成了《天涯》的一个传统。

说起李少君从《天涯》的兼职编辑变成正式编辑，韩少功是这么说的：“少君当时在海南日报社，有优厚得多的工资，但要死要活地要来《天涯》。我们怕他一时冲动，要他先兼职，一年以后再说。后来一年过去了，他初衷不改，没有嫌贫爱富，当普通编辑也高高兴兴。这是需要一点热情的。”他到《天涯》杂志社，家里人其实不太同意，光工资就要减少一半，而且《天涯》也不那么稳定，但他执拗地想做自己想做的事情，家里人也只好保持缄默。

到了《天涯》以后，可以更方便地编选诗歌精选，也是其中后来个人在诗歌上深入写作的一个很重要的原因。成为《天涯》的正式编辑后，每年一期的诗歌精选需要他在平常阅读大量的诗歌，到过他办公室的人都知道，他办公室的书架、书桌上都是来自全国各地的诗歌刊物，官刊、民刊、打印稿，你听闻过的、没听闻过的，都能在他那找到，他甚至还在网络上潜水，关注各个兴起的诗歌论坛，到处挖掘有潜力的诗人、闪光的诗歌。

由于长期关注诗歌，他提出诗歌的草根性也越来越为人所知。他提出诗歌的草根性，却并没有局限在这方面的诗歌阅读，他私下说过，真正的好诗歌，其实是无法归类的，比如多多，你能把他归为民间立场还是学院派？他说过其实草根性的提出很偶然，当时在江南一带，看到诗人层出不穷，连偏僻之地也是如此，心生感慨，在一个诗会上偶然便提到了“草根性”这个词，是想描述这么一种诗歌生长的状况。第二天有媒体找他约关于诗歌草根性的稿子，他才决定继续在这块理论上走下去的。走下去的结果是，这种说法恰好切合了新诗发展九十年后，正处在由一种模仿引进的状态向逐步本土化、地方化，并在中国大地上真的茁壮成长起来了的状况。按一位诗人的说法，如果说朦胧诗、第三代是第一声春雷，那么，现在大地才真的开始苏醒了。“草根性”的说法，很快被广为接受，并且为正处于上升状态的当代诗歌提供了某种坚实的支持。

这几年，多多、王小妮、耿占春、徐敬亚等诗人、评论家定居海南，使得海南的诗歌空前升温，加上海南本土的青年写作者的冒出，李少君大感兴奋，觉得海南的诗歌大有可为，便致力于海南的诗歌活动，让海南的诗歌氛围空前活跃，甚至多年没写诗的他，也开始再动笔，写下不少诗歌。其实说到底，诗人多多定居海南，在海南大学教书，还是他从中引线，由头甚至还延伸到他 1999 年在《天涯》的诗歌精选上做了一个多多的专辑……近年来他编辑《二十一世纪诗歌精选·草根诗歌特辑》、诗选《莽汉·撒娇》、诗刊《海拔》、评论集《九十年代以后》、海南国际诗歌节、中国移动手机文学大赛等外向的和诗歌有关活动，得到的却是，自己内心的抚慰与安宁，他在诗歌当中，把个人的浮躁不安都除掉了。他甚至说：“诗歌乃个人日常宗教。”

当然，对于他个人来说最重要是，他又重新找到大学时候的写诗感觉。他说，一度以为自己是一个很理性的人，尤其编《天涯》之后，很难再写出诗来了，理性是诗歌的大忌，诗歌是需要热情喷放的。不过看来人其实是很难完全了解自己的，重新拿起诗歌之笔的李少君在诗歌方面收获甚丰、佳作连连，写出了诸如《神降临的小站》《仲夏》《恩河之夜》《某苏南小镇》等好诗。一个以看好的诗歌为乐的人最快乐的事情，莫过于自己写出了好的诗，李少君在从诗歌中得到滋养和享受的同时，也推己及人，希望更多的人能在诗歌中寻得心灵的安慰，就如他自己的诗句：由大河，把这些都带到了远方 / 并在远方，以及更远方 / 传散开来。

诗歌是一个奇异的匣子，打开了就盖不上。李少君目前诗歌写作状态之好，是之前没有过的，他也在忽然发现，在诗歌的世界里，他能够构建一个个人的精神国度，那里安宁、自足、富有勃发的生机。

他的上一次诗意喷涌，还是在大学的时候，而现在，他在激情之外，更多地注入了对生活的深刻情感与个人精神世界的构建。2008 年汶川地震之后的几天，他处于失语之中，哀悼日当天，他才找到一个倾泻的口子，写下了《所有的中国人都患上了抑郁症》这首诗，把心底压抑着的悲伤流淌出来。这首诗感动了无数人，也迅速在网上传播，更有多家国外媒体，引用此诗，说中国人在面对巨大的灾难面前，以诗歌疗伤，诗歌在此时，是心灵的抚慰汤。此后他也多次在给大学生的讲座中提到了灾难之中诗歌与精神的关系，他对诗歌的思考，走向更深入。也就在 2008 年，经过李少君的多方努力，山东诗人江非落户海南澄迈，此举像一块大石投向平静的水池，激起无数的浪花。首先是海南岛上的年轻诗人四处传扬着江非即将到来的消息，接着网上出现了欢迎的帖子，再后来是江非真正到来，给海南本就热闹的诗歌点了一把火。此后在海南掀起的诗歌热潮，让海南岛外的诗人羡慕不已。在李少君的多年努力下，海南岛成了一个诗情灿烂如阳光的地方。此起彼伏的诗歌朗诵会、研讨会暂且不说，2008 年，海南省委宣传部看到海南诗歌的热度，提出了要建设“诗歌岛”的构想，此想法在 2009 年得以成型。现在在海南岛，你若不写两句诗，你都不好意思说自己还在舞文弄墨。

诗歌活动的频繁，并没有让李少君的诗歌写作停止，反而更加激起他的写作兴趣，他的题材愈加宽泛，有游子情深的《四合院》，有引来争议的《流水》，也有唯美如电影里的一帧镜头的《二十四桥明月夜》……他在享受着诗歌带来的快乐。李少君的可贵在于，他并不像某些诗人一样，为了构建心中的王国，拒绝着外部的世界，拒绝着尘世的生活，把精神提到连氧气都不存在的“水至清”的地步，最后把自己推向自闭甚至死亡，李少君自我构建的精神国度与现实生活息息相关，生机盎然。他从不拒绝人间烟火，他在过着世俗生活的同时，保持着精神的自我独立。两个维度的生活，在他看来，是和谐融洽的，并没有剑拔弩张的对立，而是互相滋养与扶持。从他近期的诗歌来看，他在用诗意的眼睛，发现生活细微处的美与善，他可以在高速路上停下车看白鹭从雨中飞过，提笔写诗；他也在夜晚的海湾边，把自己称为王；他写早已被写无数遍，几乎成了写诗禁忌的草地、蓝天、青山和春天；他记录下自己早晨出来买包子和牛奶，也会对着自己说话："但是，我会日复一日自我建构 / 最后，做一个内心的国王 / 一个灵魂的自治者……"他的诗里，都是一些富有生气的发现，而不是那些断根凌空的飘浮。

看诗、写诗、举办诗歌活动之外，他还编诗，除了一年一度的《天涯》杂志诗歌精选，他还在主编诗刊《海拔》，扶持了一大帮年轻的诗人。目前在海南岛最活跃的一大批七零后、八零后甚至九零后诗人，大多是在他的热情提拔下快速成熟的。

他的诗歌经历，不过刚刚开始，借用他的诗句——"全世界，都为他安静下来了"，不错，对他诗歌的期待，我们只需要安安静静地等待，就如东边浮白之后，我们等待那里变得金黄，期待那里会跃出红色的太阳。而他，也肯定会在生命气息繁茂的诗歌发现中，把自己的内心王国建构得山水相映、月光安详、笛声在风中轻轻流窜。

六

谁也不知言语的果实在哪里
或许在海底
至今无人打捞

——李少君《看海去》

李少君大我一辈，我来写他整整二十年未曾一起经过的生活，一些细节便成了我猜想，难免会落入堆砌的嫌疑，因此下面说一些我所亲历的细节，这些细节里有一个师长辈的人，对一些少年的关注：

——大二的时候，跟已是《天涯》主编的李少君提出暑假到杂志社实习，他很快就回话答应了；

——李少君喜欢和我们这些小辈在街头小摊吃饭，并且有一年生日他也和我们一帮后辈一起过；

——他在一个大学兼当过老师，他班上的同学毕业后，他几乎给每个人都留意了工作；

——和他可以聊私下感情问题，并不觉得别扭；

……

当试图回顾的时候，首先他是一个人，而不只是评论家、编辑、诗人什么的。他有喜怒哀乐，有疑惑纠缠，而并不只是别人眼中，一个某个时间段做过某事的那个“人”。从八十年代末到今天，二十年过去了，我们可以看到一个年轻人渐渐变得成熟睿智，可以看到他这二十年的文学的路与生活，其中生活是最重要的。

李少君在车上跟我说起他顽皮的童年和意气风发的少年，包括街头巷尾打架砍人以及被父亲痛打的事情，但我没有把这些写进来，那是更早时候的他，应该是他最快乐的记忆。此时他开着车穿行在海口的街头，近来车流是越来越多了，在一个拐弯的站牌处，他停车，我下车，和他挥手告别，另一只手拿着他送的书。他的车在大街的车流中，很快消逝了。而关于他更多的记忆，只沉落在他自己的心底，如同他诗中“言语的果实”，地点不明，无人打捞。我所说的，只是我的喃喃自语和自我猜想，与他好像无关。

对李少君的阅读

空旷的世界让我们内心平静

最近在《海拔》第二辑上看到李少君的诗《神降临的小站》，喧嚣的心刹那安静下来。城市生活越来越繁华喧嚣，农村也越来越城市化，在那里生活的人也不见得就能宁静下来，被生活挤迫得甚至没空来喘气的我们，有几个人能找个时间把自己身上过多的灰尘打扫干净，继续前行？

诗的前面两句是："三五间小木屋 / 泼溅出一两点灯光。"整个画面是黑暗的，那些溅出来的灯光在孤寂寥落中透露出些许温热。这是最传统的中国诗的写法，先从景入，然后到人情，于是下面的句子是"我小如一只蚂蚁 / 今夜滞留在呼仑贝尔大草原中央 / 的一个无名小站 / 独自承受凛冽孤独但内心安宁"。喧嚣热闹能够迷失掉自己，有一个原因是我们都把自己放在灯光和目光中央，在人群的目光下，我们眨眼皮都会变得不自然，感觉造作，而若我们站在一个更远处、更高处看自己，就发现自己原来小如一只蚂蚁，只是一个黑点，和别的黑点没有分别，个人所追求的欲望和斤斤计较不肯放弃的身外之物，更是小得无所查找，形神皆虚。

站在高远处看自己并没有到这为止，接下来的连续几个"再背后”电影画面一般把镜头拉远，让我们在缩小自己身体同时，内心却渐渐变得饱满，甚至和这周围的事物都充盈融合。我来看看后面的诗句：

背后，站着猛虎般严酷的初冬寒夜
再背后，横着一条清晰而空旷的马路
再背后，是缓缓流淌的额尔古纳河
在黑暗中它亮如一道白光
再背后，是一望无际的简洁的白桦林
和枯寂明净的苍茫原野
再背后，是低空静静闪烁的星星
和蓝绒绒的温柔的夜幕

我们可以看到，不断拉远的背后，从初冬寒夜到马路到额尔古纳河到白桦林到原野到星空，不断后退当中，我们的视野不断开阔，从最初独自承受的凛冽，我们变得可以看到自己身边一直围绕着这个世界周围的万事万物，它们一直都和我们同在，并且在我们把自己忽略掉，把眼光放得如此高远的时候，那些萦绕在身上的痛苦和纠缠竟然荡然无存消失怠尽。在这个值得我们敬畏的世界面前，我们真的渺小如蚂蚁——甚至比蚂蚁更要渺小，但我们并没有在忽略自己后真的失去一切，恰恰相反，在诗句里不断变大的世界中，我们发现我们得到了越来越多，我们和寒夜同在，跟河流一起流淌，与树木一同站立，学原野感受空旷，看群星闪烁。在这一刻，个人得失内心动荡真的是能够消除的，即便我们身无长物，也至少有着这么多的让我们感到幸福的东西一齐都陪伴左右，而且只要我们把自己敞开，那些东西永在，不会随时间、空间、人事更变而变少，而是我们心灵愈加空旷，我们能感受得愈多。

诗到这里还没完，最精彩的一句在最后：再背后，是神居住的广大的北方。

这个世界给了我们这么多，我们在无偿索取的时候，心中是否存着敬畏之心？这和有神论无神论无关。我们闭上眼睛深呼吸后，慢慢张开眼睛,能够把眼前的事物看得更清楚。在那让我们不断出现的“背后”的背后，我们看到了神居住的广大北方，有一些我们不能完全知晓的存在，它教会我们张开手掌比紧握能得到更多，也更能感到心灵平静，当我们从一个笙歌喧扰的地方来到一个让我们内心安静下来的地方，无论这个地方是不是呼仑贝尔大草原，我们总该相信在某个地方是有“神”居住的。

早已经在闪亮灯光和震耳的喇叭声中被弄得麻木的我们，总能被别人随手拨打的号码找到，也能被别人在“百度”里输入名字后就揪出来，我们无所遁形，我们也早习惯了群居相互取暖的生活，但在某个时刻，我们需要关起门来，让自己面对自己。我们是不是把那些压得自己背都弯曲的重物搁下？若没有，我们是应该让自己张开而不是握紧手掌了，这个世界还有更多的东西值得我们去看，流穿而过的风，闪亮不灭的星，高耸入云的山，长满花草的原野……我们在欲望充斥的地方生活，要完全做一个超凡的人不可能，也没必要，但我们总得有一个时候是真正面对自己的，那时的呼吸都比别的时候顺畅。

那就是我们心灵安宁的时候。

好诗的标准是让读到的人希望那是自己写的。我现在就希望这首《神降临的小站》是出自我的手。我对这诗的解读充满个人性，可能因为偏爱而分析有失公允，完全背离了诗人的原意，但这或许是误读的过程，让我看到，我们应该对哪些东西不必过于执着而对哪些东西不要放弃。在误读过程中我从诗中得到了心灵的宁静，我也相信，不仅广大的北方，真正的好诗，也是神居住的地方。

江山如有情

《自然集》里的诗大多之前就在作者李少君的博客里看过，可当这些诗歌以一个整体出现的时候，展露的又完全是另外的面貌——展露出了李少君的诗歌情怀。多年前，海南岛风起云涌，他身处特区的潮头，在报纸的专栏上写了很多直面现实话题、很具有煽动力的文章；再之后，海南大特区的沉寂，也让他很长一段时间陷入了感伤的情绪，这种情绪我们能从他的小说集《蓝吧》中深有体味；再后来，他长期在《天涯》工作，和思想性的文章短兵相接，我们也能在他的随笔集《文化的附加值》中看到这种思考的延续。而从《草根集》开始，李少君或许便在内心很明确地把自己定位为“诗人”了。

李少君早期的一本书《那些消失了的人》归入一套“海拔诗丛”出版，但并非严格意义上的诗集，因为这本书只收入了五首诗歌，更多的是他的诗歌评论与大学时代的一些散文诗。可以说,由于编辑《天涯》的诗歌精选栏目，他一直处于中国的诗歌现场，并和诸多诗人保持着密切的联系，但在二十世纪九十年代到 2005 年，他基本上没有进行诗歌的创作。在对《自然集》展开阅读前，之所以要追溯他往年的历程，是因为只有把这种观察投向以前，才能更清晰地看到《自然集》为何呈现了这样一副面貌。

《草根集》是李少君作为一个诗人亮相的标志,《自然集》则更加延伸了他内心的某些诗歌理想。二十多年前，他几乎是被海南岛的自然生态所吸引，才来到海南的，之后很长一段时间里，他爱上了这座岛屿，是自然而然的事——海南岛的天空与碧水，以一种润物细无声的方式，进入了他的诗歌，让他的句子，呈现出一种温润的潮湿感。

熟悉李少君的人，都会很佩服他的精力，在大多的文学、文化活动上，他总是人声嘈杂当中那个忙而不乱的人。这种在人群中的指挥若定，让我们难以想象为何他经常处于鼎沸人声里，却又书写自然静逸的诗歌?

《自然集》中,有不少诗歌是关于海南岛的,比如说《南渡江》《岭头黎家爱情》《偶过古村落》《多情的陵水姑娘》《呀喏达之春》《鹦哥岭》等，在这些诗歌中，海南的山水和人情已经化入他的内心，他表达出来的“自然”绝非那种冷冰冰的世界,而是和书写者一同呼吸、彼此交融的日常，体现出一种邈远、辽阔。在这些诗歌中，可以发现，永远有人在活动——或是作者自己，或是作者以第三人称描摹的一帧剪影。当前很多诗歌过于纠缠在修辞、意象之中，在词语内部自我繁殖，让人一头雾水还在其次，人的退场其实是最大的问题——我们如何在一堆没有人声、行迹的喃喃自语中寻找到某种心灵的触动？在《自然集》中，绝非关于海南岛的诗歌才如此,《西湖边》《青海的一朵云》《云国》《敬亭山记》《回湘记》《欧洲的冬天》《贺兰山》《戈壁滩》等诗歌里，我们都能看到诗人对于这个世界的用心与专注，看到他因专注而深情的侧影。

正是这种对于自然万物的“有情”，李少君没有采取那种饶舌、纠结的表达，他取之捷径，直接抒发，这就让诗句貌似无比直白，可细细品之，内里却蕴藏着万千真情。《自然集》的开篇第一首，他基本上就把这种对万物之情直接端出来了：

世事如有意
江山如有情
谁也不如我这样一往情深

——《致——》

在《自然集》中，李少君对于自然万物所采取的态度，其实是很有意味的：有深情，但不占有；惊异于美，却不流连。这是一种极其洒脱的心态。当前环境的恶化，让很多人产生了逃离喧嚣的心，对某些偏远角落的赞美就没有节制，并咬牙切齿地要在那里盖一间房子，养几只鸡鸭，当几天陶渊明；李少君不这样，他以“路过”“欣赏”而“不惊扰”的心态，面对着自然万物——通读《自然集》，我们往往会发现，“自然”不仅仅是“山水”，更是看自然时，作者所秉承的某种心性。他有时也会对自然被人所入侵产生种种忧思，但这种忧思在他那里并不会占上风，他没有显得绝望，他坚信在更高的维度上，有着更严密、丰饶的自然逻辑在左右着这一切。

《自然集》中也有着《安良旅馆》《医院》《城变》等折射生命痕迹、类似小说情节的叙事，但篇幅并不多，也往往不引人注意。我们在读李少君的这一类诗歌时，并不觉得跟整部诗集显得突兀，反而，我们在这种变化之中，发现了李少君对于自然之外的社会层面的关注。仅仅有山水的“自然”，不是完整的自然；把人与城之变从视野中切除、抛弃，反而让人对其在山水之间安放心灵的举动显得可疑——没有生命的起伏和内心的浮躁，安放本身的意义又何在？有意思的是，李少君不是在海南，而是在离开海南后，开始在北京的工作之时捧出这部《自然集》的。是因为在北京更怀念自然，还是说，在他眼中，北京也是自然的一部分？

细心的人，其实可以从李少君的诗歌、评论和访谈中察觉，他近来一直在强调“诗歌是一种心学”的说法。用他这种说法去探究他的《草根集》和《自然集》，就会发现，李少君的诗歌，在不断向外扩展，行吟的版图越来越大——这个扩展到天地万物的过程，却又是一个向内的过程，他在不断回归到自己的内心。把身体和心灵安放到自然里，也是把自然纳入心中。李少君在多年的编辑生涯中，阅读了海量的诗歌，可他没有被眼花缭乱的语言技法、修辞魔术所迷乱，而是用了最“老套”的“见景生情，睹物思人”，表达的也不过是个人面对世界时的种种心灵独白，可正是这难得的坦诚，让他的诗歌闪耀着一种难得的光辉。

所谓的“江山如有情”，其实说的，是面对江山时那个多情的人。

“草根性”诗学与《天涯》精神

李少君有作为一个诗人或者作为一个诗歌评论家的这一面，但至少在两年多以前，他还有一个重要的身份，是一个杂志主编。就是说，如果我们回过头来梳理他这十几年的经历，你就会发现，他对“草根性”的提出还有后面所谓的补充，跟他编辑《天涯》有很大的关系。

李少君在大学时候写过很多诗歌，这些诗歌后来有一些收在他的《那些消失了的人》之中。刚到海南岛的时候，由于记者的身份，他写过很多短小的文章，对时代与文学直接发声，算是国内比较早写作专栏的人。在建省初期的海南岛上，他经历过一段很迷惘的时间，那个时候他说过一句话：“当我迷惘的时候，我就写小说。”他那一段精神有些飘无的状态，我们在《蓝吧》《海口之恋》等小说中都能看到一些。到 1996 年他参与编辑《天涯》的时候，他读了大量的理论的哲学的东西。大约在 2005 年，他对诗歌的开始一种重新的写作。他对诗歌的关注一直在持续，他重新回到诗歌写作上来，跟他编辑《天涯》的历史是分不开的。

1996 年，韩少功把《天涯》杂志改版的时候，李少君在当年的第四期就开始编《天涯》的诗歌精选。这个精选其实跟整个杂志的定位、风格，都结合得比较紧密。《天涯》杂志的栏目像“作家立场”，一直强调一种对现实的思考、关切；“艺术”栏目，更关注的是与时代息息相关的艺术潮流；“研究与批评”，更多的也是一种对文学现象的关切而不是对具体作品的评判；“民间语文”更是活生生的民间书信、资料，散发着简朴的草根气息。

这么一路下来，在《天涯》十几年的编辑工作，肯定是在不知不觉中成为李少君思考“草根性”的一个背景。当我们不仅仅是从诗歌角度来思考他这个概念的提出，你就会发现，二十世纪九十年代中期，《天涯》杂志参与了新左派与自由主义的思想大讨论；1999 年，在世纪之交，《天涯》举办了关于自然与生态的讨论；再之后还有底层写作、三农问题的讨论……对一系列重大问题的介入，给他“草根性”的出场提供了一个坚实的背景。《天涯》杂志所经历的思想流变、近距离观察到的文学现场变化，都很直观地告诉他，诗歌到底发生了什么改变？诗歌改变的背景是什么？诗歌的这种改变，有可能转向何方？

“一，针对全球化，它强调本土性；二，针对西方化，它强调传统；三，针对观念写作，它强调经验感受；四，针对公共化，它强调个人性。”——这被江非戏称为“草四条”的关于“草根性”的描述里，就可以看到李少君与《天涯》精神千丝万缕的联系：《天涯》的作家立场长期参与“全球化”“地方性”“本土性”和“乡村问题”的讨论，若没有这个长期跟进、思考的过程，“草四条”的前两条，李少君又如何提出？而“草四条”后两条中的“经验感受”“个人性”等，也和《天涯》所倡导的文学精神相符，也就是那种有生命观、疼痛感、穿透力的写作；“民间语文”中时常刊发的一些个人书信、日记等，更是有着独特“经验感受”和“个人性”。

因此，如果我们回过头来梳理一下，“草根性”的提出其实是很自然的，到了 2003 年的时候——李少君大概是那个时候担任《天涯》

主编的——他得对自己的编辑工作或者说是思想变化，做一个总结与展望。或许，从此时开始，“草根性”便渐渐思考成型，只等着一个适宜的时机便呼之欲出。江非在谈话中说到了 2003 年“草根性”出场的“现场状况”，他见到的，是李少君如何第一次写下最初的那八百多个字，而在此之前的长期介入、思考甚至煎熬，肯定不是那八百多个字所能囊括的。《天涯》宽泛、包容与坚持的某种精神，常常得对世界格局进行思考，得对现实问题正面介入……这种近距离的接触，让李少君的编辑身份显得如此重要，让他在“草根性”的描述当中有了一个参考坐标甚至精神滋养。

谁是李少君的精神背景？

——读李少君《我是有背景的人》

《我是有背景的人》是李少君最新的诗集，是“珞珈诗派”第一辑的作品，由武汉大学出版社2017年11月推出。熟悉李少君作品的人都知道，这是一本新著，但收录的作品并非全是新作，而是他不同时期作品的精选。李少君用一个貌似很唬人的书名，把中国人形容社会关系的“有背景”，转化为个人的精神取向，内里包含着他的诗歌美学思考。也就是说，李少君其实想通过这本精选集，来阐释他个人的精神脉络何在、当前中国诗歌的源流何在？因为这是一本有着整体性考量的书，所以关注这本书的时候，我最想要探寻的是，他都说他是有背景的人，那就来找一找，他的背景何在？

背景之一：审美化的自然山水

李少君被誉为“自然诗人”，他的诗歌中，占比重最大的，就是书写自然的作品。他的很多诗歌，都是在路上写出来的，《云国》《致鼓浪屿》《我的永兴岛》《平原的秋天》《恩河之夜》《某苏南小镇》《忆岛西之海》《鹦哥岭》……这一个个地名，标记着他走过的足迹。他被广为传颂的名篇《神降临的小站》，也是一次寒冷冬夜，与友人在呼伦贝尔大草原汽车抛锚后，短暂下车时的瞬间收获。李少君并非那种对社会现实观察得细致入微或者对某种思想问题想得深广博大的诗人，他所擅长的，是以一种在自然之中行走的姿态，抓住个人与一方山水的联系与共鸣，以最直接的方式表达出来。在这一点上，李少君有些像古代的诗人，在山水之间游历之后，个人情绪有了更超拔的寄托，日常生活中的那些琐碎与纠缠就显得不那么重要，被轻易超越了。

李少君诗歌中的山水，从气质来讲，并不像李白那么狂放、那么想象力爆棚，李少君诗歌中的清淡、闲散，感受上更像王维、孟浩然等诗人。李少君笔下的自然山水，当然不仅仅是眼中的自然，更不仅仅是古人眼中的自然，而是一个更广大意义上的自然，那个自然有着“自然”的一部分，更有着“精神”的向度，那是一个经过个人强烈的审美化后的自然。李少君不固守那些恒定的自然表达，他探索了中国诗歌书写自然的新领域，比如说他对于热带雨林、岛屿、大海的迷恋——他甚至有不少书写海底的诗歌，在国内，这是一片少有人触及的领域。也就是说，李少君最大的精神背景，无疑就是超越于人世之外，那恒久的自然山水、自然天地。

背景之二：重新激活的古典诗情

中国新诗百年，经历了各种探索，其中有一条线，就是向国外翻译诗歌的学习。这当然是很好的一种吸取和消化，但也有不少诗人，过度地强调西方式思维的撕裂、变化、动荡、斗争、晦涩、纠缠……中国人内心某种圆融、和谐、轻盈的方面被排挤、贬低，被冠于陈旧、老套之名，这当然是走向了另一个极端。李少君对各种流派的诗歌都阅读、吸纳，有一个强健的胃，他不认为某种方式的写作，有着天然的优越性；也并不认为另一种写作，就只能写出差作品。作为一个中国诗人，李少君在古典诗歌那里，找到了自己的精神资源，他写出了诸如《敬亭山记》《江南小城》《偶过古村落》《桃》《桃花潭》《江湖》等具有古典审美意象的诗歌作品。在这些作品里，中国人内心的审美被重新激活，我们才发现，原来很多我们恨不得甩掉、远离的东西，并不因为我们的无视而就自然消失，它会在某个时候，重新回到我们的内心，激活我们血脉之中的某些隐藏的情绪。

李少君当然没有照搬那些固定词语、意象所建构成恒定不变的古典意象，而是把它们转化到当前语境下，让这些古典诗情，以新的面貌出现。稍有点思考能力的人都知道，古典文化的当代化用，绝不是穿一套汉服、读两句《论语》就水到渠成的，更不是那种为了商业利益，重新包装出来的犹如沉渣泛起的“女德教育”。古典诗情的激活，需要的是对古典真正的了解、对时代深刻的洞察，更需要有把古典转化为当代的耐心和魄力。李少君对古典的激活，让他在面对西方诗歌观念的强大冲击时，有了一个更加淡定、宽阔的心境，而这，当然也就成了他的重要精神背景之一。

背景之三：个人化的现代性

李少君的诗歌中，有一类作品很奇特，这类作品往往把哲学、社会学、经济学领域的专有名词放到题目里，貌似刻板僵硬、毫无诗意，其实却在书写过程中，悄然化用，达成了某种错位的效果。比如说《反体制》《小社会》《春夜的辩证法》《反对美的私有制》《虚无时代》《何为艺术，而且风度》《我是有背景的人》……这些诗歌，题目都有一个很大的词，看到会给人一愣的感觉，这玩意儿还能写成诗？如大家所知，现代性的某些很重要的特征，就是僵硬、冰冷、破碎，就是抒情的丧失、叙事不连贯，一些零碎之物统治着我们的审美。但单纯地反现代性，要么幼稚、不合时宜，要么是别有用心——我们还能返回前现代吗？李少君并没有决绝反对现代性的想法，但他也不想完全彻底地拥抱，怎么办？李少君开始了对现代性的个人化改造，他把一些冷冰冰的大词，用温和的情绪、充满细节的景象加以改造，给这些大词注入温度，让其“软化”，甚至不知不觉中让其发生了某种转向。我们可以看看他的这首《我是有背景的人》：

我们是从云雾深处走出来的人
三三两两，影影绰绰
沿着溪水击打卵石一路哗哗奔流的方向
我们走下青山，走入烟火红尘

我们从此成为了云雾派遣的特使
云雾成为了我们的背景
在都市生活也永远处于恍惚和迷茫之中
唯拥有虚幻的想象力和时隐时现的诗意

在这里，“有背景”这种形容人情社会里某种怪现状（甚至会让我们联想到某种贪腐现象）的贬义词，在诗歌中，被个人进行了强大的转化。原词的意义随着诗歌的展开，竟然消失了，一种新的与自然、与内心、与精神取向相关的“有背景”被创生。李少君所用的这种“错位法”，使得他的诗歌，有了小说叙事当中的悬念设置。读者会在看到题目的时候，发出疑问：我看你怎么写？读者看完之后，宛然一笑：原来这样。

毫无疑问，这种现代性的个人化改造，已经成为了李少君诗歌创作的一个独有的标志。

背景之四：对人情的重新观照

当前很多诗人在诗歌写作时，对词语和技艺极其强调。从诗歌发展来讲，这是好事，诗歌首先是语言的技术、语言的艺术，拙劣的语言想表达出深刻的诗意，肯定是不可能的。但正是这种追求，让某些诗人走向了另外一个极端，诗歌仅仅剩下了语言，剩下了各种修辞碰撞，诗歌所指涉、表达的对象，消失了。这种极端的写作，让诗歌变成了个人喃喃自语的词语游戏，其感染他人的功能，也随之消亡。李少君对中国新诗的发展有着独到见解，他很清楚诗歌的走向与变化，并不愿当一个极端、狭隘的写作者，所以他在“词语技术主义”横行的时代，重新关注书写的对象，重新把目光拉回到人间现实，对人情重新辨认、梳理，这使得他的不少诗歌，获得了广大的共鸣与传播。收入这本诗集的《同学》《妈妈打手机》《爱情救火员》《安良旅馆》《和父亲的遗忘症做斗争》《那些无处不在的肯德基餐厅》《没有西西不好玩》《三里屯》《探亲记》等诗歌里，李少君活跃在日常生活的现场，再度发现人的情感存在，很多被忽视的场景，被再造、重塑，被诗意观照。

李少君在诗歌中重返中国的人情和伦理，发现其动人的一面，这使得他的诗歌，充满了体温和日常幽默，尤其是一些对亲情的书写，更是散发着浓浓的暖意。李少君不像某些诗人一样，在诗歌当中拒绝情感、驱赶情绪，进行零度写作，李少君《我是有背景的人》一书中的代序就以《我的心、意、情》为题，阐发了他诗歌的情感与思想构成。因此，可以说，人情，也是李少君的强大的精神背景之一。

对“背景”的修炼与化用

仅仅拥有精神背景是不够的，李少君一直强调诗歌是一种心学，其实，就是一直在努力把自然山水、古典诗情、现代性与人情等元素，通过个人的思考、书写、践行，融为一体，变成个人自觉、自发的诗歌“心学”，变成他身上的某种诗歌本能。通观李少君的诸多诗歌，往往会感觉，某些由别人去写就很怪异的东西，他却很自然地就写出来了，并让读者觉得，好像那首诗非如此写不可——李少君的若无其事里，隐藏着他深思熟虑的斟酌和考究。总之，李少君以一个有些戏虐、不那么严肃的书名，来放置了自己严肃的诗歌思考。在这本书里，他不仅仅是在讲个人的精神背景，更是说中国诗歌的渊源与资源，但这样的思考，还有待更多对中国诗歌有真正热爱、思考的人去发现、挖掘、传播，尤其在新诗走到了一百年这个关口的时候。

图书在版编目（CIP）数据

乡野之神 / 林森著 . -- 南京 : 江苏凤凰文艺出版社 , 2019.9
ISBN 978-7-5594-3965-9

Ⅰ . ①乡… Ⅱ . ①林… Ⅲ . ①散文集 – 中国 – 当代
Ⅳ . ① I267

中国版本图书馆 CIP 数据核字 (2019) 第 155116 号

乡野之神

林森 著

出 版 人　张在健
责任编辑　张　倩　王　青
特约编辑　王美元
装帧设计　蒋　浩
出版发行　江苏凤凰文艺出版社
　　　　　南京市中央路 165 号，邮编：210009
网　　址　http://www.jswenyi.com
印　　刷　河北华商印刷有限公司
开　　本　880 毫米 ×1230 毫米　1/32
印　　张　7.75
字　　数　148 千字
版　　次　2019 年 9 月第 1 版　2019 年 9 月第 1 次印刷
书　　号　ISBN 978 - 7 - 5594 - 3965 - 9
定　　价　46.00 元